翻译与国际传播研究论丛
Language +

本书获2024年教育部人文社会科学研究青年基金项目“中禅西渐后中国古典禅诗在美国的译介研究”（项目编号：24YJC751029）、2023年度陕西高校青年创新团队“中国地域文化译介与国际传播创新团队”建设项目、长安大学中央高校基本科研业务费专项资金项目“中外国家翻译实践传播与接受比较研究”（项目编号：300102134601），及长安大学外国语学院学术出版基金资助出版。

A Study On Red Pine's Translation of Classical Chinese Poetry

赤松诗歌翻译研究

秦 思 著

西安交通大学出版社
XI'AN JIAOTONG UNIVERSITY PRESS

图书在版编目(CIP)数据

赤松诗歌翻译研究 / 秦思著. -- 西安 ：西安交通大学出版社，2024.10. -- ISBN 978-7-5693-3836-2

Ⅰ. I207.22

中国国家版本馆 CIP 数据核字第 2024ZS1993 号

赤松诗歌翻译研究

CHISONG SHIGE FANYI YANJIU

著　　者　秦　思
责任编辑　牛瑞鑫
责任校对　张　娟
封面设计　任加盟

出版发行　西安交通大学出版社
（西安市兴庆南路 1 号　邮政编码 710048）
网　　址　http：//www. xjtupress. com
电　　话　(029)82668357　82667874(市场营销中心)
(029)82668315(总编办)
传　　真　(029)82668280
印　　刷　西安五星印刷有限公司

开　　本　700mm×1000mm　1/16　**印张**　13.5　**字数**　243 千字
版次印次　2024 年 10 月第 1 版　2025 年 2 月第 1 次印刷
书　　号　ISBN 978-7-5693-3836-2
定　　价　88.00 元

如发现印装质量问题，请与本社市场营销中心联系。
订购热线：(029)82665248　(029)82667874
投稿热线：(029)82665371

前　言

自19世纪早期西方传教士译介活动以来，中国古典诗歌以其独特的形式美与深邃的哲学内涵，逐渐在英语世界获得广泛关注与再诠释。20世纪初期，《神州集》(Cathay)的问世掀起了中国古典诗歌的英译热潮。20世纪中后期以来，禅宗思想的传播与普及推动了中国禅宗诗歌在美国的译介与阐释，各类英译选集不断在美出版发行。该时期诸多诗人与汉学家译者，如加里·斯奈德(Gary Snyder)、卢西恩·斯特里克(Lucien Stryk)、萨姆·汉米尔(Sam Hamill)、赤松(Red Pine，原名Bill Porter)、迈克·奥康纳(Mike O'Connor)、杰罗姆·西顿(J. P. Seaton)、大卫·欣顿(David Hinton)等，在20世纪中诗英译与美国诗歌转型中发挥了重要作用。

作为其中的杰出代表，美国译者赤松长期从事以佛经典籍与中国禅诗为主的禅宗文学翻译，曾获美国翻译与文学界诸多重要奖项，译作收入《诺顿世界文学选集》(The Norton Anthology of World Literature)，是美国当代译介中国古典诗歌，特别是禅诗的主要译者之一。

赤松自20世纪70年代起学习中国禅宗佛教，对中国古典禅诗有深刻的理解。他的译作不仅忠实于原诗，同时也符合英语读者的阅读习惯，呈现出简洁而富有禅意的独特风格。赤松的翻译实践展示了译者如何在特定的历史、文化与社会背景下，通过个人的禅修经历与文学实践，构建出具有强烈个人风格的译诗作品。这些作品不仅是文学上的再创作，更是禅宗思想的另一种表达形式，充分体现了翻译行为的社会性特征。研究赤松的翻译行为，对于全面理解中国古典禅诗在美国的传播与接受具有重要意义。

随着禅宗在美国的普及与现代化，禅诗翻译逐渐成为一种独特的文学现象。本书通过对赤松及其翻译实践的深入探讨，旨在揭示译者翻译行为的社会性特征，剖析文学翻译的复杂性与重要性。通过探讨赤松禅诗翻译在场域影响下的阐释与再生，本书希望为中国古典诗歌在当代全球语境中的接受与传播提供新的视角。由于笔者学识水平有限，书中难免有不足之处，还望学者同行不吝赐教。

本书付梓之际，谨向恩师陈琳教授致以最诚挚的谢意。感谢您在学术道路上对我的悉心引导与不倦教诲。与此同时，衷心感谢在本书编写过程中诸多师长同仁的鼎力支持与鼓励。更要感谢出版社的工作人员，是他们的辛勤付出使本书得以面世。

著者

二〇二四年八月于西安

目 录

第1章 绪 论

中国古诗的形式之美与哲学内涵被英语世界不断发掘与重释。20世纪中后期，禅宗诗歌翻译更成为美国译介中国古典诗歌的一个重要翻译诗学特征。随着该时期禅宗在美国的普及与现代化，中国禅理诗、禅意诗获得更多翻译与阐释，体现出围绕禅宗哲学的全新译诗主题观照。与此同时，美国也涌现出一批积极参与禅诗译介的重要中国诗歌译者，包括加里·斯奈德(Gary Snyder)、卢西恩·斯特里克(Lucien Stryk)、萨姆·汉米尔(Sam Hamill)、赤松(Red Pine，原名Bill Porter)、迈克·奥康纳(Mike O'Connor)、杰罗姆·西顿(J. P. Seaton)、大卫·欣顿(David Hinton)等。这些译者中有许多是亲身修习禅法的践行者，他们深度参与了20世纪美国诗歌的发展与变革。

在这之中，美国译者、作家兼汉学家赤松是美国当代译介中国古典诗歌的代表译者之一，特别是禅诗的主要译者之一。赤松译介的古诗在美国享有较高的声誉。这些诗歌经由赤松重新诠释与建构，成为美国禅宗诗歌英译的重要组成部分，融入美国文学文化体系，展现出一定的"翻译建构性"(陈琳，2019a)。

禅诗，即具备禅宗思想内涵与哲学意蕴的诗歌。就其创作者而言，禅诗诗人既可以是普通文人，也可能是佛教僧尼；就其内容而言，禅诗一般可分为禅理诗与禅意诗两类。禅理诗主要"以表现佛理、说佛理与悟佛理为主"(钟玲，2009)，重在阐发佛理，弘扬佛法(偈颂亦属此类)。禅意诗则多由文人墨客或山居僧尼创作于山水之中，表达他们在天地自然之间的沉思妙悟，诗作别有一番趣味，表现形式更为广泛。禅意诗可以"既无一字禅语，也不直接表现禅意"(孙昌武，1988)，"大多描写诗人身处在幽静的山水之中，以大自然之美为题材，诗中没有说佛法、佛理，却有一种清静开悟的心态在字里行间透露出来"(钟玲，2009)[85]。诗作当中安然恬淡的山水情趣或怡然自若的自然之乐，都可以是诗人禅意的表现。本书讨论所涉及的禅诗为广义的禅诗，既包括文人俗世或佛教僧尼所作的禅理诗、禅意诗，也包括佛堂之上用以传灯讲道的禅宗偈颂。广义的禅诗体现了禅宗思想在诗歌创作中的多样表达。无论诗中的理论阐释还是个体感悟，或是山水哲思与庙堂偈颂，都构成了禅诗丰富而深刻的文学传统。

中国古典诗词作为承载着中国数千年艺术积淀与文化精粹的瑰宝，其中蕴含的诗学意境、工巧形式、山水情趣及禅思妙悟，经由海外译介传播，得以与新的文学文化系统交流碰撞，在某种程度上甚至启发或革新了接受国家的诗歌文学创作。中国古诗词在欧美的传播远远晚于东亚，中国古典诗歌英译传统得以建立，主要得益于早期英国汉学家与来华传教士对中国文化的热爱与不懈努力。尤其自20世纪初期以来，美国对中国古诗词的译介发展迅速。

陈琳认为，以翻译诗学特征与翻译规范为参照，中国古诗词在美国的译介历程可根据译者大致分为三代：第一代译者以艾兹拉·庞德(Ezra Pound)等意象派诗人为代表；第二代译者以加里·斯奈德(Gary Snyder)、王红公(原名Kenneth Rexroth)、伯顿·华兹生(Burton Watson)为代表，他们开启了山水诗与禅诗译介；第三代译者以戴维·欣顿(David Hinton)、杰罗姆·西顿(J. P. Seaton)、汉米尔和赤松(陈琳，2019a)等为代表。他们进一步加强了中国山水诗与禅诗的译介，通过早期引进、转译的方式，承继了欧洲译介作品，并在此基础上独立发展，使美国逐渐成为当下西方汉学研究与中诗译介的中心。

伴随第二代与第三代美国译者对中国古诗禅道内涵的不断发掘探索，20世纪70年代以来，中国禅诗的各类英译选集在美国出版发行，中国禅诗的英译文也得到美国文学界的认可与接纳，并引发了一股禅诗翻译热潮。在此期间，不少美国诗人阅读甚至亲自参与禅诗译介，以此激发英语诗歌创作灵感，形成了独特的当代美国禅诗创作传统。禅宗文化与中国禅诗英译因而进一步影响当代美国诗歌创作，促成了文学文化的互通与共融，甚至引发了美国诗学与文化的革新。

赤松作为当代围绕禅宗主题进行诗歌翻译的主要代表之一，也是美国第三代中国古诗词的代表性译者。对赤松禅诗翻译行为的社会性进行深入研究，有助于更全面地理解其在中诗译介领域的贡献与影响。

1.1 研究背景与意义

20世纪中后期美国涌现的禅宗热潮及寒山热，共同构成了禅诗翻译场域的重要背景。在这一时期，禅宗文化在美国引起了广泛的关注，禅诗成为文学界探讨与追寻的对象。中国古典禅诗在这股热潮的推动下，迎来了在当代美国获得深入译介的时机。赤松作为禅宗诗歌翻译领域的代表人物，在当代美国禅诗翻译小传统中拥有突出的地位，为这一译介场域注入了独特的思想。他通过对禅宗诗歌的翻译与传播，将禅诗精髓传达给美国读者，对禅宗文化在当代美国文学中的发展产生了积极的影响。

本研究关注在禅宗热与寒山热影响下，中国古典禅诗在当代美国的深入译介这一文学现象，并将赤松在美国禅诗翻译小传统中的重要地位作为研究的关键。通过对这一时期的翻译场域进行深入的考察，我们可以更全面地理解禅诗在美国文学中的传播与接受，以及赤松对禅诗译介的贡献。

意象派运动期间，中国古诗与日本俳句因其形式简约、语义凝练、意象鲜明的特征，受到了当时推进英语诗歌改革的美国诗人的极力推崇。一些诗人除在英诗创作上争先效仿汉诗之外，还加入古诗译介行列，催生了包括《神州集》(*Cathay*，1915)、《松花笺》(*Fir－Flower Tablets：Poems From the Chinese*，1921)、《群玉山头》(*The Jade Mountain：a Chinese Anthology，Being Three Hundred Poems of the T'ang Dynasty*，1929)等一大批中诗英译的经典作品。然而，美国文学界对中国古诗的探索并未止步于此。继20世纪初期以诗人庞德为首而展开的美国新诗运动，伴随着声势浩大的“垮掉派”运动与“旧金山文艺复兴”，美国的第二次中国古典诗歌英译高潮顺势而至，再次震荡美国诗歌界，其余波持续扩散直至今日。

20世纪50年代，经历了两次世界大战的美国人对以西方基督教为主导的价值观产生了质疑，美国的精神文化陷入困境。铃木大拙(D. T. Suzuki)与艾伦·瓦兹(Alan Watts)等禅宗大师对禅宗思想的成功宣讲，促使史无前例的禅宗热潮席卷美国并与同时期垮掉派运动发生碰撞，构建起以禅宗文化为主题的诗歌创作与翻译传统，促成了美国佛教文学的诞生与发展。美国诗人斯奈德在此期间选译的24首寒山诗，恰恰契合了彼时逆向文化运动中的禅宗热潮，迅速将美国诗歌界的注意力引向了别具禅宗意味的中国古典诗歌。随着卢西恩·斯特里克(Lucien Stryk)与王红公等知名美国诗人相继加入诗歌译介活动，中国古典诗歌的影响不断扩大，其形式之外的文化意蕴与哲学内涵也得到了进一步关注与挖掘。与早期中诗英译选本侧重于“边塞诗、爱情诗、写景诗、道教诗、饮酒诗”(江岚，2009)等内容不同，这一时期的译诗高潮呈现出全新的主题观照，体现了禅宗诗歌主题的独特性，形成了独特的诗歌英译传统。

伴随禅宗佛教在当代美国的进一步普及与现代化，以及当下美国诗歌译坛以汉学家与创作诗人为主的译介努力，禅诗翻译逐渐成为独具影响力的文学现象。知名的企鹅出版社(Penguin Books)以及美国重要佛教刊物出版集团香巴拉出版社(Shambhala Publications)、智慧出版社(Wisdom Publications)

等都曾相继推出英译禅诗选集。同时，一批积极参与禅诗译介的中国古典诗歌译者，如华兹生、欣顿、西顿、汉米尔、赤松等崭露头角。经译介的禅诗内容多样，既包括文人喜见的山水禅意诗，也不乏意图弘扬佛理的僧诗偈颂。禅宗之风盛行时的唐代诗歌中的禅宗意蕴也得到重新审视与阐释。中国古典诗歌被收入《中国禅诗：山中何所有》(*Chinese Zen Poems*：*What Hold Has This Mountain*，1998)、《禅诗》(*The Poetry of Zen*，2004)等多部英译禅诗集中。作为僧诗代表作的寒山诗歌更是不断被重译，与寒山密切相关的禅僧如丰干、拾得等的诗集也相继问世。历代中国禅宗大师的诗歌作品也被搜集编辑成禅诗选集，如赤松主编并参与翻译的《云已知我心：中国佛教诗僧选》(*The Clouds Should Know Me by Now*：*Buddhist Poet Monks of China*，1998)等。

正如诗人汉米尔所言，“在美国，禅与禅诗如同苹果派一般寻常”(Hamill et al.，2004)，佛教禅宗对美国诗坛的渗透也极为普遍。著名桂冠诗人W·S·默温(W. S. Merwin)、简·赫斯菲尔德(Jane Hirshfield)、安德鲁·谢林(Andrew Schelling)及汉米尔等美国当代著名诗人无一不深受禅宗影响，他们不乏对中国禅诗的关注，甚至将其作为习禅学佛或汲取灵感的途径之一。禅诗之所以独特，乃因其深蕴的佛心禅韵。英译禅诗不仅被视为文学作品，更是禅宗思想的载体，成为读者通过修炼心性获得本心开悟的一种途径。禅诗翻译在美国得以接受也不可避免地受到文学之外的宗教、文化等社会因素的影响。禅诗中的哲学内核具备极强的思辨性与阐释性，译者在翻译中对禅宗思想的阐发直接影响译诗的呈现与目标语读者的理解。因此，对禅诗翻译的研究既不能脱离译诗所在的语境，也不能忽视译者在其中的作用，而应建立起译者翻译动机、翻译策略、译诗接受与语境之间的合理关联，从而全面、立体地剖析禅诗翻译的产生、接受与影响的翻译运作机制。

赤松是当代美国参与禅诗译介的主要译者之一。20世纪70年代，赤松赴中国台湾学习佛法，修习禅宗。自此以来，赤松便常年投身于以佛经典籍与中国禅诗为主的禅宗文学翻译。他的译介作品具有鲜明的禅宗特色，其译作获得美国翻译界与文学界的诸多重要奖项与基金资助，包括古根海姆文学翻译基金(Guggenheim Fellowship in Translation)、美国笔会翻译奖(PEN Center USA Award Winner for Translation)等。他的诗歌翻译作品也被收入《诺顿世界文学选集》(*The Norton Anthology of World Literature*)等重要世界文学选集。赤松始终秉持既尊重原诗又力求译诗成诗的翻译思想，其译诗在忠实原诗的基础上适当改写，符合当代英语诗歌自由体形式又兼具形式上陌生化的译诗特点。赤松的青年时代正是美国西海岸的禅宗浪潮与逆向文化运动兴起之时。然而，赤松本人并未从事诗歌创作，也不专门从事汉学研究，他的译者身份因而独立于美国汉诗英译传统中常见的诗人译者和专注于中国古诗研究的美国学院派汉学家译者。出自对禅宗佛教文化与中国古诗的热爱，赤松的禅诗翻译活动始于禅诗翻译传统初建的20世纪70年代，至今持续不衰。因此，其翻译实践具备禅诗翻译传统形成后的普遍译诗特征。因为在中美两地成长、学习，所以赤松不可避免地受到影响，赋予其译作鲜明的个人风格。赤松长期深入研读佛禅经典，翻译佛经典籍，积累了丰富的宗教文化资本，他在中国旅行的文化写作也大获成功。这两者共同构成赤松的主要资本来源，使其成为备受学界认可和读者好评的禅诗译者代表之一。赤松的禅诗翻译实践是惯习、资本及场域实现有效互动的成功案例，具有鲜明的社会性特征。对赤松及其翻译实践的具体案例研究，不仅有助于从社会学角度观察并还原美国禅诗翻译场域的发展历程，也为探索译者与翻译相关场域的关系以及在场域发展中的关键作用提供了视角。

本书具有重要的翻译史研究意义及译者翻译行为社会性的研究价值。首先，就翻译史研究而言，赤松于20世纪70年代开始翻译活动，至今仍作为英语世界的主要中国古典诗歌译者之一活跃于美国禅宗主题的译诗系统，其翻译实践的发生时期与美国禅文化与嬉皮士运动的兴起时期相衔接，其翻译作品在美国当下的文化语境中得到广泛接受与传播。研究赤松禅诗翻译必须首先还原历史现场，回溯其翻译实践形成的历史背景，探讨其翻译特点与策略的形成原因，同时探究其翻译作品与当下接受国语境的相关性。目前国内外学界对赤松的研究极为有限。研究过程中对相关史料的发掘有助于美国禅宗诗歌翻译史的系统性梳理与整合，同时也为进一步了解赤松的翻译活动及当下中国古典文学文化在域外的传播提供了一定的研究基础，有利于实现中国古典诗歌英译宏观历史背景下对于微观细节的补充。

其次，本研究还具有译者翻译行为社会性的研究意义。翻译活动是社会活动，其过程与结果不可能独立于所在社会的历史文化。翻译学科自20世纪70年代确立以来，至今已取得长足发展。随着翻译文化研究范式与社会翻译学的展开，翻译中的文化问题及其社会属性逐渐得到认识。作为连接源语文化与译入语文化的重要中介，译者在这一社会文化活动中的作用也得到传统翻译语言学派中不曾有过的重视。研究者认识到译者的身份并不一定是绝对的“顺从”或“隐身”，而是具有一定的“主体性”。本研究以皮埃尔·布迪厄(Pierre Bourdieu)的社会实践论为指导，通过研究赤松翻译活动所在的场域、译者惯习及其资本构成，揭示译者翻译行为的社会性，从而深入理解译者身份的复杂性，以及译者在翻译文学场域中的建构作用。这一探讨对于未来的翻译研究，尤其是译者研究，具有借鉴作用。

1.2 研究现状与述评

根据对国内外中国古典诗歌翻译研究相关文献的查阅、搜集和整理，笔者发现虽然中国禅宗诗歌在美国的翻译出版已经颇具规模，形成了独特的翻译现象与影响，并且拥有稳定和持续的接受群体，但是禅诗英译及其有关译者的专门研究不足。现有相关研究成果多为零散的学术论文，尚未有相关专著出版。对于中国禅宗诗歌在美国的翻译，更缺乏历时性的系统梳理与深入探讨。以下将分别就目前中国古典诗歌英译与美国的禅诗翻译研究现状进行述评。

1.2.1 中国古典诗词翻译研究综述

中国古典诗词在美的翻译历史已有一个世纪①，这期间涌现译诗无数，经典层出不穷。国内对于中诗英译的研究相当丰富，主要涉及以下几个方面。首先，部分研究为从翻译史研究出发的史论性著作。代表论著之一是江岚的《唐诗西传史论：以唐诗在英美的传播为中心》(2009)。作者对唐诗在英语世界的翻译传播进行了细致的历史性梳理，描绘了西方汉学发展史中，唐诗英译在英美的流变历程，以及英美两国在唐诗译介上的继承和影响关系。其次，一些研究是聚焦于翻译策略的译者研究。例如朱徽的《中国诗歌在英语世界——英美译家汉诗翻译研究》(2009)、吴伏生的《汉诗英译研究：理雅各、翟理斯、韦利、庞德》(2012)等。该类研究着重讨论了第一代与第二代译者的文化身份、译诗背景、翻译思想，对这一阶段译者在中诗英译历程中的历史贡献、译作产生的文化价值等方面进行了概要式介绍。此外，也有国内研究者从比较文学视角出发，对中美文学借由翻译这一渠道而产生的文学与文化影响展开深入讨论。例如郑树森主编的《中美文学因缘》(1985)、刘岩的《中国文化对美国文学的影响》(1999)，张弘的《跨越太平洋的雨虹——美国作家与中国文化》(2002)、钟玲的《美国诗与中国梦》(2003)、赵毅衡的《诗神远游：中国如何改变了美国现代诗》(2003)、吴永安的《来自东方的他者：中国古诗

①据江岚考证，最早在美国本土上出现的英译唐诗为美国诗人斯塔特·梅里尔(Stuart Merrill，1863—1915)由法语译文转译而成，收录在其法国散文选译《散文的粉彩画》(*Pastels in Prose*，1890)一书中。收录译诗均转译自俞第德(Judith Gautier，1845—1917)的中国古典诗歌法语译诗集《白玉诗书》(*Le Livre de Jade*，1867)(江岚，2009)[170-171]。

在20世纪美国诗学建构中的作用》(2015)、魏家海的《汉诗英译的比较诗学研究》(2017)等。上述著作对中国古典文化对美国现当代文学作品的影响进行了细致入微的历史考证与研究，证实了中国古诗英译对美国现当代诗歌创作的影响，包括形式语言的实验革新及文化模式的吸纳借鉴等。

海外学界对中国古诗词的关注引发了大量相关研究，成就了中国诗歌研究诸多经典著作，如刘若愚(James J. Y. Liu)的《中国诗学》(*The Art of Chinese Poetry*，1966)，宇文所安(Stephen Owen)的《盛唐诗》(*The Great Age of Chinese Poetry*：*the High T'ang*，1981)、《世界的征象：中国传统诗歌与诗学》(*Traditional Chinese Poetry and Poetics*：*Omen of the World*，1985)，叶维廉(Wai-lim Yip)的《中国诗学》(*Chinese Poetry*：*an Anthology of Major Modes and Genres*，1997)，以及从中美比较诗学角度进行阐发的、石江山(Jonathan Stalling)《虚无诗学：亚洲思想在美国诗歌中的嬗变》(*Poetics of Emptiness*：*Transformations of East Asian Philosophy and Poetics in Twentieth-Century American Poetry*，2006)等。

值得注意的是，以上所述研究多为以中国古诗英译文为参考文献的中国古典诗歌研究，海外学界对中国古诗词的翻译研究相对不足，大多讨论集中于少数重要译者与经典译作，主要从比较文学的角度进行阐发。比如，叶维廉在其《艾兹拉·庞德的＜神州集＞》(*Ezra Pound's "Cathay"*，1969)中，通过比照译诗与原诗，深入探讨了中国古诗的翻译问题以及庞德在《神州集》中采取的翻译技巧，指出庞德不但在中诗翻译上实现了创新，也通过翻译吸收意象与形式，在成就其创作《诗章》(*The Cantos*，1925)的同时，推动了美国诗歌的现代化。海外华人学者钟玲的博士论文《肯尼斯·雷克斯罗斯与中国诗歌的翻译、拟作和改编》(*Kenneth Rexroth and Chinese Poetry Translation*，*Imitation*，*and Adaptation*，1973)从译诗思想、译诗策略和译诗风格的演变等方面深刻剖析了王红公的中诗翻译特色，强调了中国诗歌及翻译对其创作的深远影响。在《跨太平洋位移：20世纪美国文学中的民族志、翻译和文本间旅行》(*Transpacific Displacement*：*Ethnography*，*Translation*，*and Intertextual Travel in Twentieth-Century American Literature*，2002)中，黄运特(Yunte Huang)以意象派运动为例，分析了文化内涵通过翻译实现跨文化重生的“位移”过程。谢明《庞德与中国诗歌的挪用》(*Ezra Pound and the Appropriation of Chinese Poetry*：*Cathay*，*Translation*，*and Imagism*，2015)中通过分析以庞德为首的意象派运动与中国古诗翻译的关系，立足比较文学视角，彰显中诗英译对意象派创作的启发性。此外，温伯格(Eliot Weinberger)(1987)基于诗歌的阐释性特征，在《观看王维的十九种方式》(19 *Ways of Looking at*

Wang Wei)中，以王维《鹿柴》一诗为例，列举了该诗的19种译法，通过文本细读比对，呈现出该诗在中译外历史上的各种变形，是中诗英译在海外流变的直观展现。该书在2016年再版时，译诗增加至29首。

可见，中国古诗词在美国的英译已经取得了丰厚的研究成果。中外学界对中国古诗词在西方译介的流变史进行了细致梳理，系统介绍了英美两国的中国古诗词英译实践，深入剖析了中西诗学互为影响的具体表现，既体现了对中诗在美英译的整体关照，也为该命题提供了多元的研究视角。虽然这些研究没有将禅诗单独作为研究对象，没有深入系统地挖掘和揭示禅诗的文化背景、译介历史及具体的文化影响，但它们为后续深入研究和专题研究提供了宝贵的研究依据和参照。虽然这些研究未以禅诗及其相关译者为直接研究对象，但仍为中国古典诗歌在西方的接受与传播提供了重要的研究基础，为禅诗在美国的翻译与影响提供了一定的背景和语境。这为进一步探讨禅诗的翻译历史、文化渗透和对美国文学的影响提供了启示，为后续的深入研究与专题研究提供了非常宝贵的研究依据与参照，具有重要的借鉴意义与启发性。

1.2.2 禅诗翻译研究综述

禅诗因其深刻的哲学内涵在文学领域独树一帜，对禅宗思想内涵的跨文化阐释是禅诗翻译中不可或缺的重要考虑因素。这一因素也使得禅诗翻译及其研究相较于一般诗歌而显得更引人瞩目。然而，与中诗英译研究不断深入的发展相比，学界一直以来对禅诗这一特殊诗歌类型的译介活动关注不足，相关研究仅零星出现在各类期刊中，缺乏系统性的深入研究。

钟玲的《中国禅与美国文学》(2009)是中西比较诗学领域中少数涉及禅诗翻译的研究之一。钟玲以比较文学的研究视角，审视并梳理了禅宗思想在美国的传播与影响，认为中国的禅宗诗歌在禅宗思想传入美国过程中扮演着重要的角色，并强调了禅文化在美国文学中的渗透与融合。尤其是中国禅诗翻译通过介入美国文学系统，最终成为其不可或缺的重要组成部分。然而钟玲更多着墨于禅宗文化本身与美国文学的关系，仅在其中一章对中国禅诗英译进行概述，聚焦于禅诗在美国的文化误读，未能进一步挖掘误读背后的文化原因，尤其对中国禅诗翻译在美国现当代禅宗诗歌创作形成中扮演的角色缺乏更加深入的探讨。同样以比较文学为研究视角，陈琳(2017)以美国译者欣顿的译诗实践为研究对象，认为欣顿译诗体现了中国道禅思想与深层生态学的折射观照。该研究基于中国山水诗歌蕴含的道禅哲学特性，对该思想内核在译入语文化中的阐释与重写进行了丰富细致的文本分析，体现了对世界文学空间内文化碰撞折射过程的深度思考与把握。在此研究基础上，陈琳

(2019a)进一步提出，欣顿的译诗及其翻译话语体现了中国道禅哲学与美国当代深层生态学的融会贯通，通过树立中国山水诗道禅世界观式的荒野诗歌形象，建构了山水诗的生态话语意义。陈琳(2019b)在其专著《欣顿与山水诗的生态话语性》中对以上研究问题进行深化，不仅细致梳理了中国古诗词在美英译的历程，还通过总结欣顿译诗个案，提出其生态译诗融合了山水诗与当代英语诗歌的艺术所长，在译诗中进行了阐发与翻译重写，赋予了译诗生态文化话语性，从而实现了其当代意义与价值。系列研究不仅深入剖析了欣顿译诗，提出生态译诗的观点，也开启了美国当代对中国古诗词英译的崭新视角，同时更是山水禅诗英译研究的有益尝试与重要成果。

学界有少量学术论文，基本围绕最初被西方译介的寒山诗及参与寒山诗翻译的个别译者。寒山诗的翻译研究侧重于寒山诗译本在美国的经典化过程、译者思想与翻译策略及译者在特定规范下和文学系统中对寒山诗的改写与重构。胡安江是国内对寒山诗歌译者深入研究的代表学者。胡安江(2005)基于爱德华·赛义德(Edward Said)的"文本旅行"理论，表示文本在进入异域文化语境中时，译者需要在译介过程中作出一定妥协和变异。通过对斯奈德寒山译诗的文本分析，胡安江认为他对寒山诗进行了"创造性误读"，因而使得寒山诗这一"他者"形象在东道国文化中获得身份，并最终成为经典。胡安江(2009a)进一步指出，斯奈德的诗歌创作极大得益于其诗歌翻译经验。斯奈德的"历史意识"和"诗性原则"是指导其创作和翻译的基本准则；作为诗人译者，他对诗歌翻译的文学想象和自身丰富的荒野山居经历影响了其审美追求下的翻译选材。胡安江(2009b)从翻译规范的角度研究了美国学者伯顿·华兹生英译的《寒山诗百首》，认为其充分考虑了翻译规范，对源语文本进行了细腻考证，运用了"本土化"的翻译策略及加注的手段，为寒山诗歌的传播、接受和经典化奠定了基础。胡安江(2009c)也对亚瑟·韦利的译本进行了探讨，认为尽管韦利对所译寒山诗歌的选目和策略经过了慎重的思考，然而最终呈现的白话通俗的寒山诗歌译文并不符合英国传统学院派根深蒂固的文学传统，与当时英国的期待规范相悖，导致了寒山诗在英国的沉寂。胡安江与周晓琳(2009)以赤松的寒山诗全译本为研究对象，就赤松译本中的文史考证与译诗策略展开探讨，认为赤松译本中对相关史实的考证相当细腻准确，对寒山诗歌的研究有借鉴意义与参考价值；肯定了赤松考证资料的价值及此译本作为第一部寒山全译本的重要性，认为全译本的出版印证了20世纪50年代以来寒山诗在英语世界的广泛接受与传播，促进了寒山诗的进一步经典化与流传。基于以上研究成果，胡安江(2011)在其专著《寒山诗：文本旅行与经典建构》中对寒山诗在西方的译介，也包括在美国的译介情况和经典化过程进行了细致地历时梳理。朱健平和扎西措(2015)则立足翻译思想与翻译策略，通过分析斯奈德翻译寒山诗的选目和具体翻译文本，提出斯奈德通过对寒岩禅境主题的有意选择、意象的陌生化、佛禅思想的无形导入等手段，禅译禅诗，复活了诗僧寒山，成为英译禅诗成功的典范。秦思与陈琳(2019)则以劳伦斯·韦努蒂(Lawrence Venuti)的"阐释模式"(hermeneutic model)为观照，探讨了赤松《寒山诗歌集》重译本对寒山诗歌形式和主题项的重新阐释及其对寒山诗经典地位的建构作用。

因寒山诗在英语世界的广泛文学文化渗透与世界文学经典地位的获得，相关研究成为显学，这也引发学界对寒山诗歌译介历史的深入考证。耿纪永(2012)的研究表明，自1980年以来，关于寒山诗英译的论文多达四十余篇。耿纪永追溯了寒山诗在西方世界的译介史，发现与一般认为寒山诗是1954年经由亚瑟·韦利(Arthur Waley)介绍到英语世界的观点不同，受胡适《白话文学史》的影响，早在1933年美国汉学家哈特(John Hart)就在当年出版的《百姓》(*The Title in Ideographs*)一书中收录了《城北仲家翁》一诗。这一发现是对寒山诗歌初次英译历史的严密考证，为全面理解寒山诗在英语世界的传播历程提供了重要的历史线索。

除寒山诗歌翻译之外，国内其他禅诗作品的翻译研究也大多以翻译策略为切入视角。戴玉霞(2011)从接受美学的概念出发，以《卜算子》和《蝶恋花》为例，提出译者为了再现原诗意境，应该与诗人一同进入禅境，作出合理诠释，并充分考虑译文读者的审美水平和接受期待，以实现译本的美学价值。戴玉霞和樊凡(2013)通过对比苏轼《定风波》杨宪益和许渊冲的两个英译文，基于"和合学理论"提出翻译是创造性的生成过程，目的是实现诗歌的意境与禅境。他们认为两个译本分别以不同的方式实现了语言、文化和交际维度的和合，延续了原作的生命力。刘华文(2014)通过对比余宝琳、叶维廉和宇文所安等人对王维《终南别业》《兰亭》《鸟鸣涧》等诗作的英译，指出玄言诗、禅趣诗和佛理诗在中国诗歌发展史上具有复杂的渊源关系，因此译者在翻译时由于不甚清晰三者的界限，常常将三者替换性使用，导致交错性置换。李庆本(2015)则以王维《山居秋暝》的五个英译文为例，从中国禅宗与西方身体美学两个角度进行解读，认为翻译有助于跨文化交流，阐释是文本内在意义的重建，因此可以在共时与历时的维度对文本进行阐释，实现中西文化的对话。

综上所述，鉴于中国禅诗风格独特、意蕴深厚的特征，其翻译与普通诗歌类型存在明显差异，值得进一步探讨。海内外已有研究成果为深化该研究问题提供了一定的基础，可供借鉴参考。遗憾的是，虽然禅诗作为富有禅宗哲学意蕴的特殊诗歌类型已经引起一些研究者的关注，但是对禅宗诗歌英译情况的讨论仍然极为有限。特别是相较于不断涌现的禅诗英译，关注度仍有不足。当前学界对禅诗在美国的译介研究仍较为零散，存在一定局限。首先，已有研究对寒山之后的禅诗译介情况鲜有提及，对这一时期缺乏系统性的梳理。其次，对译诗的讨论大多停留在文本的比对与校勘上，相对缺乏对翻译策略选择背后成因的语境化探讨。由于禅诗兼备哲学思辨性和禅宗文学特征，具有强烈的主观阐释性，译诗往往是译者在特定接受语境下的重新创作。因此，有必要探索一种能够联结译者与语境的理论分析框架，以避免二者在研究中被割裂。

赤松本人并非创作诗人或学院派汉学家，他对禅诗的翻译并非源于诗歌创作需要或汉学研究初衷。他独立于当下美国诗歌创作与汉学研究系统的独特身份及其出自禅修愿望的译诗动机，使其译诗活动与当下美国其他禅诗译者群体相比存在差异。尽管如此，赤松的禅诗译作依然广受好评，屡次获得美国文学界的重要奖项，这表明他的译诗在美国文学与翻译领域已得到认可，成功融入了美国文学文化系统。剖析赤松独特的译者身份对其译诗的影响及其译诗得到美国文学文化界接纳的原因，就需要相应的研究框架，对赤松译诗活动中存在的个性与普遍性，及其译诗顺利进入美国文学文化场域的原因与互动机制进行合理描述与有力解释。因此，本研究以赤松为具体案例，将其译诗活动置于译诗发生的相应美国历史文化与社会背景下进行分析，通过还原影响其译诗的场域、分析译者惯习成因，并梳理支持赤松翻译活动的具体资本，研究禅诗翻译实践的具体影响要素，最终实现宏观语境与微观个案分析的有效结合。

1.3 研究内容与思路

1.3.1 研究内容与对象

本研究将采用描写译学的研究范式，以社会翻译学为理论指导，探讨赤松禅诗翻译在场域影响下的阐释与再生过程。翻译不仅仅是语言层面的转换，也是一种以译者为中介的社会活动，在译者的惯习、资本及所处的场域中不断演化。中国古典禅诗在美国经过赤松等译者的不同阐释，通过与译者资本与当下文学文化场域的互动，在世界文学空间中再生。译文的持续更新充实了原有的译诗传统，为民族文学走向世界文学舞台，与其他文学形式进行对话和共融，提供了更多可能性。本书以赤松为研究对象，旨在揭示其翻译行为的社会性特征，以及场域、资本与惯习在译者成功参与翻译场域建构与再生的互动关系。

基于以上研究目标，本书选取赤松的英译诗歌单行本及其主编并参与翻译的两部译诗选集为研究对象。本书的考察内容主要涵盖赤松诗歌英译活动所在的禅诗翻译场域特征，赤松的译者惯习、译者资本形成与译诗阐释，译者资本在参与翻译场域构建中的作用，以及场域、惯习与资本在禅诗翻译中的互动机制。具体研究内容如下。

第一，中国古典禅诗翻译的经典化及禅诗翻译的场域确立。赤松作为美国当代禅诗翻译传统的代表译者，其翻译实践根植于美国的社会文化语境。他的译者惯习及译者资本源于他生长和活动的具体社会、文化、翻译等场域。这些场域直接影响了他的翻译行为，介入其翻译活动，并最终体现在他的翻译作品中，从而再次作用于场域。对赤松所在译诗场域的成因和特征进行深入分析，可明确场域中形成的译诗规范。以此为参照，通过比对译者具体的译诗文本与同时期译诗规范，可以更清晰地认识译者及其所在场域之间的相互关系。这一阶段的研究旨在揭示中国古典禅诗在美国翻译的经典化过程，为后续研究提供必要的翻译史背景。

第二，赤松在美国禅宗文学文化浪潮中及其本人的社会轨迹下形成的译者惯习及译诗表现。译者惯习是译者对翻译规范的选择性内化，取决于译者所在的场域及其个人轨迹，既受译者身份制约，也受到其他相邻职业的影响。分析译者惯习的成因，并结合译文的文本表现，可以发掘其译文的阐释性成因，同时对译文得以被场域接受的可能性加以解释。这有助于了解译者在特定社会环境中所持的独特观点和翻译方式，理解赤松作为译者的翻译个性。

第三，禅诗翻译场域中的主要介入资本与赤松翻译活动中的资本构成。译者资本是其参与翻译场域斗争的竞争力，也是赤松译介作品得以被当下美国翻译场域接纳的重要筹码。分析及归纳赤松的资本类型，考察其在场域中的作用，可以揭示中国古典禅诗在美国作为翻译文学经由赤松等译者的不同阐释，如何在译者资本同当下文学文化等社会场域的互动中获得接纳。译文在场域中的不断更新，充实了原有译诗传统，也为民族文学走上世界文学舞台，与其他文学形式对话共融创造了可能性。了解翻译活动背后场域、惯习与资本的有效互动机制，有助于理解并进一步实现这一过程。这一阶段的研究有助于了解赤松资本对其禅诗翻译实践的影响，解释赤松在翻译场域中的地位和作用。

1.3.2 研究思路与方法

本书采取的研究方法主要包括个案分析法、文献分析法，与理论分析法，具体研究思路如下。

首先，通过个案分析法，细读赤松的译诗文本，体会把握译诗的文本内涵与诗学特征。借助文本细读、比照原诗与译诗，能够把握译诗的形式特色、语言风格、内容误读或创作改写等文本细节，并以此为依据提炼赤松诗歌的具体翻译形式与阐释特色。

其次，采用文献分析法，即搜集、阅读及梳理与禅诗翻译和与赤松翻译行为相关的翻译副文本，借鉴现有的研究成果为课题研究提供必要的研究基础与指导。首先，充分搜集史料，重构赤松翻译活动发生的东道语境。赤松的翻译实践发生于美国的当代禅诗翻译场域，这一场域在美国的两次中诗英译热潮之后逐步构建，在此过程中深受美国宗教、文化与文学等社会场域的影响。实现赤松翻译的语境化研究，需要明确相关场域在该进程中的历史背景。其次，收集访谈、序跋、评论等与赤松个人背景相关的材料，了解译者生平，重构译者的社会轨迹，从而深入讨论与分析赤松本人的惯习形成与资本构成。最后，基于以上文献分析，充分把握赤松翻译活动中介入的场域特点、其本人的译者惯习，以及赤松的个人资本，并结合其旅游文学、佛经翻译等文学作品，对赤松的译诗文本及译介活动进行分析和解释。

最后，采用理论分析法，深入观察译诗生成的诗学因素和动态发展过程。以社会翻译学为理论框架，在以上研究发现的基础上，通过确立当下禅诗翻译场域规范、观察赤松的个人轨迹，明确其译者惯习、资本对其翻译实践的具体影响，厘清禅诗翻译场域的运行机制，揭示译者的翻译行为在翻译实践中“结构化”与“被结构”的特征。

本书由六个章节构成，具体内容如下。

第一章为绪论，该章主要简述了禅宗诗歌翻译小传统在美国形成的历史背景，以及赤松在该译诗传统中的代表性与突出地位，以此说明本选题的研究问题与研究意义；继而对国内外相关研究现状进行述评，证明本研究的必要性与创新性；最后，对课题的具体研究内容与思路进行介绍。

第二章为本书的理论依据与社会翻译学下译者翻译行为研究的理论框架建构。该章首先明确了翻译研究的社会学意义，肯定了译者翻译行为的社会性，以及翻译研究向社会学转向的必要性。其次，第二章通过介绍法国社会学家布迪厄反思社会学理论中提出的场域、惯习与资本等社会学概念与其在翻译研究中对翻译活动的补充解释作用，说明该社会学理论与本课题研究目标的相关性及本研究运用该理论工具的可行性与必要性。最后，在前人已有的研究基础之上，该章对译者惯习、资本与场域在翻译中的互动关系进行了进一步阐明，厘清了翻译学研究与社会学理论之间的具体联系，以及翻译规范概念对本研究理论框架的补充作用。

第三章至第五章为本书的主体部分。第三章着重介绍赤松译诗活动所在的美国禅诗翻译场域的形成背景，同时对他在该场域之下个人惯习与文化资本的获得过程进行了梳理与总结。该章节首先回溯禅诗在美国的英译萌芽，阐述在这一时期对禅诗翻译场域的形成构成影响的相邻、相关的其他场域，包括美国当时的宗教场域、文学场域与汉诗翻译场域等。通过还原历史现场，分析禅诗翻译场域与其他场域之间的动态交互与渗透历程，该章旨在观测禅诗场域在美国形成的具体原因、发展过程及其场域特征。首先，该章确立了禅诗翻译作为独立场域的地位，为本课题运用社会翻译学理论分析提供了依据。同时，译者的翻译活动根植于东道历史文化语境。美国禅诗翻译场域是赤松诗歌翻译实践的所在场域，一方面与译者惯习与译者资本存在着交互影响，会左右译者对译诗文本的理解与阐释，另一方面也在译诗的接受与传播中扮演着重要角色。因而，研究赤松的翻译活动仍需回归到这一历史语境。对禅诗翻译场域的确立及分析是本课题的研究基础，这不仅提供了译者活动背景的历史资料，也对译介活动的发生作出解释。其次，该章分析赤松的译者惯习成因及其在惯习影响下的译诗选目特征。通过回溯赤松的人生经历、社会轨迹及翻译历程，并结合相关的访谈、讲座、序跋、论文等有关副文本，该章还原了赤松的翻译生涯，重构了其译者惯习，并对其累积的各类体知化文化资本类型进行了分析和归纳。最后，基于以上对赤松翻译活动中介入的场域、惯习以及资本的分析，该章对其以中国禅诗为主的译诗特色与译诗选目的具体特征作出解释。

第四章借助文本细读的研究方法，对赤松的具体译诗文本进行了细致的案例分析与讨论。通过分析译诗案例，第四章对赤松禅诗翻译的译诗形式及阐释风格进行考察并加以总结。在此基础上，该本章重点探讨赤松译诗活动对美国当下禅诗翻译场域内译诗规范的吸收接纳与其译者惯习对译诗阐释影响下的译诗特色，以及赤松的体知化文化资本在其禅诗翻译阐释中的关键作用与具体表现。

第五章主要讨论其他类型的资本在赤松禅诗接受与传播过程中的作用。首先，基于禅诗翻译场域的构成及影响因素，对当下美国的禅宗文化场域作出分析，并对驱动该场域发展的资本类型进行归纳总结。随后，参照以上资本构成，结合赤松的社会轨迹、翻译经历、获奖情况及译诗文本等，该章对赤松翻译实践中的相关资本介入与资本累积进行分析。基于此，该章结合场域、惯习等概念对赤松的译本接受情况作出分析和解释。最终，通过资本与场域的顺利互通，该章解释了赤松在当下美国翻译场域中的优势地位，及其顺利被接受，并再次参与这一场域建构的原因。

第六章为论文的结论部分。基于本研究的考察与分析，在社会翻译学视域下，以布迪厄社会学为理论工具，第六章对赤松翻译活动涉及的禅诗翻译场域、译者惯习及各项资本介入等进行考察，论证译者在翻译实践中既受场域影响，又参与场域建构的结构性地位；通过考查禅诗成功融入美国文学文化系统的案例，意图建立布迪厄社会学视域下的译者翻译行为的批评模式，为汉译外提供有效的翻译策略和理论依据。除此之外，该章亦提出现有研究的不足以及后续研究的发展方向。

第2章　布迪厄理论视角下译者翻译行为研究的社会学途径

自20世纪70年代翻译学科确立以来，翻译研究经历了多个关键的历史转向，包括20世纪80年代的文化转向以及在此基础上发展起来的社会翻译学转向。① 在文化转向之前，传统的语言学派将翻译简单地视为两种语言文字之间的解码与编码过程，研究主要关注原文与译文之间的对等关系或文本的“可译”与“不可译”性。这一视角忽略了语言本身可能承载的文化信息与社会功能，以及在翻译过程中这些信息经历的解构与重建。到了20世纪90年代末期，随着成熟的社会学理论的引入，社会翻译学作为“一个迟来的翻译研究视角”(Simeoni，2007)才逐渐引起学界的关注，文化转向开始向社会学转向(Wolf，2012)。目前在翻译研究中被普遍应用的社会学理论主要是法国社会学家布迪厄(Bourdieu)的社会实践理论(theory of practice)、法国社会学家拉图尔(Bruno Latour)的行动者网络理论(actor-network theory)，以及德国社会学家鲁曼(Niklas Luhmann)的社会系统论(systems theory)。其中布迪厄的社会实践理论在翻译研究中的应用尤其广泛，业已形成较为成熟的社会翻译学研究范式。

本章将对文学翻译中的译者翻译行为展开理论探讨，尝试构建译者翻译行为与规范理论的互动模式。通过布迪厄社会实践理论的核心概念，本章尝试对该互动模式作出解释，以期为译者翻译行为批评提供可借鉴的理论阐释框架。

2.1　译者翻译行为的社会性

20世纪80年代，在詹姆斯·霍尔姆斯(James Holmes)、伊塔玛·埃文·

①翻译研究的社会学途径自发展以来，学界对于这一学科称谓难以统一，有“翻译社会学”与“社会翻译学”两种翻译。本文取“社会翻译学”，可参考王洪涛(2011)《建构“社会翻译学”：名与实的辨析》。

佐哈尔(Itamar Even-Zohar)等学者的推进下，描写翻译研究应运而生。该学派摒弃原作中心主义，转而关注翻译活动的语境性因素，并主张将翻译置于具体的文化、政治、经济背景中进行考察。1990 年，在《翻译、历史与文化》(*Translation, History and Culture*)一书中，翻译“文化转向”(Bassnett et al.，1990)的概念被正式提出。文化学派将研究对象的单位上升至文化本身，研究焦点覆盖了性别、文化、政治、意识形态等诸多可能对翻译活动产生影响的社会文化等宏观因素，不再像传统翻译学局限于字、词、句法、篇章等层面的简单对等关系与文本中心主义。文化学派对翻译的语境性研究说明翻译的社会属性已经得到一定的认识，但社会学角度的翻译研究迟迟没有展开。文化学派更多聚焦于翻译现象中的权力、政治问题，以及翻译的其他社会功能，即翻译行为作为社会实践这一重要的特质并未得到足够的重视。

“翻译本质上是一种社会活动”(Tyulenev，2014)。早在 1972 年，詹姆斯·霍尔姆斯发表翻译学科的“独立宣言”(Hermans，2009)《翻译学的名与实》(*The Name and Nature of Translation Studies*)一文时，就曾特别强调翻译研究的社会性。他在文中提到，相较于文本本身，翻译界对文本语境性的研究还很有限，此类研究内容涉及文本翻译的时间、地点、类型，以及产生的影响，可能发展成为“翻译社会学”(translation sociology)或“社会翻译研究”(socio-translation studies)的新研究领域(Holmes，1988)。霍尔姆斯无疑对社会翻译学日后的建立与发展有着敏锐的先见性。翻译毕竟是一项“社会调节活动”(Hermans，1997)，任何翻译活动都根植于一定的社会语境，翻译的出现是为了满足一定的社会需求；作为翻译实践的主体，译者也是社会中的人，译者的人格、思想以及行为，无一不在社会中塑造而成。安德鲁·切斯特曼(Andrew Chesterman)认为，翻译的文化研究重点讨论与翻译相关的价值观、意识形态及传统等问题，而与之相对的社会学视角则更多关注翻译实践本身，聚焦于人(特别是译者)、可观察的译者群体行为，以及翻译机构(Chesterman，2006)。迈考拉·沃尔夫(Michaela Wolf)也将翻译过程分为“文化的”与“社会的”两个层次，认为文化研究涉及权力、宗教、经济等因素，而社会研究则关注翻译过程中的行动者(Wolf，2007)。

对翻译语境化的关注，促使翻译学科不断吸纳融合包括文学、文化等其他学科业已成熟的理论体系，催生发展新的研究范式。承认翻译的社会性，使得借助社会学理论解释翻译现象成为可能，这为翻译学科开拓了崭新的研究视野。对翻译活动中行动者的研究，也成为社会翻译学研究提出后最受瞩目的研究领域之一。翻译的选材、翻译方法、译作接受等各个环节，都受到包括文学、文化等各类社会因素的影响，同时翻译的过程也离不开译者的调节、阐释，这是翻译复杂社会性的具体体现。“以译者为首的行动者，是驱动社会翻译学视角发展的主要力量之一”(Buzelin，2013)。

受《翻译学的名与实》的启发，切斯特曼(2009)发表《译者研究的名与实》(*The Name and Nature of Translator Studies*)一文，在霍尔姆斯提出的翻译学研究路径基础之上，发展了译者研究路径。他将译者研究定义为对翻译中首要的、特定的行动者(即译者)的研究，如译者活动或态度、译者与社会和技术环境的互动或译者自身的历史和影响等。他认为译者研究可以分为译者的文化研究、认知研究及社会研究三个主要类别。其中译者的社会研究关注的是译者作为个体、群体或机构的可观测的行为、其所在的社会网络、社会地位、工作过程，以及译者与其他群体或有关科技的关系等(Chesterman，2009)。以译者为研究对象，观测译者的工作过程，以及译者在社会网络中与其他翻译各方的协作过程，也是社会翻译学研究的重要切入点。由此可见，可以以译者的社会研究为具体研究路径，并借助社会翻译学解释译者的翻译行为。

布迪厄的社会实践理论之所以得到翻译学界的关注与广泛应用，正是因为通过其理论中的关系视角可对行动者与社会结构之间的有机联系与运行机制作出有力解释。“布迪厄的社会实践论不仅仅是机构的社会学，也是其中行动者的社会学”(Gouanvic，2005)。传统的语言学派将翻译视为简单的语言转化，忽视了社会、文化影响；而文化学派则过于强调社会环境影响，对译者在其中的调节作用关注不足，翻译长久以来陷入决定论的弊端。译者作为社会中的行动者，其翻译行为具有社会性，译者的翻译动机、翻译决策无一不受到其所在的社会文化语境因素的制约。虽然布迪厄在生前并未就翻译作出讨论，然而正如其概念下的任一社会实践，翻译活动中涉及的外部宏观语境与微观层面的内部翻译产品、译者等，也有千丝万缕的联系。布迪厄主张“关系主义”，以其社会实践论指导翻译研究，这是将翻译置于社会关系网络中，避免了二元主义与决定论的弊端。布迪厄认为，实践是惯习、资本与场域三者互动的结果，他将这三者的互动模式总结为(惯习)(资本)＋场域＝实践(Bourdieu，1984)[101]，实践离不开惯习与资本在场域中的协作。鉴于布迪厄社会学理论与翻译研究的适切性，翻译学界借助“场域(field)”“惯习(habitus)”与“资本(capital)”等核心概念对翻译展开了广泛讨论。借用布迪厄理论解释翻译生产机制中的译者翻译行为，能够体现翻译研究中的关系性特征，对传统语言学派与文化学派在文本内外研究上的割裂现象起到了重要的弥合作用。

2.2　布迪厄理论中的关键概念

作为布迪厄理论体系的关键词，“惯习”“场域”与“资本”三者紧密联系、自洽相容，“以至于不借助其他两个，无法对其中任一概念进行定义”(Gouanvic，2005)[148]。作为布迪厄社会实践理论中的核心概念，“惯习”“场域”与“资本”互为关系，彼此依存，对其中任一概念进行探讨都必须将另外二者纳入分析。主观个体实践与客观社会现实的相互渗透与建构，通过惯习这一概念得到解释。

2.2.1　场域

布迪厄在其理论发展初期尤为强调“惯习”与“资本”的重要性，而对“场域”这一概念只是略微提及。然而随着他对该理论的拓展，“场域”概念开始在其理论体系中占据越来越重要的位置，布迪厄甚至表示“场域才是最重要的，它必须是研究的中心”(Bourdieu et al.，1992)。让-马克·古安维克(Jean-Marc Gouanvic)也指出，布迪厄理论的核心概念就是场域，包括惯习、资本等在内的其他概念都围绕这一启发性概念展开(Gouanvic，2005)[151]。

布迪厄将场域定义为“具有独立于政治、经济的，有自己独特运作法则的社会空间”(Bourdieu，1993)。布迪厄认为，社会并不是奉行同一逻辑而运行的整体，而是一种以场域为构成单位的聚合体。各个场域之间的地位相对独立，拥有各自的价值观与特定的规范，但各个场域之间又彼此关联、相互作用。布迪厄本人并非系统理论家，但他同样强调“关系”的重要性。“关系性”是布迪厄理论的核心之一，也是他对抗社会科学内主客观分化的主要手段。无论是其场域理论还是惯习，都体现出显著的关系特征，“从场域的角度思考就是从关系的角度思考”(Bourdieu et al.，1992)[96]，场域的本质其实是“相对独立的关系系统”(王悦晨，2011)。

相比较为空泛抽象的“社会”概念，布迪厄以“场域”取而代之。它将社会划分为具有不同功能、运行规则不同的社会空间。这些空间中存在各种冲突与斗争，参与斗争的筹码由与场域直接相关的资本类型决定。比如在文学或艺术场域，占据上风的可能是代表文化权威的文学艺术文化资本；而在科学场域，更具有说服力与竞争力的则是代表科学权威的科学文化资本。作为关系系统，场域不可能一成不变。由于场域之间相互关联，彼此影响，场域的疆界有时难以判断，因此场域的构建有赖于资本的确立。研究场域，首先要确定促使该场域运行的首要资本类型。基于这一前提，布迪厄提出了进行场域研究的三个主要步骤：首先，必须确定作为研究对象的场域与权力场域之间的关系，这是因为权力场域占据主导地位时，其他场域往往会受到权力场域的制约；其次，必须确立场域中参与竞争的行动主体或机构之间的相互关系，从而判断场域当中的资本竞争关系；最后，必须对场域中行动主体的惯习加以研究，因为惯习形成并作用于场域(Bourdieu et al.，1992)[104-105]。

2.2.2 惯习①

布迪厄对社会科学研究领域中普遍存在的二元对立主义持强烈批评态度，这是其社会学反思得以建立的主要基础。“惯习”概念的提出基于布迪厄的关系主义主张，正是这一反思的深刻体现。“惯习”这一概念是将传统二元对立联结起来的桥梁，因而是其社会实践论中最为重要的概念之一，在其整个理论体系中占据核心位置。

布迪厄认为，个体与环境的割裂是我们建构结构与构成惯习的秉性之间辩证关系的阻碍(Bourdieu，1977)。他将“惯习”定义为一种“被结构且有结构性的”“可持续、可转移的秉性系统(system of dispositions)”(Bourdieu，1977)[72]。作为秉性系统(或称性情倾向)，惯习在场域中获得，它是行动主体对社会规范的内化，而不完全受客观结构中的规则引导。惯习也不易被行动者察觉，因此不会任凭主观意愿驱使，反之以行动者的思维或行为表现呈现出来，并再次作用于环境。惯习形成于场域又作用于场域的特性，体现了布迪厄实践理论兼具“结构主义”与“建构主义”的重要特质(Bourdieu et al.，1992)[11]。构成惯习的秉性(dispositions，又称性情倾向)在布迪厄的定义中呈现出以下几个主要特征，即“秉性是灌输的、被结构、可持续、可再生且可转移的(inculcated，structured，durable，generative and transposable)”(Bourdieu，1991)。

首先，秉性是灌输的，这是因为性情的塑造是一个逐渐养成的过程。童年时期作为人格塑造、自我意识及外部认知形成的关键阶段，对行动者的秉性养成乃至后来的惯习表现有较大的影响。这些性情倾向表现在行动者的坐姿、用餐习惯、谈吐、审美品位等各个方面，左右着行动者的社会实践、认

①“Habitus”在中国学术界的翻译有多种。由于“惯习(habitus)”与“习惯(habitudo)”的词根相同，很容易从字面上将habitus简单译为“习惯”、“惯习”。有学者主张，这一译法失之偏颇，根据布迪厄提出“habitus”的内涵，更为确切的译法应为“生存心态”(高宣扬，2004)[114-116]。然而鉴于目前国内翻译学界普遍使用“惯习”这一译法，为避免概念混淆，本文中仍予以沿用。

知与态度。这套秉性养成之后与行动者融为一体，会在行动者本人毫无觉察的情况下，下意识地表现出来，可以将其理解为行动者的“第二天性”(Bourdieu，1991)[12]。这种第二天性影响下构成的惯习，被称作行动者的“初始惯习”，也是行动者惯习的一个主要部分。追溯行动者童年时期的成长历程，对初始惯习的研究、观察，尤其必要。惯习是灌输、养成的特性，这造就了它的“可持续”性。秉性逐渐形成之后，化为行动者的谈吐、气质，因为不被行动者察觉，所以也难以改变，从而长期与行动者共存。

“被结构”是惯习的第二个特征。惯习不可能在真空中形成，行动者惯习的塑造与之所处的社会环境，亦即场域息息相关。惯习是对外部客观环境，即场域内规则的选择与内化，因而行动者的惯习体现出一定的阶级性，而处于同个场域的不同行动者的惯习具有同质性(homogeneity)特征。因此对于行动者所处场域的观察及其运行规则的分析，是认识与分析惯习的一个起点。

“可再生并转移”则是指惯习不仅仅只在行动者养成惯习的场域内发挥作用，同时它也在其他场域中具备影响认知与实践的能力(Bourdieu，1991)[13]。惯习的这个特性意味着，行动者的惯习除了表现在其产生的场域中，也会在其他的场域中有所体现。比如，一名科学家在科学场域曾经受过长期严格规范的学术训练，如果从事文学写作，很有可能会将内化了的科学素养体现在文学作品中，并带入文学场域。

布迪厄对惯习的定义并未将个体行为局限于固定的社会结构中，而是赋予了惯习概念自律性。布迪厄将其喻为“交响乐(orchestration)”，表明个人与群体之间在心态与行动上同构性与交错性并存(高宣扬，2004)。被区化的个人与群体既相互配合，又扮演着不同的角色，在彼此的张力中共同协作，由此实现协调性与差异性共存的场域运作。因此，个人在社会中因属于不同的群体而被区分，但同时也“以其个人的身份同其所属的群体相区别，同属于本群体的其他成员相区别”(高宣扬，2004)。在行动者惯习的阶级特征得到区分的同时，个体的差别性也不会因此而被抹杀。由此可见，惯习概念的核心在于，它可以实现对外部客观结构的内化，同时也在与结构的互动过程中，外化其内在的结构，从而使外部客观结构发生改变。惯习因而被视为社会实践中，作为个体的行动主体与社会结构整体的重要联结，它弥合了主观与客观、个体与环境、微观与宏观之间的巨大鸿沟，充分体现了布迪厄社会学理论的关系视角。正因为惯习与场域彼此依存，所以在研究惯习时，需要同时对产生惯习的场域，以及惯习作用的场域作出观察。

2.2.3 资本

布迪厄在《资本的形态》("The Forms of Capital", 1986)一文中对资本的定义、资本在场域中的作用,以及资本可能存在的形式进行了详细的阐述。他将资本分为三种基本类型:经济资本(economic capital)、文化资本(cultural capital)与社会资本(social capital),之后他又补充了符号资本(symbolic capital)的概念。经济资本可以转化为既得利益,可以是金钱,也可以某种制度化形式存在,如产权;文化资本在某些情况下可以转化为经济资本,教育资历是文化资本的一种制度化表现;社会资本由社会联结与社会关系构成,在某些条件下可转化为经济资本,其制度化形式可以是头衔(Bourdieu,1986)。

布迪厄进一步明确了文化资本与社会资本的内涵。作为文化生产中最主要的资本类型,文化资本常见于三种形态:体知化形态(embodied state)①、客观化形态(objectified state)与制度化形态(institutionalized state)(Bourdieu, 1986)[244]。体知化形态指行动者长久形成的秉性系统,比如教育下形成的知识体系与养成的举止行为修养;客观化形态指文化产品,如影像、书籍等;制度化形态则指向通过某种制度予以认证的文化资本,如文凭、证书等。社会资本是通过稳定的社会网络,或彼此相识且认可的相对制度化的群体而获得的实际或潜在的资源集合。行动者可以利用的社会资本主要取决于他可以借助的网络中的社会关系,以及通过这些社会关系可以调动的有效资源。关系网络并非自然生成,而是一种"投资策略产品",是"个人或集体,有意或无意建立或再生的,可短期或长期利用的社会关系"(Bourdieu, 1986)[249]。

从布迪厄对资本的分类与定义可以看到,经济资本是其他所有资本形式的基础。无论是文化资本还是社会资本,在一定的条件下,都可向经济资本转换。但在实际的社会运作过程中,这些资本通常是以"符号资本"的形式发挥效力。符号资本标志着行动者受到的制度或非制度化的社会认可,它是一种"权力形式"(戴维·斯沃茨,2012),体现的是社会重要性。符号资本不是具体、独立的资本形式,而是从其他资本中获得的。因为资本的表达有时需要借助符号资本形式。所以"当具备明确、切实的认可时,每一种资本(经济,文化,社会)都(不同程度地)以符号资本的形式(或者更确切地讲,是以资本

①"Embodied state"在社会学中的常见译法有"体知化形态""具身化形态"与"具体化形态"等。参照布迪厄这一术语的定义,本文将其译作"体知化形态"。参见朱伟珏(2005)对三种形态文化资本的翻译。

的符号效力)运作”(Bourdieu，2000)。换言之，符号资本并不并列于其他资本形式。资本可以符号资本的形式存在和运作(Bourdieu，2000)[242]。在布迪厄区分的资本的三种基本类型中，社会资本与符号资本的关系尤其密切，这是因为社会资本基本是以符号资本的形式发挥作用的(Bourdieu，1986)[257]。

2.3 翻译场域中的译者翻译行为

布迪厄主张关系的重要性，他试图超越社会科学中根深蒂固的二元对立现象，包括“看起来无法解决的主观主义与客观主义知识模式间的对立，符号分析与物质分析的分离，以及理论与研究的长期脱节”，结构与能动作用(structure and agency)之间、微观分析与宏观分析之间的对立(Bourdieu et al.，1992)[3]。在此基础上建立的理论体系对除社会学之外的其他社会科学研究具有深远意义。以布迪厄社会学理论为指导的社会翻译学是对传统翻译研究的一大革新，它将翻译活动置于社会的宏观平台，以“关系主义”为基础观测行动者与场域之间的双向建构关系。以布迪厄的社会实践论解释译者的翻译行为，需要探明布迪厄理论与翻译之间的关系，特别是译者的翻译行为与其关键概念之间的联系。惯习与资本的研究以场域为核心展开，这就要求对翻译场域的研究范围加以界定，并在此基础上，解释惯习与资本如何通过译者在翻译场域中发挥作用。

2.3.1 翻译场域的研究范围

随着布迪厄社会学理论的引入，翻译研究学者在试图以“场域”概念描述翻译系统时产生了一定的分歧。这种分歧来源于翻译的他律性。古安维克认为文学翻译从属于文学场域，因为“相较于建立自身场域，译文与原创文本一样，服从于目标空间的客观逻辑”(Gouanvic，2002)。丹尼尔·西米奥尼(Daniel Simeoni)也持有相似观点，翻译需要迎合其他相关场域，因此译者不得不屈从，这决定了翻译的从属地位(Hermans，2014)。翻译作为一个自治性场域的地位受到质疑。然而以色列学者塞拉-谢菲(Rakefet Sela-Sheffy)却指出西米奥尼的观点过于极端。塞拉-谢菲提出，我们既可以认为文学译者活动于文学场域，也可以认为他们构建了自己的单独场域(Sela-sheffy，2005)，因为“如果‘场域’指的是人们受某种激励机制争夺位置的层级空间，那么以色列的译者——或者其他地方的译者——也构成了独特的行为场域”(Sela-sheffy，2005)[11]。文学翻译场域因此可以被视为文学场域的一个次场域，这并不影响借助场域概念对翻译的运作机制进行解释。

与此同时，翻译的跨文化与跨学科特性也更加凸显场域概念的优势，“正是在这种模糊的文化结构中，场域概念才更为有益”(Sela-sheffy，2005)[10]。这是因为场域本身就是一个相对开放的空间(Bourdieu et al.，1992)[104]。场域的疆界是争斗的关键，因而场域的边界是动态的。翻译场域的边界与内部层级也是在其中行动者的权利争斗下形成的，具有与其他任何场域一样的不确定性与变通的可能。场域的这种关系性与动态性决定了场域研究不能独立于该场域互动，并且参与场域建构的其他相邻场域。借由场域概念观察翻译，可使翻译场域的边界及其与其他相邻、相关的场域互动关系更加明晰。

场域研究的关键在于确定其中的资本关系，因为“场域的结构，如资本的不平等分配，是资本效力的来源”(Bourdieu，1986)[245]。将翻译视为一个自治场域进行研究时，要厘清该场域内参与争斗的主要资本类型。利用资本类型对场域的研究范围加以限定，是观测场域内部行动者实践与资本流动的关键。与其他任何场域一样，翻译场域也具有关系性与动态性，翻译场域也不可避免地受到来自其他相邻、相关场域的影响。不同翻译类型涉及的资本类型也可能不同，甚至可能在长期的交流与磨合中形成新的子场域，使翻译场域不断调整甚至扩大。比如，晚清时期随着西方文化思潮进入中国翻译场域的科幻小说翻译。场域是“有自己独特运作法则的社会空间”(Bourdieu，1993)[162]，与任何场域一样，每一个子场域也都有自己的运行逻辑与规则。从场域到子场域的分割，往往涉及“质的跨越”(Bourdieu et al.，1992)[104]。就翻译而言，诗歌翻译、科技翻译或小说翻译因为各自体裁或涉及专业的巨大差异，会形成整个翻译场域中各个不同的翻译子场域。因此在确定翻译场域内资本类型时，必须参考分析翻译场域产生与发展的相关、相邻场域，在理解翻译场域形成的基础上确定其中发挥作用的主要或次要资本。在确立每个子场域中参与争斗的资本类型时，也必须考虑参与该子场域构建的相邻场域特征。比如在以传达准确科学的信息为主的科技翻译中，最为重要资本就是科学场域中的科学权威，也就是科学资本；但对于文学性要求较高的小说翻译而言，文学权威则显得更为重要。

无论翻译场域内发挥主要作用的是何种资本，翻译场域的运作，最终都有赖于译者源源不断的翻译实践。翻译场域中资本的斗争与分配，由以译者为首的行动者实现。译者如何实现场域内资本的转移与再分配，是翻译场域的研究重点。确立翻译场域的主要资本是翻译场域的研究基础，但还须考虑参与翻译的译者所掌握的资本类型。译者占有的资本类型与数量是其译作在翻译场域中获得优势地位的重要条件。译者实现资本移动的过程，离不开其惯习的驱使与引导，因此还必须对译者惯习进行观测分析，并总结翻译场域中的运行法则，最终对翻译场域中译者的翻译行为及其对翻译场域的建构作用作出解释。

2.3.2　翻译规范与译者惯习

翻译行为具体受到何种社会文化因素制约，这一问题曾在文化学派中引发了激烈讨论。吉迪恩·图里(Gideon Toury)早在描写译学的发展初期就在多元系统理论的启发下提出翻译规范理论，以解释翻译活动中所遵循的相关准则。图里认为规范是由个体在其社会化进程中获得的(Toury，1995)。他将规范分为预备规范(preliminary norm)、初始规范(initial norm)与操作规范(operational norm)。规范作为个体能力与表现的中介，影响着个体的行动自由，即影响译者的翻译行为。然而图里对译者获得规范的具体过程，以及译者在实际的翻译实践中如何行使规范并没有进行深入讨论。虽然规范理论已经体现出翻译的社会学倾向，但是在探讨规范时，无论是图里还是切斯特曼都将焦点集中于对规范的描写而忽视了译者对规范的获得过程。作为翻译活动的主要参与者的译者在规范研究中缺失了。西奥·赫曼斯(Theo Hermans)也指出，早期文化学派以多元系统论与规范理论为代表的研究范式，容易使翻译研究过于抽象化、非人化(depersonalized)，陷入决定论(Hermans，2009)[118]。

译者"有时一个人可以同时扮演几个不同的角色……在译者社会性膨胀并达到社会化的极端时，译者行为可表现为译者借翻译来实现自己的意志从而将翻译工具化"(周领顺，2013)。翻译是对"源文本的一种阐释，是诸多相异、相冲突的可能阐释中的一种，对源文本的形式、意义及效果都有所变形"(Venuti，2013)。译者通过源文本和源语文化及译入语文本和文化之间的调适，将源文本变形为译文(Venuti，2010)。不同译者的调适不同导致差异的产生。"译者有选择译与不译的自由、是否完全忠实原文的自由，规范并不能解释译者或多或少主观与随机的选择"(Gouanvic，2005)[157-158]。影响译者翻译策略选择的因素，以及译者主观意志在翻译决策中的作用，都是译者翻译行为研究需要考察的对象。布迪厄的社会实践论基于"个体与社会是同一社会现实的两个方面"这一见解，认为"社会现实既存在于个体之内，也存在于个体之外"(戴维·斯沃茨，2012)[111]。惯习这一概念结合了认知与社会这两个以往分离的人类行为视角(Sela-sheffy，2005)[2]，既承认了社会对个体的制约作用，也避免了以规范理论为代表的文化学派的决定论倾向，以及对译者主观意志的剥夺。

西米奥尼(1998)首先意识到布迪厄的社会实践理论对规范理论的补充与

解释力，并利用惯习概念对图里的规范理论进行了发展。西米奥尼认为，翻译的学习过程就是将社会惯习精练为专业惯习。其次，惯习“被结构且有结构性的”的特征意味着译者一方面受规范影响，另一方面又影响规范，译者可以维持规范，也有可能创造规范(Simeoni，1998)。译者具体的翻译行为及其通过翻译行为对场域实施的建构作用，通过惯习实现。西米奥尼从社会学角度对规范与译者惯习之间关系的思考为研究翻译场域打开了一扇窗口，毕竟“惯习是社会秩序系统的真正枢纽。没有惯习，规范的存在相当于魔法”(Simeoni，1998)。以翻译规范为观测点，可以建立译者的微观内部研究(文本研究)与宏观外部研究(场域研究)之间的联系。

参照西米奥尼的观点，如果说惯习是联结行动者与场域的纽带，那么翻译规范则是观测翻译场域与译者惯习形成时的重要参照。既然场域拥有自己独特的运行逻辑与既定规则，翻译作为场域，自然也具备自己的运行准则。翻译规范在翻译场域下形成，描绘了翻译场域内的基本运行法则。图里在定义翻译规范时，将译者对翻译规范的实施置于法则、规范与个性的连续范围之内。惯习概念的提出，对译者在该范围内的规范选择作出了解释。翻译作品因而是翻译场域下，译者遵循场域内部法则，对原作的重新阐释与建构。行动者的惯习决定其“行动目标、风格和模式”(高宣扬，2004)[119]，因此“译者惯习总是影响翻译实践的方式”(Gouanvic，2005)[164]。译者在具体翻译活动中的策略选择，不一定是刻意为之，而是有可能受到在目标翻译场域中养成的惯习影响。译者并非简单屈从于场域内的翻译规范，而是在惯习的主观性驱使下，对翻译规范无意识地选择性吸收。

惯习是对外部客观环境的内化，这包括译者对其进行翻译实践所在的翻译场域规则的内化，也包括译者在与其他场域互动过程中生成的惯习。译者是翻译场域与其他场域实现互动甚至融合的重要渠道。这是因为惯习是一种“社会化的主观性”(socialized subjectivity)(Bourdieu et al.，1992)[126]。作为一个社会化个体，译者不可能仅仅存在于翻译场域(Simeoni，1998；Sela-Sheffy，2005)，其惯习是在其整个“社会轨迹(social trajectory)”(Bourdieu，1993)[56]中逐步形成的。

在西米奥尼对译者惯习的开创性研究成果的基础上，许多西方学者纷纷结合布迪厄的惯习理论，对译者惯习进行了更加细致而深入的探讨(Inghilleri，2003，2005；Gouanvic，2005；Sela-Sheffy，2005；Meylaerts，2008，2010；Wolf，2012)。一些学者对译者惯习进行了细致的区分，比如西米奥尼提出的特殊惯习(special habitus)与社会惯习(social habitus)(Simeoni，1998)；莫伊拉·伊基拉利(Moira Inghilleri)提出的初始惯习(initial habitus)，以及梅赖埃兹在前人基础上总结的初始惯习与职业惯习(professional habitus)(Meylaerts，2010)。西米奥尼认为，社会惯习是作为场域行动者在复杂社会环境中形成的一般惯习，而“成为译者的过程就是将社会惯习精练为特殊惯习的过程”(Simeoni，1998)[19]。布迪厄提出的初始惯习是指个体通过家庭、阶级或教育在早期社会化过程中经灌输养成的一套秉性系统。职业惯习是指行动者在职业场域内形成的惯习。行动者的惯习经过在专业领域的提炼而形成职业惯习(Meylaerts，2010)[2]或特殊惯习(Simeoni，1998)[19]，从而指导行动者在专业领域内的具体职业表现。

命名的差异并没有改变惯习的内涵，即它作为行动者被结构的秉性系统的特质。面对翻译场域同时存在的各类规范，译者的“早期社会化、人生经历以及社会轨迹下获得秉性的可转移性，在译者惯习中起关键作用”(Meylaerts，2010)[3]。特殊惯习与职业惯习等概念的提出，提醒研究者不应将译者惯习与译者在其整个社会轨迹中形成的一般惯习同一而论，而应以一般惯习为基础，以翻译场域内的规范为参照，对译者在翻译场域内的惯习进行具体化、细致化的分析。笔者认为可以在以往研究的基础上，尝试性地将惯习分为初始惯习、特殊惯习与职业惯习三类。其中初始惯习为行动者在早期社会化过程中，因家庭、教育等影响而形成的一般惯习；特殊惯习为行动者受初始惯习影响主动进入特定场域而养成的独特惯习；职业惯习则是行动者在职业场域内形成的特殊惯习，具有专业化的特征，有别于其他特殊惯习。

总而言之，惯习概念的提出，解释了译者对于翻译规范的获得，也就是译者翻译行为的形成过程。译者惯习是译者在社会轨迹中逐步建立的个人惯习在翻译场域中的职业化表现。鉴于场域的互动性特征，一般惯习及译者在其他场域形成的特殊惯习，都可能影响译者对翻译规范的内化，形成影响翻译各个阶段决策过程的翻译职业惯习。重塑译者的个人轨迹，以翻译文本为参照，建立起场域与译者及译文的联系，可实现对译者惯习的观测归纳，并对译者惯习对翻译场域进一步建构的可能性作出合理预判。

图里之后，切斯特曼、克里斯蒂安·诺德(Christiane Nord)，以及赫曼斯等人均对翻译规范概念的内涵进行了探讨与延伸。切斯特曼首先在图里的基础上对规范的分类加以补充。他将规范分为产品规范(product norm)、期待规范(expectancy norm)和生成规范(process/production norm)。其中，生成规范又细分为责任规范(accountability norm)、交际规范(communication norm)和关系规范(relation norm)(Chesterman，1997)。切斯特曼的规范类型涵盖社会，伦理和技术规范，他表示，在生成规范中，只有关系规范针对翻译或其他改写行为，而责任规范和交际规范并不仅仅局限于翻译行为，并且二者凸显了翻译作为一种跨文化交际行为的特性。尽管图里也认识到翻译行为的社会性，在具体的操作层面上，他并没有将这一特性通过规范的定义和划分明确地体现出来。因此比起图里只考虑跟翻译过程相关的规范，切斯特曼大大扩展了规范的概念，凸显了翻译行为的社会特性，拓展了图里的规范概念并与其互为补充。然而针对切斯特曼规范分类下的关系规范，赫曼斯提出了质疑。他认为关系规范的概念将我们的关注点又带回"什么是翻译"这一规定性翻译研究的历史问题，并且与期待规范在内涵上存在重复(Hermans，2009)[79]。诺德则将翻译规范分为构成成规(constitutive convention)与调试成规(regulative convention)，其中构成成规决定特定文化群体认可的翻译形式，而调试成规意指被普遍认可的文本层次之下处理特定翻译的方式(Nord，1991)。诺德对翻译规范的分类比较宽泛，并且在一定程度上与切斯特曼和图里的规范分类有概念上的重叠，在研究过程中，后者的可操作性显然更强。

规范体现的是特定历史时期与社会群体对翻译的普遍认识。图里的三种规范类型与译者的翻译决策过程直接相关，因而与译者惯习的形成及其在译文中的表现有密切联系。对翻译场域中包括初始规范、预备规范、操作规范等翻译规范的选择性内化，形成译者的职业惯习，体现为译者的翻译动机、翻译选材及翻译策略。译者可能顺从或偏离主流规范(这取决于译者的初始惯习与特殊惯习的特征与介入程度)，从而形成自己独有的翻译思想、翻译策略，继而体现出其独特的译者风格，并在该过程中进一步固化现有翻译规范或创造新的规范，实现对现有翻译场域的建构与拓展。切斯特曼提出的期待规范与交际规范则涉及读者对译文的接受。因此，结合译者的翻译文本与译者同时期的翻译规范，可以观测译者惯习在不同翻译决策阶段中的表现、其惯习与同时期规范的共性与差异性，由此直观呈现译者对场域结构内化在翻译上的具体体现，以及译者资本在推动译文传播与接受、最终成功实现交际功能的作用机制。

2.3.3 资本与翻译生产传播

场域的确立是分析译者惯习与资本的前提。"场域存在着不确定性，即便有规则和法规的领域，也有变通的可能"(Bourdieu et al.，1992)[18]，这种变通性，源于场域之间的互动，通过行动者惯习对场域的建构来实现。维持、促进翻译场域的运作与发展，正是得益于以译者为首的行动者不断内化所在场域结构并再次作用于翻译场域的循环机制。通过译者的翻译行为实现译文预设社会功能、实现跨文化交际的过程，不仅仅需要译者生产符合期待规范与交际规范的译文，而且需要在译文与规范发生冲突时，译者在场域中占据足够数量的各类资本，从而在场域中获得优势地位。译作资本来自于翻译实践的各个环节，主要包括译者资本、原作资本与出版商资本等。

首先，原作是翻译实践的对象，原作携带的文化资本经过译者的翻译阐释被译作承继，是译作在翻译场域中获得接受的敲门砖。原作的文化资本是译作迈向市场的第一步，也是译作获得经典地位、获得符号资本的先决条件。例如，寒山诗的文化资本在于其中蕴含的佛禅思想，因此寒山诗才得以在一定的时代背景下引起共鸣，成为世界文学经典，进一步形成符号资本，被一再重译。再如，《道德经》蕴含的深刻哲学内涵与辩证思想构成了它的原始文化资本。经历了一百多年的译介历程，《道德经》有上百部译本。《道德经》不可动摇的经典地位也为它带来了丰厚的符号资本。与原作直接对话的译者，不但获益于原作的文化资本，也"受益于在源语社会中出版的原作的符号资本"(Gouanvic，2005)[162]。

其次，作为翻译场域中最直接与主要的参与者，译者本身的资本也是参与场域斗争的重要筹码。参考布迪厄对资本类型的划分，译者携带的资本分为经济资本、文化资本与社会资本三类。译者的经济资本是译者在翻译实践中直接投入的物质基础，可确保翻译的顺利完成。这些经济资本可能来自译者，也可能来自支持译者翻译工作的基金、奖金等或某些机构团体的赞助。各类资本共同叠加并作用于翻译场域。当经济资本处于劣势时，译者本人的文化资本与社会资本可以弥补，并占据更为重要的位置。

依据布迪厄对文化资本的划分，译者的文化资本也可分为体知化资本、客观化资本与制度化资本。惯习源于行动者的个人经历与社会实践，经过经验的持续累积而形成内在的意识结构与行为倾向，左右行动者在场域中的思维模式与各项决定。行动者占有的文化资本的体知化形式也是其在人生经历与社会轨迹中，对周围环境内化形成的秉性与性情倾向，最终形成行动者本人的学识修养、观念态度等。惯习因此可以视为行动者体知化文化资本的具体表现之一。体知化文化资本是译者进行翻译实践的重要条件。译者的体知化文化资本与惯习共同影响译者的翻译选材，以及译者对原作的阐释和解读。译者本人的知识结构、文学造诣等与翻译场域相关的文化资本类型有助于译者顺利理解原作，并履行文化中介角色的重要体知化文化资本。译者的客观文化资本指译者的文化产品，如译者之前出版的译作，以及在翻译场域的相关场域中积攒的客观文化资本，如文学场域中出版的文学作品。鉴于场域的相关性特征，行动者在其他场域获得的资本也可能在相关场域发挥作用，因此译者在其他场域的文化产品也可以作为在翻译场域中的文化资本积累作用于翻译场域。制度化资本是译者身份的证明，体现了译者在翻译场域中的合法性。译者可能具备的制度化资本包括相关的学历证书、获得奖项、机构成员等。这些证明或头衔作为制度化的文化资本，为译者参与场域竞争积累了符号资本，使译者成为场域内具有资质与受到认可的合法参与者。

鉴于资本的传递性特征，译者将翻译作品引入目标语文化的同时，也实现了原作文化资本由源语文化向东道文化的转移。作为客观化形态文化资本的译作，它的文化资本是原作文化资本与译者文化资本共同协商后的结果。译者本人掌握的文化资本将直接影响这一协商过程，这就是资本传递的有效性。译文作为翻译的最终产品，承载着原著与译者共同的文化资本。在三种基础文化资本类型中(体知化形态、客观化形态、制度化形态)，体知化形态的文化资本由于是译者在社会轨迹中内化而成的知识体系与学识修养，左右着译者对原作的理解及阐释模式。因此体知化形态的文化资本将直接作用于翻译的实现过程，并反映在翻译最终产品即翻译文本中，是与译作文本联系最为紧密的文化资本形式。

最后，译者的社会资本是译者在翻译场域中建立的社会网络，可以视为译者在翻译界和出版界的有效社会关系。这样的社会资本可以来自合作翻译中的合作译者、知名出版社，或者具有一定符号资本的业界人士。由于社会资本主要以符号资本形式发挥作用，译者的社会资本会为其译作带来更广泛的市场认可，有助于译者在翻译场域内保持优势地位。译者在其社会关系网络中，不可避免地需要与翻译各方沟通、协作。在这一合作过程中，译者掌握的其他各类有效资本可促成各方合作，使各方参与人也成为译者的有效社会资本，最终推动译文在译入语文化中的传播。

文学翻译的目的，在于实现不同文化之间的文学文化传播与互通共融。文化建构意味着多元文化碰撞下的文化融合。达成这一目标有赖于文化资本通过译者的翻译行为向译入语文学文化场域的转移。毕竟，“正是文化资本使翻译呈现出对文化的建构功能。这种建构通过文本间的协商，抑或借助翻译策略来实现，使一个文化语境中的文本渗透到另一文化的文本或概念中，并在他者文化中发挥(建构)作用”(Bassnett et al.，1998)。文化资本的流通并不孤立。翻译是一项社会活动，以译者为主要行动者对文化资本的协调调度，也需要在其他各项资本的协助与互动机制下实现。除译者同原著资本较量的必需文化资本之外，对于社会资本、经济资本等的有效调用，也影响译者对场域的建构。译者可调动的各项资本数量，是其在场域中参与竞争并取得优势地位的主要条件，也是文化资本通过翻译过程实现成功转移的重要依据。

2.4 小　结

作为翻译实践的直接实施者及翻译行为中最重要的参与人，译者是源语与译入语文化之间的桥梁与枢纽，也是翻译场域的建构者。译者担负选择翻译策略的重要任务，影响翻译交际功能的实现。作为社会人，译者对于翻译策略的选择不可避免地受到其在社会轨迹中形成的惯习影响。译者的初始惯习在其社会轨迹中被塑造，并通过翻译实践，经过职业化的精练，最终形成左右译者在翻译活动中作出决策的译者惯习。惯习同构性与交错性并存的特征，可能导致译者对主流规范的认同或反抗，并在其译作中体现出与同时期翻译规范的共性与差异性，从而实现翻译场域内要素与资本的重置与分配。而翻译场域内的资本配置，需要译者的资本参与，通过译者与翻译行为各个参与方的较量与协作，获得在翻译场域内的有利位置，从而实现译文的成功接受。因此，在布迪厄的理论框架下研究译者的翻译行为，即是将翻译视为社会活动，承认译者翻译行为的社会性，并以翻译场域中的译者为主要观测对象，通过确立翻译场域运行规范与资本特征，重塑译者惯习；从微观层面考察译者在翻译文本产生过程中的作用，从宏观层面考察译者翻译实践对翻译场域的建构作用。

第3章 场域初建：禅诗翻译与赤松译诗缘起

译者的翻译行为、译作表现，以及译者各类资本在翻译场域建构中的效用，都不可避免地受制于与翻译场域进行互动并参与翻译场域建构的各个相关、相邻场域。禅诗翻译首先属于翻译文学，同时又兼具禅宗文学的思想特殊性，以及诗歌形式的独特性。禅诗英译场域不免与禅宗哲学、诗歌文学以及翻译文学等场域互动交汇。因此，考察禅诗翻译场域的形成与其中的资本运作，首先要回溯该场域形成的历史语境，探究与其相邻的文学场域和宗教场域等在禅诗英译场域建构发展过程中发挥的作用及其与翻译场域的互动模式。由此可确立场域中的主要资本类型，从而合理划分场域边界，亦即场域的研究范围。

赤松是美国当代中国古典诗歌翻译小传统的主要译者之一，是禅诗译介的重要代表人物。他的翻译行为形成于20世纪中后期的美国，作用于同时期形成的美国禅诗翻译场域，至今仍在该场域中获得接纳并持续发挥一定影响。理解赤松的翻译实践，需还原其个人经历与社会轨迹，以此探究其译者惯习形成的语境因素与结构化过程。同时，还需结合禅诗翻译场域的特点，重塑赤松的译者惯习，归纳其掌握的体知化文化资本。通过对赤松翻译惯习和文化资本的分析，我们可以更好地观察和把握赤松译作在这些因素影响下所呈现的中国古典诗歌译诗特点。

3.1 美国禅诗翻译的场域建立

第二次世界大战之后，禅诗翻译作为美国诗歌翻译的小传统雏形初现，直至20世纪90年代逐渐形成一定规模。禅诗翻译既属于翻译文学，又扎根于诗歌文学。禅诗翻译场域同时是诗歌翻译场域与文学场域的次场域。中国禅诗被认为是禅宗思想与中国古典诗歌艺术的完美融合。无论以诗寓禅，抑或援禅入诗，禅诗都以其凝练含蓄的文字艺术传递禅宗文化精神，以语言简洁而寓意深厚著称于世，堪称中国古典诗歌精粹。作为佛教重要分支的禅宗哲学是禅诗蕴含的文化核心。归根结底，禅诗翻译的传统形成与场域建立，源自宗教、文学与翻译场域的历史互动与对话。

3.1.1 社会宗教场域

佛教自传入美国之后影响深远，触及文学、艺术，乃至现代心理学等各个领域，已从早期的移民宗教发展至后来的全国性宗教，直至今日的世界性宗教(张子开，1994)。不可否认，作为佛教的重要宗派之一，禅宗在美国的本土化获益于佛教在美国的传播；反之禅宗的成功本土化也正是佛教在美国宗教场域内得以树立权威的重要原因之一。

早在19世纪初期，梭罗(Thoreau)、爱默生(Emerson)与惠特曼(Whitman)等超验主义作家在创作中就已流露出浓厚的东方色彩，其作品中表达的自然观与自我观也与禅宗思想不谋而合。早期美国佛教以唐人街为中心传播，19世纪佛教在美国的传播还得益于一部分白人佛教"同情者(sympathizer)"。这些出现于维多利亚时期的同情者对包括佛教在内的亚洲宗教存有浓厚兴趣，但并不自居为佛教徒。此时佛教在美国并没有与主流宗教抗衡的实力，同时也因为受众的边缘化与局限性难以产生深远影响。

佛教进入美国将近半个世纪的时间里都仅仅处于移民宗教的地位。直至1880年，才出现第一位真正意义上的西方佛教徒①。佛教在美国的系统传播更是姗姗来迟。20世纪五六十年代，佛教在美国出现的一百多年之后，一股前所未有的禅宗热潮横扫以加利福尼亚州伯克利市为中心的美国西海岸地区，并逐渐向全美扩散，自此佛教真正在美国形成较19世纪更为深远、"可见"的宗教现象与文化影响(Prebish et al.，1998)。禅宗显然不是唯一，也并非最早进入美国的佛教派别。然而"20世纪50年代的'禅宗潮'被视为美国佛教历史传承的重要分水岭"(Seager，2012)，随即在美国宗教场域之外的文化、文学、艺术、心理等各个领域引起波动震荡。

第二次世界大战结束后的社会文化氛围为禅宗佛教在美国扎根筑成了温床。第二次世界大战之后，国力剧增的美国一跃而起，成为与苏联势均力敌的又一超级大国。然而美国与日俱增的国际影响却难以收拢民心。经历20世纪先后两次世界大战，包含美国在内的许多西方国家长久以来建立的文化自信与经济基础都遭到前所未有的动摇，日趋严重的经济危机与战争带来的剧烈社会动荡，使人民陷入对国家前景与个人未来的普遍焦虑之中。为快速敛

①第一位西方佛教徒为美国神智学家亨利·斯太尔·奥尔科特(Henry Steel Olcott)，他于1880年5月25日在当时的英国殖民地锡兰(今斯里兰卡)正式皈依(Tweed 2005)。

积财富发展工业科技，极端崇尚物质主义的现代文明，使美国民众陷入了深重忧虑，逐渐对长久以来奉行的以基督教为主导的、西方中心主义的传统价值观产生怀疑。第二次世界大战成为一面人们借以自我反思与审视的镜子，对昔日理想日渐充耳不闻的美国现代文明在镜中向人们不断闪烁着警示。“二战后的垮掉一代，同在 20 世纪 40 年代末期和 50 年代初成长起来的每一位美国人一样，处在一个新的大众导向的消费社会与追求个人自由和自我表达的夹缝之中”(Inchausti，2017)。在传统基督教已经难以满足精神需求的同时，他们逐渐将目光投向一些亚洲宗教。因为在他们眼中，这些宗教奉行的价值观更为“平和、反物质主义、非二元对立”(Prohl，2014)。相比以逻辑思维为主的西方传统宗教哲学，禅宗佛教以其截然不同的超越性脱颖而出，引发了空前的宗教意识爆发，成为战后美国人新的精神寄托。

作为美国佛教中最为瞩目的分支，禅宗热潮的形成除了受到战后的社会文化氛围烘托之外，也得益于铃木大拙(Daisetz Teitaro)、瓦兹(Watts)等一批禅宗大师对禅宗思想的宣传普及。1893 年，第一次世界宗教议会在芝加哥举办。铃木大拙是当时出席会议的释宗演(Soyen Shaku)大师的随行翻译。铃木大拙是公认的真正将东方禅学传播至西方的第一人，是在西方推广佛教，尤其是禅宗佛教，并促进禅宗大众化与现代化最为重要的日本佛教大师之一。他在美国的禅学普及工作贯穿第二次世界大战前后。铃木大拙原本在美国伊利诺伊州的一家出版公司就职，回到日本从事佛教研究之后，又于 1936 年赴美。自此直至第二次世界大战初期，他任职于著名学府哥伦比亚大学，进行佛教讲学。铃木大拙赴哥伦比亚大学之前，美国没有真正的禅宗讲师。1950 年至 1958 年，铃木大拙再度赴美，并在此期间编辑与翻译了大量佛学著作。他对佛教普及作出的初步尝试，为战后佛教在美国的发展奠定了坚实的基础。

禅学具有与讲求逻辑思维的传统西方哲学截然不同的思维方式。铃木大拙强调个人体验，对禅宗思想进行了深入浅出的阐释，创造了独特的以“悟”(Satori)为主的“铃木禅”。铃木大拙所著的《禅学入门》(*An Introduction to Zen Buddhism*，1934)与《禅宗手册》(*Manual of Zen Buddhism*，1935)等英文禅籍，成为西方人士进行禅宗实践的重要指南。第二次世界大战后，英国骑士出版社(Rider & Company)重新再版了这两部铃木的主要著作，它们与之后出版的《禅与日本文化》(*Zen and Japanese Culture*，1959)，以及《禅宗与精神分析》(*Zen Buddhism and Psychoanalysis*，1960)等禅宗文集一道，即刻在战后的西方社会引发热烈反响，广泛流传于战后学习佛教的欧美人士当中，直至今日仍然是佛教学习的必读经典。铃木大拙对东西双方文化的深邃理解及对禅学通俗易懂的现代阐释，使禅宗佛教在美国得到了初步认识与普及。与此同时，铃木的著作发表与禅学讲座也获得了成功，为禅学的进一步传播提供了广阔的平台。铃木的系列禅学宣讲吸引了当时美国文学界与学术界的诸多知名人士，一些影响力高、受众面广的媒体也对铃木的禅学宣讲投以关注。包括《时尚》(*Vogue*)和《时代》周刊(*Time Magazine*)等在内的主流媒体纷纷对铃木禅学的思想进行了专题报道。借助商业媒体这一传播平台，铃木大拙及其所宣扬的铃木禅获得了极高的曝光度。禅学在现代大众传媒的宣传与推动下，向西方大众呈现。铃木禅深刻影响了佛教及禅宗在当代美国的认识与发展，它的成功也使铃木大拙成为东方禅学在西方世界的中介与代表，西方现代禅学就此开启，成为佛教禅宗得以逐渐从以华裔与欧洲移民为主的边缘宗教文化向美国主流文化渗透的重要基础，开启了佛教成为美国全国性宗教的新阶段。

继铃木大拙之后，他的学生和追随者艾伦·瓦兹成为西方主动介绍东方禅宗文化的代表。瓦兹是英国人，1938年移民美国。瓦兹早在1936年便出版了他的第一部禅宗著作《禅的精神》(*The Spirit of Zen*)。该书于1955年修订再版，被认为是“西方人就(禅宗)这一主题首次重要的写作尝试”(Humphreys，2013)。1957年，《禅之道》(*The Way of Zen*)一书出版，再次引起强烈反响。他的《垮掉禅，方形禅与禅》(*Beat Zen*，*Square Zen*，*and Zen*，1959)更是精确地阐释了垮掉派运动中的禅宗精神，继铃木大拙后在美国又一次掀起对禅学的广泛兴趣，使“禅”成为家喻户晓的文化名词。瓦兹由此成为继铃木大拙之后对美国佛教发展贡献最大的人物之一。

在第二次世界大战后的社会氛围中，艾伦·瓦兹的出现迅速吸引了当时美国逆向文化运动代表人物的瞩目。艾伦·瓦兹于这段时期在美国亚洲研究学会发表的一系列演讲和主持的广播节目引起了广泛关注，使他成为备受瞩目的文化标志和禅宗名人。与著名诗人和作家斯奈德(Snyder)、凯鲁亚克(Kerouac)等的密切交往进一步提高了他在逆向文化运动中的地位，将他推向舞台中心，成为推动该运动发展的关键人物。与此同时，在美国加利福尼亚州伯克利和旧金山湾区涌现的垮掉一代，通过小说、诗歌及其他文学作品表达出对禅宗佛教毫不保留的认同，成为促进禅宗发展和文化深入的“催化剂”(Prohl，2014)[197]，促使禅宗文学这一独特新文学场域的形成。

第二次世界大战后人们的精神渴求与佛教大师的宣传普及，使得禅宗在短短几年间“从20世纪50年代的禅宗潮，转变为20世纪60年代的佛教爆发”(Seager，2012)[98]。随着更多禅宗中心的建立，越来越多的美国人亲身参与禅宗修习，甚至为了修行便利，在禅宗中心附近租住公寓，并因此形成了核心社群(Seager，2012)[98]。19世纪末期，美国只有少数亚洲佛教大师，随着禅宗佛教在美国发展壮大，20 世纪后期，越来越多的亚洲讲师选择留居美国，在当地的禅宗中心宣讲。直至 1970 年，几乎所有的亚洲佛教教派都已在美国出现(Prebish et al.，1998)[8]。20 世纪后半段，美国佛教中心规模的增长速度惊人，唐·莫里尔(Don Morreale)在他的作品《佛教美国》(*Buddhist America：Centers，Retreats，Practices*，1988)中记录的佛教中心长达 350 页。根据哈佛大学的一项调查，现今美国建立的各类佛教中心共计约 1200 处(Laderman et al.，2014)。目前并没有准确数据说明美国现有佛教徒的人数，这是因为许多参与佛教修行的普通人并不将佛教视为一种宗教，因此也不以佛教徒自称。除此之外，还有许多对佛教感兴趣，但并未皈依或者参与修行的佛教"同情者"。据统计，美国正式皈依的佛教徒在 300 万至 500 万之间(Laderman et al.，2014)[47]，约占美国人口的 1%。然而如果将受到佛教影响的同情者与修行的普通人也囊括其中，这一数字很可能跃升至惊人的 3500 万(李四龙，2009)，可见佛教在美国的影响之大，传播范围之广。而在这一庞大的群体中，数量最多、最难以忽视的，正是以曹洞宗与临济宗两大派系为主的禅宗修行教众。"禅"是对美国有史以来最为成功和有影响力的宗教输入之一(Prohl，2014)[203]。

3.1.2 诗歌文学场域

第二次世界大战后，禅宗佛教在美国蓬勃发展，与此同时，20 世纪中期也迎来了后现代文学思潮的涌现。随着大量作家和诗人对禅宗思想的接受和认可，佛禅思想开始在美国文学，特别是诗歌创作中产生广泛影响。这一影响不仅局限于文学创作，还在以"垮掉的一代"为首的逆向文化运动中留下了深刻的烙印，为美国文学史铺就了新的篇章。"如果历史上出现明显的文化移入现象，其原因一定是多重的、复杂的，不会是由单一的原因引起的。例如，当一个民族需要外来文化的时候，往往是其本身的主流思想开始走下坡路了"(钟玲，2003)。该时期的系列文学与文化运动，正是向当时美国主流文化发出的反叛呐喊。逆向文化运动，以其反叛特性和创新精神，引发文学和思想的新潮流。这种文学运动不仅在形式上突破传统，而且在内涵上展现出对禅宗佛教等东方哲学的深刻理解与认同，为美国文学注入了独特的思想和灵感。

以凯鲁亚克为代表的垮掉派作家与佛教的紧密关系尤为引人注目。1955 年 10 月 13 日在旧金山六画廊的一场诗歌朗诵会被认为是垮掉派诞生的标志性事件。一声"嚎叫"，正式拉开了这一文学运动的序幕。在此之前，1944 年垮掉派核心人物凯鲁亚克、艾伦·金斯堡 Allen Ginsberg 和威廉·巴勒斯(William Burroughs)在纽约相遇，其实就早已预示着这一新时代的来临。垮掉派通常包括以凯鲁亚克和金斯堡等为代表的一批美国东海岸作家，以及在旧金山文艺复兴中崛起的以斯奈德、菲利普·惠伦(Philip Whalen)等为代表的西海岸作家。这一团体被认为是“美国复兴以来影响最为深远的精神文学团体”(Inchausti，2017)[2]。垮掉派运动大约延续至20世纪60年代，而在此时，铃木大拙与瓦兹的禅宗佛教宣讲也掀起了热潮。因此，垮掉派与佛教的交汇不仅仅是一场历史机遇，也是一次机缘巧合。

垮掉派作家与佛教之间存在着或多或少的因缘，正如同时代许多美国人一样，面对文化信心的严峻挑战，他们在古老的东方智慧中找到了精神上的慰藉和认同。垮掉派的重要成员凯鲁亚克对佛教产生兴趣源于一次偶然的事件，当他在查找印度教资料时，偶然间读到印度佛教宗师马鸣大师所著的《佛所行赞》一书。自此之后，他沉浸于阅读佛教文学，以及老子、孔子等东方典籍。凯鲁亚克对佛教的兴趣开启了他个人的心灵旅程，也在某种程度上开启了美国一个时代的新纪元(Tonkinson，1995)。1958年，凯鲁亚克的《达摩流浪者》(*The Dharma Bums*)一书出版，成为垮掉派的精神启蒙，吸引了更多战后的反叛青年在佛教中寻找时代问题的答案。

共同的精神诉求将这些文人聚集在一起。垮掉派运动与文学创作，是美国历史上的一次文化精神反叛。这批文学界人士不仅在美国历史上留下了宝贵的文学遗产，而且创造了可贵的精神财富。“早期垮掉派佛教仅仅限于文学的说法，是对美国诗歌与小说在佛教信仰、修习与机构的传播与变革中重要性的严重低估，铃木大拙与瓦兹的禅宗思想在凯鲁亚克与金斯堡的作品中被夸大了十倍”(Johnson et al.，1991)。垮掉派的同盟在禅宗佛教中找到了精神回应，在自己的作品中阐述感受，宣扬禅宗，借助禅宗思想支撑自己的政治与社会环境理念。这种广泛的文学社会影响一直延续至20世纪60年代的逆向文化运动与20世纪70年代的嬉皮士时代，为持续膨胀的禅宗热潮添了一把火，与该团体相关的文学文化活动也成为“美国佛教版图上的重要一脉”(Tonkinson，1995)[3]。

诗人群体是垮掉派当中一支重要的文学力量。除了对禅宗思想表示认同，从中汲取创作养分，许多诗人更身体力行、修禅打坐，甚至远赴大洋彼岸的佛教国家学习禅宗佛法，成为禅宗思想真正的践行者与传播者。诗人惠伦就曾在位于美国加利福尼亚州伯克利市的净土宗佛堂学习，并于1966至1967年间赴日，最终在旧金山禅宗中心正式剃度出家。诗人斯奈德则在日本实地修学禅宗十余年，回到美国后选择在加州山林隐居，终身修禅。

这些垮掉派的旗帜人物将禅宗思想融入自己的诗歌创作，在与禅宗热的交互影响下，不断重塑着美国的诗歌场域，使当代美国诗歌在此期间逐渐呈现出明显的“东方转向”(耿纪永，2015a)，甚至禅宗转向(Hamill，1989)。这种突出的精神特质对美国诗歌界的渗透并非昙花一现，其影响范围、持续时间也不只限于战后的垮掉一代。

1991年，斯奈德作序的《一轮明月下：当代美国诗歌中的佛教》(*Beneath a Single Moon：Buddhism in Contemporary American Poetry*)由香巴拉出版社出版。主编肯特·约翰逊(Kent Johnson)与克雷格·保尼奇(Craig Paulenich)表示，编辑这本选集是因为佛教对数十位著名美国诗人的作品曾经或者正在产生影响。然而随着编辑工作的推进，出乎编者意料的是，受到佛教影响的诗人远远超出预想。这使他们逐渐认识到，佛教诗歌远非只是普遍认为的一个值得关注的“次级文类”，其影响力与影响范围都“更广泛”，也“更深刻”(Johnson et al.，1991)[xv]，“事实上，就美国文学而言，佛教极有可能是当今美国诗歌最大的精神影响”(Johnson et al.，1991)[xvi]。作为美国文学史上第一部体现佛教对北美文学影响的诗歌集，该选集的出现再次将文学界与学术界的目光引向了当代美国佛教诗歌这支不可忽视的流派。继该书之后，多部美国当代禅诗选集陆续出版，包括《何书!？垮掉派到嘻哈时代的佛教诗歌》(*What Book !? Buddha Poems from Beat to Hiphop*，1998)、《美国禅宗：诗人集会》(*America Zen：a Gathering of Poets*，2004)、《北美佛教诗歌选集》(*The Wisdom Anthology of North American Buddhist Poetry*，2005)等。书中收录的诗人包括战后①一代的斯奈德、惠伦、斯特里克、金斯堡、诺曼·费希尔(Norman Fischer)、乔安妮·凯格(Joanne Kyger)，以及吉姆·哈里森(Jim Harrison)、詹姆斯·赖特(James Wright)，W·S·默温，玛丽·奥利弗(Mary Oliver)，以及至今仍活跃在美国诗坛上的当代诗人山姆·汉米尔、赫斯菲尔德、威廉·海因(William Heyen)、黛安·迪·普丽玛(Diane di Prima)、安·瓦尔德曼(Anne Waldman)、玛格丽特·吉布森(Margaret Gibson)、谢林等。这些诗人许多都是美国后现代诗坛的中坚力量或领军人物。他们是禅宗诗歌的传承者和弘扬者，深刻地影响了美国诗歌文学的发展，对广大美国当代读者的精神追求产生了深远影响。所以金斯堡甚至曾经向学生表示，“佛教是不可或缺的文学源头。如果对冥想没点了解，是无法谈论美国诗歌的”(Schelling，2005)。

20世纪中期，宗教场域中的禅宗热，与同时期文学场域中垮掉派运动的碰撞，共同促成了美国佛教文学的诞生与发展。在这个过程中，翻译文学扮

①本书中的战后、二战后指第二次世界大战后。

演了不可忽视的关键角色。翻译文学是文学场域的子场域，通过翻译引进的文学诗歌作品，一旦融入美国文学领域，就不可避免地带来内部结构的波动，甚至可能引发重组。在美国现代诗歌的发展历程中，中国古典文学作品发挥了重要的颠覆作用，成为美国诗歌的主要创新动力。禅诗翻译作为一种独特的翻译文学场域，在翻译场域与20世纪中后期文学场域的对话与融合中得以建立。

3.1.3 汉诗英译场域

中国古典文学在西方的译介历来是东学西渐的重要部分。其中，古典诗歌是中国数千年的艺术积淀与文化精粹传承。中国古典诗歌中的诗学意境、工巧形式、山水情趣与禅思妙悟，经由海外的译介传播，得以与新的文学文化系统交流碰撞，甚至启发或革新接受国家的诗歌文学创作。中国古诗在欧美的传播发轫远远晚于东亚，然而在英美，特别是美国的译介发展，自20世纪初期以来则尤为瞩目，其影响与成就之深，延续至今。通过早期引进、转译的方式承继欧洲译介作品，并在此基础上独立发展，美国已逐渐成为当下西方汉学研究的中心。

美国桂冠诗人罗伯特·哈斯(Robert Hass)认为，20世纪的美国诗歌史，其实是中国古典诗歌翻译史①。著名反战诗人汉米尔也对中国古典诗歌对美国当代诗歌的影响高度认可，称“本世纪(20世纪)的美国诗歌时代不如称为翻译时代”(Hamill，1989)[308]。美国当代诗歌的许多特性正是得益于与中国古典诗歌的接触，其交往的结果是吸收、融合，并成就了自己的地域特质。汉米尔认为，美国诗歌于20世纪逐渐趋于成熟，翻译在其中起到了主要影响。没有比中国古典诗歌对美国诗人影响更大的了，这种影响有时微妙回环，有时直接迅速。由于美国诗人与中国经典的接触，美国的语言极大地丰富了(Hamill，1989)[317]。王红公也认为中国诗歌与日本诗歌对20世纪整个西方诗坛都产生了无可比拟的影响，“继波德莱尔之后，对西方诗歌最大的影响可能来自于外界，来自中国与日本诗歌的译文”(Rexroth，1986)。

早期来华传教士和驻华外交官中的汉学家对中国古典诗歌的译介传播，打开了通往这一东方国度的文学之门。20世纪之后，中国古诗在英语世界的翻译重心逐渐向美国转移。这一趋势的形成很大程度源自先后两次改变美国诗歌发展历程的“意象派”与“垮掉派”诗歌运动，同时也直接或间接地受益于

①笔者于2017至2018年曾在罗伯特·哈斯任教的加州大学伯克利分校访问学习，并参加其翻译课程。哈斯在讲授中国古典诗歌在美国的英译时，在课堂上作出此评价。

并促进了同时期中国古典诗歌在美的两次翻译高潮。

“意象派”运动最初源自英国伦敦一个以托马斯·厄内斯特·休姆(Thomas Ernest Hulme)为代表的青年诗人团体。该团体当时的主要构想是突破日渐僵化的维多利亚诗风，探索英语诗歌新类型。当时24岁的美国诗人庞德刚到伦敦不久，他的诗歌理念与该团体不谋而合。早在1908年与诗人威廉·卡洛斯·威廉斯(William Carlos Williams)的往来书信中，庞德就曾表达过他对“终极诗歌造诣”(ultimate attainments of poetry)的看法：

(1)如实描绘眼中事物；

(2)美；

(3)摆脱说教；

(4)更佳或更简洁地重述前人，彻底的原创当然是不可能的。(Paige，1951)

庞德的诗歌理念强调通过独特的诗歌语言来捕捉事物的本质特征，强调对内在情感的直观传达，这与“意象派”团体的诗歌创作初衷正相契合。彼时的美国诗坛长久受制于故步自封的欧洲浪漫主义遗风，而意象派抛弃以往的维多利亚式说教与直抒胸臆的抒情方式，采取与之截然不同的客观罗列与叠加并置的形式，“运用想象、幻想与譬喻等创作手法，构成各种具体鲜明的、可以感知的诗歌形象，让诗意透过意向，传达个体的审美经验与人格情趣”(江岚，2009)[164]。新颖的创作手法与理念，无疑为当时正充满困惑，苦于没有出路的美国诗坛注入了生机。

庞德在这一时期正投身于美国东方学家厄内斯特·费诺罗萨(Ernest Fenollosa)遗稿的研究与整理中。1912年，庞德在伦敦结识了费诺罗萨的遗孀，玛丽·麦克尼尔·费诺罗萨(Mary McNeil Fenollosa)。费诺伦萨因从事东方研究，经常前往日本，随日本汉学家贺永雄、森海南等学习中国古典诗歌。1908年他因心脏病猝然离世，留下了大量未及整理发表的学习笔记与研究手稿。结识庞德之后，玛丽·费诺罗萨决定将亡夫的遗稿托付于他。

在伦敦时，包括庞德在内的意象派小团体就曾表现出对短小精练的日本俳句的兴趣。日本俳句原是在汉文化的影响下逐渐发展起来，并融合成为日本文化的一部分。无论是俳句的诗歌形式，还是诗歌内容所表现出的对瞬间顿悟的把握，都“吸收了汉诗的营养、借鉴了汉诗的内容、构思和表现法”(郑民钦，2000)，因而“美国诗人在接触了日本诗后必然转向中国”(赵毅衡，1983)。中国古典诗歌深邃凝练、意向并置的创作传统，恰巧高度契合庞德本人的诗学主张。早在庞德阅读翟理斯(Herbert Giles)的《中国文学史》(1901)时，他就对中国古诗产生了浓厚的兴趣，并对书中的几首诗歌进行了意象式重译，最终收入其诗集《鲁斯特拉》(*Lustra*，1916)。费诺罗萨笔记的出现恰逢其时，而庞德也不负期望，他受费诺罗萨笔记中的《作为诗歌手段的中国文字》("The Chinese Written Character as a Medium for Poetry"，1919)一文启发，从手稿中的150首汉诗中选择了19首进行了创译并编纂成集。1915年《神州集》出版，迅速吸引了诗歌界人士的目光。

中国古典诗歌的英译发轫于19世纪初期以英国为中心的欧洲，出自以传教士与外交官为主的汉学研究需要。直至20世纪初期，美国对于中国诗歌的译介仍然比较零散，并且以承继与转译欧洲已有的诗歌翻译为主(江岚，2009)。由于庞德当时的意象派领袖地位，他的《神州集》一经出版即得到了极大关注，让中国诗再次以全新的面貌进入美国。诗人艾略特甚至称庞德为"我们这一时代中国诗歌的发明者"(Eliot，1928)。

《神州集》的成功，一方面推动了意象派的发展，激发了意象派创作，以及仿中国诗的创作；另一方面也引发了美国文坛对中国古诗的英译热情，催生出更多的中国古典诗歌翻译作品。据美国学者罗伯特·克恩(Robert Kern)所述，1915年之后，中国古诗英译从《神州集》中获得了激励，它的出版揭开了英美对于中国诗歌认识以及翻译的新纪元。可以认为《神州集》是中文诗歌翻译历史的"分水岭"(Kern，2009)。"以庞德为代表的诗人从汉字独特的形、音、义相连的特征中，看到了一种文字的描写性张力与意向的魔力，因此不遗余力地译介以唐诗为主的中国古典诗歌"(江岚，2009)[164]。继庞德之后，美国诗人艾米·洛威尔(Amy Lowell)接管意象派旗帜，先后又主持出版三部《意象派诗集》(1915；1916；1917)，并与汉学家弗洛伦斯·埃斯库弗(Florence Ayscough)合译出版中国古诗集《松花笺》。这场来势汹汹的诗歌改革运动并没有持续很长时间，但包括《神州集》与《松花笺》在内的一系列中国古典诗歌英译却在短短几年内在美国诗歌场域确立了自己的经典地位。庞德的《神州集》"是《诗章》成形前他最重要的诗卷"(赵毅衡，1983)[131]，其中的"长干行"("The River Merchant's Wife")译文也多次入选包括《诺顿世界文学选集》在内的重要文学集。这些主张诗歌创作革新、活跃在新诗运动期间的美国诗人，被广为传诵的作品是他们参与译介的中国古典诗歌，或者"他们的'中国诗'"。"威特·宾纳(Witter Bynner)之所以被人记得，是因为他是《唐诗三百首》的英译者。艾米·洛威尔只有她的译诗《松花笺》和诗集《浮世绘》中的仿中国诗至今尚可读"(赵毅衡，1983)[130]。

庞德对中国诗的敏锐嗅觉以及他提出的意象派主张，都与禅诗特性不谋而合。特别是意象派运动后期，洛威尔接管领导权之后，庞德与洛威尔的诗学主张逐渐产生分歧，他认为洛威尔认同的风格接近自由体诗，并不符合他对意象派诗歌轮廓鲜明的定义，转而投向“漩涡主义”。费诺伦萨在其《作为诗歌手段的中国文字》中论汉字时，提到中国文字的表意特征。他认为人们看到汉字时，眼睛将名词与动词合二为一，这时汉字会表达出“运动中的事物，事物在运动中”(费诺罗萨，1994)的概念。此概念成为庞德“漩涡主义”理念的基础。“漩涡主义的动势化，在实践上主要是意象并置与意象叠加手法”(赵毅衡，2013a)，他的“漩涡主义”其实可以视为“一种更严格的意象主义形式”(Jones，1972)。庞德支持漩涡主义，认为意向不应该仅仅停留在对事物的静态描写上。“随着对中国古典诗歌描写客观动态意向手法认识的加深，他从中发现了如何运用意向来实现对事物的动态呈现”(李正栓 等，2011)。庞德的这种认识，与禅诗中常见的以动寓静、喧中得寂的表现手法如出一辙。克恩表示，庞德在向中国古诗借鉴的同时，对中国诗歌进行了异化与陌生化，并进行了“去人化”(depersonalization)处理，使其呈现出突破时间与空间的超越感(Kern，2009)[188]。美国诗人拉里·R·史密斯(Larry R. Smith)就认为美国的禅诗译者始于庞德基于费诺罗萨笔记而创作的《神州集》。他以庞德后来频频被各大重要文学选集所收录的《长干行》一文为例，指出这种透过具体事物而寓情于物、人景交融的手法向读者传达出一种禅意，而庞德本人的意象派代表作《在地铁站》也是如此(McNiece et al.，2004)。

显然，美国诗歌界对中国古典诗歌的了解与兴趣还局限于创作技法与艺术美感，诗歌承载的深邃文化内涵还并未得到足够的关注与挖掘。但作为其意象派主张的实践与佐证，庞德的《神州集》及其他为适应意象派运动需要应运而生的中国诗，被进行了“中国化”的筛选，作者追求的是更加简约质朴的诗风，“突出了中国诗的某些方面 ，使其风格的幅度变狭了”(赵毅衡，1983)[134]。正如意象派诗人威廉斯所言，“模仿自然，我们就扩大了自然，我们变成了自然，或者说我们在自己身上发现了自然的积极成分”“事物本身就是超越事物的”(Ostrom，1966)。这表明早期的意象派诗人事实上已经透过中国古典诗歌开始了使二元消弭、物我合一的诗歌实践。表面上看，意象主义只是对日本俳句与中国古诗在形式层面的模仿，但这种简约凝练的表达形式正是禅宗精神影响下的产物。意象派强调的意象铺陈，消弭了抒情、说教等传统诗歌中普遍存在的主观特性，力图规避主体意识。庞德也曾在与门罗的书信中强调“客观性，再一次客观性”(彼得·琼斯，2015)，这正是禅宗诗歌突出的思想核心。

意象派运动发生时期，尽管佛教距其正式引入美国已过去约二十年，但此时禅宗远未在美国社会产生广泛的宗教或文化影响，直到20世纪中期，才因为铃木大拙与瓦兹的宣讲而步入大众视野。庞德也并未在其所译的《神州集》或《作为诗歌手段的中国文字》一文中提及中国古诗与禅宗佛教的关系。汉学家石江山曾提出，费诺罗萨的笔记中蕴含大量关于佛教(包括天台宗与禅宗等)的记叙，然而庞德在整理出版费诺罗萨的遗作时，对原文进行了大量的编辑，有意删除了关于佛教的论述，但仍然能从字里行间看出佛教思想的渗透(Stalling，2009)。由此可见，虽然许多中国古典诗歌内在的精神特质还未得到主动发掘，形式上的革新，从某种程度上也可以认为是禅宗的间接渗透。这一历史时期形成的诗歌翻译规范，也深刻影响了后来的中国诗歌译介选材，为之后禅诗顺利被美国文学系统接受，形成以禅宗思想为核心的禅诗翻译场域埋下伏笔。

创作诗人是活跃于意象派运动的主体，他们的译作多为创造性改写，主要吸收了以唐诗为主的中国古典诗歌写作技巧。事实上“没有一个意象派诗人信仰佛教，一些诗人可能对此毫无认识，但基于日本俳句的典型意象派诗歌正是如今在西方大行其道的禅宗阐释中觉知的产物”(Ruihley，1975)，这是历史的机缘。意象派的翻译初衷是创造一种新的诗歌形式，它投射出了当时西方文学界的诗学观以及对理想诗歌语言的构想。这一流派的确立，间接为东方诗歌培养了大量的读者，也使东方诗歌获得深入理解成为可能，为20世纪50年代末美国发生的第二次中诗英译高潮创立了理想的接受场域。正因如此，经过意象派运动之后的短暂沉寂，中诗英译才有机会“随着美国诗坛进入了一个更活跃的后现代主义时期并得到改观，唐诗及其内在文化元素对美国文学艺术界产生了比过去更广泛、也更深刻的影响”(江岚，2009)[267]。

3.1.4　禅诗翻译场域

经历了禅宗佛教在美国的扎根，以及美国文学对佛教思想的吸纳融合，美国诗坛对东方诗歌中的精神特质投以更多关注。斯奈德在此历史阶段译介的寒山诗歌被视为该转向发生的重要分水岭。

斯奈德曾表示，对写作的兴趣促使他走近20世纪的现代主义与中国诗歌，接触道教与禅宗则源于他对自然和荒野的关注(Johnson et al.，1991)[4]。两者伴随着斯奈德的学术生涯，因此他在加州大学伯克利分校跟随陈世镶①学习中文时，经推荐选择了诗僧寒山的诗歌作为自己的课程翻译作业。斯奈德认为寒山诗歌有一种“神秘质朴”(Johnson et al.，1991)[4]的气质。他从三百余首寒山的传世之作中选取了其中二十四首进行翻译，译诗首次刊登于1958

---

①陈世镶(1912—1971)，文学家。自1945年起执教于加州大学伯克利分校(UC Berkeley)东方语言文学系。

年出版的《常青评论》(*Evergreen Review*)杂志。斯奈德选译的二十四首诗歌绝大多数描绘了寒山隐居天台山的山居生活，笔墨多重在精神与哲学思考、与人紧密相关的富有觉知力的自然和转瞬即逝的人生。简言之，寒山在斯奈德笔下被勾勒成一名超凡脱俗的隐士。20 世纪 50 年代末期，美国青年的佛教兴趣正在反主流文化思想的精神诉求与铃木大拙与艾伦·瓦兹(Alan Watts)的禅学宣讲中迅速增长。垮掉派作家作为同时期最先接受禅宗佛教的一批人，在文学创作中表现出对禅宗佛教的欣赏，甚至对禅宗精神加以宣扬，成为该阶段禅宗在美国实现大众化与本土化的重要催化剂。斯奈德偏重佛教和环境主义的寒山译诗正契合战后大众的精神追求与佛教向美国读者传达的主旨，寒山的中国佛教隐者形象也被广为推崇，而此前早在 1954 年汉学家韦利(Waley)选译过的二十七首寒山诗歌却远未能及斯奈德版本产生的影响。1965 年，斯奈德将这些译诗与其诗歌创作一并收入其创作诗集《砌石与寒山》(*Riprap and Cold Mountain Poems*)并获得瞩目。译诗同年被著名汉学家西里尔·白之(Cyril Birch)主编出版的《中国文学选集》(*Anthology of Chinese Literature*)选录。斯奈德的寒山译诗由此在美国逐渐获得了经典化(canonization)，在世界文学界树立了经典地位，被不断再版。斯奈德的寒山译诗掀起了美国文学界对中国古诗，尤其是诗人寒山的又一次关注。

寒山诗歌在美国流传之前，美国诗人王红公(原名 Kenneth Rexoth)也已经在他的译诗中向读者表现了中国古典诗歌形式外的魅力。随着意象派势头渐减，中诗英译也随之经历了一段停滞期。在《神州集》引发汉诗英译高潮之后，陆续有中国古典诗歌译诗集出版，其中影响力最大的除亚瑟·韦利的《中国诗一百七十首》(*A Hundred and Seventy Chinese Poems*，1919)与宾纳的《群玉山头》之外，便是王红公所译的《中国诗百首》(*One Hundred Poems from the Chinese*，1956)。虽然该译诗集并未说明是禅诗集，但王红公本人很早就阅读了铃木大拙的作品，自学禅宗佛教，个人宗教体验对他的诗歌创作与翻译选材都产生了很大影响。他曾在一次访问中提到，在所有的美国文人中，他可能是最早对东方宗教产生浓厚兴趣的，并表示："我一生都抱有这种兴趣……早在任何人谈论之前，我就在读铃木大拙的作品了，后来我开始阅读一切英语著述的东方宗教书籍，尤其是关于佛教的书籍，而且我的阅读量极大"(Rexroth et al.，1969)。根据学者钟玲的研究，无论是王红公的翻译作品还是其诗歌创作，都有一系列特定的主题，如春色、繁花、时光、斗转星移(Odell，1972)，这些都是佛教中的常见主题(Odell，1972)[175-177]。《中国诗百首》共分为上下两部，上部收录近 40 首杜甫诗歌译文，下部收录以苏轼为主的宋词翻译，其中相当一部分诗歌是首次被译为英语。王红公在当时垮掉的一代中身份举足轻重。尽管与凯鲁亚克有意见不合之处，运动后期也极力摆脱与垮掉派的关系，王红公依然被尊为垮掉派的领头人物之一。劳伦斯·费林盖蒂（Lawrence Ferlinghetti）将他称为垮掉派的“资深发言人”（Calonne，2017）。作为著名诗人与社会活动家，王红公在当时旧金山的知名电台KPFA也经常与瓦兹探讨亚洲文学与佛教思想，影响很大。译诗集《中国诗百首》一经出版，便获得广泛反响。王红公曾在少年时期读过庞德的《神州集》，与庞德也有书信往来，得到过他许多关于中诗的有益洞见。诗人汉米尔认为王红公的译诗形式近似庞德推崇的表意文字法（ideogrammic method），诗歌在他的手中变成当代语言，并以七音节诗行体现诗歌的音乐性（Rexroth，2004）。汉米尔评价王红公的译诗兼具技巧与感性，并不吝赞美，称其译诗“是中国诗歌的最佳翻译”（Hamill，1989）[310]。1970年，王红公还出版了《爱与流年：中国诗百首续》（*One Hundred More Poems from the Chinese*：*Love and the Turning Year*），他在序言中表示，该诗集中选译的诗歌内容大多围绕“爱情、游思，或在自然中的冥想”（Rexroth，1970）。“作为或许首位将佛教诗歌与哲学融入写作的重要美国诗人，王红公的中国诗歌与日本诗歌翻译作品影响极其深远”（Schelling，2005）[24]。王红公的译诗集也成为许多诗人创作灵感的重要来源。

王红公发掘和启发了当时许多的年轻诗人。斯奈德1956年赴日之前与王红公一直保持密切联系，维持着几乎每周会面的频率。斯奈德在王红公诗歌描写的自然与生态中获得了共鸣，甚至曾经承认，是王红公给了他选取远东材料并付之以佛教含义的胆量（Tonkinson，1995）[322]。斯奈德因此也被视为王红公的学生，而王红公本人也表示在一定程度上的确如此，斯奈德对他有所借鉴（Rexroth et al.，1969）[328]。对于斯奈德或一些其他同时代的垮掉派作家，王红公是不可替代的精神导师。据王红公本人所述，凯鲁亚克曾在某次聚会中，当场声明自己是佛教徒，却惊觉在场的各位诗人每人都通晓至少一门东方语言（Tonkinson，1995）[329]。当时美国文学界，特别是诗歌界对东方文学的着迷可见一斑。对东方有兴趣的诗人纷纷积极吸收东方诗学论述，将其理论融入自己的诗歌创作。王红公的译诗，也成为当时渴求了解东方文学文化的文学界人士不可多得的重要材料。

王红公采用中国诗“直接、诚挚的语调，呈现现实生活中的诗隐情怀，发扬道家的无为思想，并吸收中国诗歌的语法和形式；斯奈德于诗中注入了禅宗、道家思想，也利用中国古诗的格律与语法来重新锻炼英语诗句”（钟玲，2003）[13]。王红公的《中国诗百首》是先行的序曲，斯奈德的寒山诗则正式开启了继庞德“新诗运动”之后美国对中国诗歌翻译的第二个高潮。此次汉诗英译高潮中，又一次深刻影响美国诗歌界的内在文化元素，正是二战后一部分美国人精神养分的来源，也是直至今日渗透美国诸多当代诗人创作，甚至日常生活的禅宗思想。自此中国古典诗歌中，除形式、意象之外的禅宗文化内涵也开始得到广泛认识与关注。就此而言，王红公与斯奈德对推进禅诗英译场域的建立具有重要的历史意义。

此后更多的美国汉学家与诗人对寒山诗歌进行了重新翻译与阐释。除斯奈德的选译版本之外，迄今的寒山译本也包括日后影响颇大的华兹生《寒山诗百首》(100 *Poems by the T'ang Poet Han-shan*，1962)、赤松的《寒山诗歌集》(1983，2000)及罗伯特·亨利克斯(Robert G. Henricks)的《寒山诗歌》(*The Poetry of Han-shan*，1990)等。寒山诗成为经典之后，美国文坛涌现出一大批寒山诗歌翻译作品，一些译者也开始将目光投向与寒山关系密切的僧人，如与之相交甚好的拾得与丰干。贾岛、石屋禅师、普明禅师等禅宗大师的诗歌作品也逐渐被翻译结集出版；李白、王维等中国历代各朝诗人作品中的山水禅意也被重新审视和发掘。禅诗翻译小传统在美国得以建立，禅宗诗歌译文作为宗教文学形成中国古典文学在美国传播的一个小经典(钟玲，2018)。禅诗翻译场域作为美国翻译文学场域的一个次场域逐步成型，其中明显的标志是 20 世纪 70 年代起美国不断出版的英译禅宗诗歌选集。此类选集旨在展现诗歌中的禅宗思想，诗集名称中通常含有"禅""佛"等明确表示收录译诗内涵的字眼，其中收录的诗歌既有禅理诗，也有山水禅意诗。这类选集的出版于 20 世纪 90 年代开始达到高潮，且持续至今。禅宗西渐是"一个泛亚洲文化西渐的现象"(钟玲，2018)[173]。鉴于禅宗思想对东亚文化的普遍影响，以及日本俳句对美国文学的长期渗透，有些禅诗集也收录了日本与韩国的禅诗译文。迄今为止，仅题目标明是禅诗集，并且收录中国禅诗的选集就多达十余部，见表 3.1。

表 3.1　英译禅诗选集

出版年	诗集名称	译者	出版社
1973	*Zen Poems of China and Japan: the Crane's Bill* 《中日禅诗：鹤喙》	Lucien Stryk & Takashi Ikemoto	格罗夫出版社(Grove Press)
1977	*The Penguin Book of Zen poetry* 《企鹅禅诗选集》	Lucien Stryk & Takashi Ikemoto	企鹅出版集团(Penguin Books)
1993	*Songs of the Seasons: a Collection of Zen Poems and Paintings* 《四季之歌：禅诗与绘画集》	Stephen Cassettari	哈珀柯林斯出版集团(HarperCollins Publishers)

续表

出版年	诗集名称	译者	出版社
1994	*A Drifting Boat: an Anthology of Chinese Zen Poetry* 《浮舟：中国禅诗选集》	Dennis Maloney & J. P. Seaton	白松出版社 (White Pine Press)
1995	*Zen Poetry: Let the Spring Breeze Enter* 《禅诗：不逐春风》	Lucien Stryk & Takashi Ikemoto	格罗夫出版社
1998	*The Clouds Should Know Me by Now: Buddhist Poet Monks of China* 《云已知我心：中国佛教诗僧选》	Red Pine & Mike O'Connor	智慧出版社 (Wisdom Publications)
1998	*Chinese Zen Poems: What Hold Has This Mountain* 《中国禅诗：山中何所有》	Larry Smith & Huang Meihui	底狗出版社 (Bottom Dog)
1999	*Zen Poems* 《禅诗》	Peter Harris	克诺夫出版社 (Alfred A. Knopf)
2002	*Where the World Does Not Follow: Buddhist China in Picture and Poem* 《世外净土：图文中的佛教中国》	Mike O'Connor & Steven R. Johnson	智慧出版社
2003	*Daughters of Emptiness: Poems of Chinese Buddhist Nuns* 《空之女：中国佛教比丘尼诗选》	Beata Grant	智慧出版社
2004	*The Poetry of Zen* 《禅诗》	Sam Hamill & J. P. Seaton	香巴拉出版社 (Shambhala Publications)
2006	*The Poetry of Enlightenment: Poems by Ancient Chan Masters* 《开悟之诗：古代禅师诗选》	Sheng Yen	香巴拉出版社
2010	*Clouds Thick, Whereabouts Unknown: Poems by Zen Monks of China* 《云深不知处：中国禅僧诗选》	Charles Egan	哥伦比亚大学出版社 (Columbia University Press)
2011	*Zen Classics for the Modern World: Translations of Chinese Zen Poems & Prose with Contemporary Commentary* 《现代世界的禅经典：中国禅诗及散文评注》	Jeff Shore	戴安出版公司 (Diane Publishing Company)

这些英译禅诗选集的编者多数为美国知名汉学家、现当代诗人或深谙佛法的著名禅宗大师，是相应领域的学术权威。斯特里克(Strylc)本人翻译了大量中日禅诗，作为诗人在美国当代诗坛也享有盛誉。美国文学翻译协会(American Literary Translators Association)为纪念斯特里克取得的诗歌翻译成就，专门设立卢西恩·斯特里克亚洲翻译奖(Lucien Stryk Asian Translation Prizes)，以表彰优秀的亚洲语言翻译作品，特别是禅宗翻译作品。《禅诗》的编者之一汉米尔也是知名当代美国诗人，曾获得(美国)国家艺术基金(National Endowment for the Arts)、古根海姆奖(Guggenheim Fellowship)、华盛顿诗人协会终身成就奖(Washington Poets Association Lifetime Achievement Award)等重要文学界奖项。活跃于美国当代诗坛的诗人译者对禅诗及其翻译的热切关注与积极推广，说明禅诗作为一种独特诗歌类型进入了美国主流诗坛的视野。另外，以学界认可的汉学家与专业诗人为主构成的编者群体具备丰富文学文化资本，在各自领域获得的专业认定又赋予他们在文学文化场域内的符号资本，这些资本的累积对禅诗译本在美国文学场域内的接受产生了积极影响。禅诗在美国文坛受到的关注，加之文学界享有盛誉的编者参与，使这些禅诗集获得主流出版社的接纳。发行这类禅诗选集的出版社大多为出版界颇有盛名的文学专业出版社。智慧出版社与香巴拉出版社是致力于美国佛教文学与学术专著出版的重要出版集团，在宗教与文学场域具有权威性；哥伦比亚大学出版社隶属世界顶尖大学哥伦比亚大学，是专业的学术出版机构，在美国学术出版界享有盛誉；企鹅出版社是世界上最著名的英语出版集团；克诺夫出版社则隶属世界知名出版集团兰登书屋(Random House)。彼得·哈里斯(Peter Harris)版《禅诗》(*Zen Poems*)被纳入克诺夫公司旗下的"人人文库"("Everyman's Library")，该系列致力于出版精装世界经典文学名著，且普及度高；查理斯·艾根(Charles Egan)编撰的选集《云深不知处：中国禅僧诗歌》(*Clouds Thick, Whereabouts Unknown: Poems by Zen Monks of China*)则作为哥伦比亚大学出版社"亚洲经典译丛"之一出版。诸多世界一流英语出版社对禅诗集出版极力支持，并将其列入经典丛书系列，可见英译禅诗在美国已具备一定的文学地位。这些诗集绝大多数历经多次再版，流传至今。汉米尔与西顿合编的《禅诗》曾先后两次再版。从这些译诗集的重印、再版情况看，禅诗在美国有较强的普及性和流传度，已经拥有相当持续稳定的受众群体。世界最大在线图书检索数据库 WorldCat 显示，这些诗集在世界范围内均得到图书馆的广泛收藏。

美国宗教场域对禅宗佛教的接受与热衷，以及文学场域与宗教场域互动中对禅宗思想的融汇与吸纳，最终促成了美国佛教文学的诞生。翻译文学作为该阶段传达禅宗思想的重要文学载体被美国接纳。与此同时，美国诗歌翻译场域也从早期对中文诗歌的知识空白，发展至20世纪初期对中国古诗形式的欣赏，再至20世纪中后期因王红公、斯奈德等诗人的译介影响，发掘出中国诗歌的禅宗内涵。美国宗教场域、文学场域及翻译场域在互动中形成了持续对话的交汇点，由此逐渐形成美国诗歌翻译的一个特殊分支，成为美国翻译场域中一个特点突出的次场域。

对场域的研究，首先在于对场域内资本类型的确立。每一种文学类别都有自己相应的结构，因而构成"一个相对自治的场域"(Gouanvic，2005)[161]。英译禅诗与其他文学翻译类型有区别的主要原因在于该场域中宗教资本显著的重要性。相较诗歌形式、诗歌语言等文学性因素，禅诗深厚的禅宗哲学内涵是其在当下美国文学场域得到青睐的首要原因，也是其有别于其他诗歌的关键所在。因此禅宗佛教的宗教资本与文学资本是影响该场域运行与结构的主要资本。受宗教场域、文学场域及诗歌翻译场域的交互影响，禅诗译介场域中的翻译实践，不仅仅是对文学资本的配置转移，也有禅宗佛教的宗教资本配置作用。行动者通过实践完成场域内的资本转移，其惯习对场域的建构作用也通过资本的转移来实现，行动者自身资本与场域内资本的匹配性，或与正统文化的相关性，是实现资本获得与重新配置的关键。由此可见，就美国禅诗翻译场域而言，译者在其中获得场域内优势位置，不仅在于其对文学资本的占有，同时也有赖于其对禅宗佛教的宗教资本的掌握。

3.1.5 赤松译诗选目

随着美国禅诗翻译场域的建立和发展，该译诗传统中涌现出一批致力于译介中国禅诗的当代优秀译者，如华兹生、欣顿、西顿、汉米尔、赤松等。作为该场域内的主要行动者，这些译者参与场域构建，其译介行为是维系该场域持续运作的重要因素。译者译介僧诗并阐释中国传统山水诗歌的禅意，相关禅诗译作不断出版，不断充实并扩大场域。作为美国禅诗翻译场域内的重要译者之一，赤松常年笔耕不辍，自1983年首部译作问世，迄今已出版译著20余部，译介主要内容为佛教经书与中国古典诗歌。单行本为赤松译诗的主要形式，其译介的诗人包括寒山、拾得、丰干、普明禅师、石屋禅师、韦应物、柳宗元、陶渊明等。此外，赤松还另译有选集一部，参与编译选集一部，译诗共计一千余首。

表 3.2　赤松中国古典诗歌译介情况

题目	出版社	年份
译著		
The Collected Songs of Cold Mountain 《寒山诗歌集》	铜峡出版社 (Copper Canyon Press)	1983
P'u Ming's Oxherding Pictures and Verses 《普明牧牛图颂》	空钵出版社 (Empty Bowl)	1983
From Temple Walls: the Collected Poems of Big Shield & Pickup. 《丰干、拾得诗集》	空钵出版社	1984
The Mountain Poems of Stonehouse 《石屋山居诗》	空钵出版社	1986
Guide to Capturing a Plum Blossom 《梅花喜神谱》	墨丘利出版社 (Mercury House)	1995
The Zen Works of Stonehouse: Poems and Talks of a Fourteenth-Century Chinese Hermit 《石屋禅宗文集》	墨丘利出版社	1999
The Collected Songs of Cold Mountain 《寒山诗歌集》(重译版)	铜峡出版社	2000
Poems of the Masters: China's Classic Anthology of T'ang and Sung Dynasty 《千家诗：中国唐宋古诗选》	铜峡出版社	2003
In Such Hard Times: the Poetry of Wei Ying-wu 《世难：韦应物诗集》	铜峡出版社	2009
The Mountain Poems of Stonehouse 《石屋山居诗》(重译版)	空钵出版社	2014
Cathay Revisited 《重游神州》	空钵出版社	2019
Written in Exile: the Poetry of Liu Tsung-Yuan 《书于流放：柳宗元诗集》	铜峡出版社	2019
Dancing with the Dead: the Essential Red Pine Translations 《与逝者共舞：赤松译诗精选集》	铜峡出版社	2023
Choosing to Be Simple: Collected Poems of Tao Yuanming 《守拙：陶渊明诗集》	铜峡出版社	2023
编译选集	出版社	年份
The Clouds Should Know Me By Now: Buddhist Poet Monks of China 《云已知我心：中国禅僧诗选》	智慧出版社	1998

《寒山诗歌集》为赤松首部，也是最为重要的禅诗译著。赤松对该书的翻译始于在海明寺修行时，于1982年在台湾竹子湖(现为台湾阳明山公园)完成，翻译时间跨度近10年。起初赤松计划只选译其中150首，在英国学者约翰·布洛菲尔德[①](John Blofeld)的强烈建议下，他才决定将寒山三百余首存世之作悉数全译[②]。《寒山诗歌集》出版近20年后，赤松的佛学与中文修养均大有精进，于是重拾寒山诗，对其进行大幅改译。赤松为新版重新撰写了译者序，序中不乏二十余年间赤松对寒山其人其诗的研究见解，还涵盖了他行走中国、亲历寒山之地的所见所闻。这正是他丰富的文化资本积累与文化写作惯习对其译诗影响的集中体现。除此之外，新版除寒山诗亦选录丰干诗4首、拾得译诗49首。《丰干、拾得诗集》曾于1984年由空钵出版社首次出版。在2000年的再版中，赤松在初版的基础上，对寒山、丰干以及拾得译诗均进行了大量改动。他不仅修正了原有的错译、误译，还对脚注进行了大量增补。此外，基于常年阅读寒山诗的理解体悟和多年的诗歌翻译经验，新版在译诗形式与内容阐释上也有所变化。

《普明牧牛图颂》亦出版于1983年，译于赤松定居竹子湖期间。以牛作喻为佛门传统，后来逐渐形成图卷，又有禅师据图作偈作颂，为修禅之人传唱。其中宋代普明禅师的《牧牛图颂》与廓庵禅师的《十牛图颂》流传最广。普明禅师所作的《牧牛图颂》言近旨远，以牧童驯化蛮牛为喻，表现佛家弟子在初入佛门后修心正念的过程，是体现禅门心法的佛家经典。该书成形得到香港佛教出版社信元比丘的协助，使赤松获得《牧牛图颂》的原诗副本，得以与译诗汇编出版。

1986年，赤松另外一部重要译著《石屋山居诗》出版，译介石屋清珙禅师山居诗共计185首。其中第一至169首译诗依据的是1885年晚清木拓版本。该版本自169首后缺失，第170首至185首依据不详。译本付梓之际，赤松从台湾图书馆的档案中获得了石屋禅师谈禅的文章副本，由此萌生将这些内容全部译介编纂成集的想法，并在回到美国后的1999年，汇编出版《石屋禅宗文集》一书。该文集中收录的石屋诗在初版基础上有所修订。因为赤松最欣赏石屋禅师的山居诗，所以在《石屋禅师文集》出版后多年，又重译石屋诗。

---

①约翰·布洛菲尔德是英国重要的亚洲宗教哲学学者，主要研究方向为佛教与道教，出版相关著述多部。

②据项楚《寒山诗注》(2000)的考证，寒山名下的诗作共计313首，佚诗12首，共计325首。赤松的《寒山诗歌集》共收录寒山译诗307首，应是他选择的译诗底本中仅收录307首。

新版《石屋山居诗》于2014年由铜峡出版社出版。

1995年，《梅花喜神谱》译本出版。1989年，赤松偶然在杭州的一家书店获得了一本1261年出版的宋代手工线装版《梅花喜神谱》。之后赤松在清代藏书家钱曾的《读书敏求记》中看到著录此书，认为该书重要，因而在台湾画家罗青①的协助下翻译了此书。

2003年，赤松译《千家诗》出版。《千家诗》是旧时诗歌启蒙读物，收录诗家122人，诗作226首，多为唐宋时期的名家名篇，包括英语世界熟知的李白、杜甫、王维等。

2009年，《世难：韦应物诗歌集》出版。由于韦应物传世作品较多，为了读者更易于接受，赤松选译了其中的175首，参照底本为宋代刊刻的《韦苏州集》收录在《四部备要》中的版本。译诗参考了李小松的《孟浩然韦应物诗选》(1983)②、陶敏与王友胜编著的《韦应物集校注》(1998)③、阮廷瑜编著的《韦苏州诗校注》(2001)④、孙望编著的《韦应物诗集系年校笺》(2002)⑤以及陶敏与王友胜编著的《韦应物诗选》(2005)⑥。

2019年，《重游神州》出版，该书是赤松对庞德《神州集》中选译诗歌的重译，同时也收录了赤松对翻译实践与翻译活动在文学与文化中价值的思考。同年还出版了赤松译的《柳宗元诗集》。由于柳宗元散文声名盛于诗歌，赤松表示自己早年并未特意关注柳诗，直到他2015年创作《寻人不遇》(*Finding Them Gone*，2015)时才得知此人，并被柳宗元的诗歌吸引。柳宗元是唐代重要的文学家与政治家，常年研读中国古诗与典籍的赤松却不识此人，这也从侧面说明赤松本身的诗歌阅读与翻译范围有着明显的个人倾向性。

2023年出版的《与逝者共舞：赤松译诗精选集》选取了赤松译诗生涯中翻译过的30余位诗人、诗僧，包括他反复修改重译的寒山、石屋禅师的作品，也涵盖他较近时期翻译的柳宗元、韦应物的作品，以及当时尚未出版的陶渊明诗等。出版社在该书的简介中称其“超越了书的本身，是一场旅程：既是旅行随笔、一张地图，也是冥想指导，是翻译成诗的历史”(Red Pine，2023a)。

---

①罗青(1948—)，本名罗青哲，当代诗人、书画家，曾师从溥心畬学习北宋山水。

②李小松.1983.孟浩然韦应物诗选.中国历代诗人选集.北京：生活·读书·新知三联书店.

③陶敏，王友胜.1998.韦应物集校注.中国古典文学丛书.上海：上海古籍出版社.

④阮廷瑜.2001.韦苏州集校注.台北：华泰文化事业股份有限公司.

⑤韦应物.2002.韦应物诗集系年校笺.北京：中华书局.

⑥陶敏，王友胜.2005.韦应物诗选.北京：中华书局.

这一简介显然突出了赤松译诗的精神导向，强调了译诗的禅宗精神内核。

2023年年底出版的《守拙：陶渊明诗歌选集》是赤松近年来最重要的一部译作。这部选集除选译陶渊明诗作之外，还囊括了一些诸如《五柳先生传》《桃花源记》《归去来兮辞》等散文名篇。

1998年，赤松与迈克·奥康尔合作编著禅诗集《云已知我心：中国禅僧诗选》。诗集收录贾岛、齐已、九僧等多位禅宗诗僧作品。编著这本译诗集的初衷是引荐一些英语世界较少听闻的诗僧作品，参与的译者包括保罗·汉森(Paul Hansen)、麦克·奥康纳(Mike O'Connor)、赤松、詹姆斯·桑福德(James Sanford)、西顿与华兹生。译诗选目由译者本人挑选。赤松选译的是憨山德清的28首山居诗，参照底本为香港佛经通流处于1965年出版的《憨山大师梦游集》，第49卷。

禅诗与偈颂共同构成了赤松的译诗主体，加之佛经翻译，二者共同呈现出赤松以禅宗文学为主的鲜明译介倾向。作为活跃在当代美国译坛的重要禅诗译者之一，赤松是美国禅宗潮的亲历者，其译诗生涯伴随了禅宗翻译文学在美国的初步形成与日趋成熟。这种显著的禅宗特色，源自赤松在其个人社会轨迹中形成的惯习及文化资本累积。

3.2 赤松社会轨迹及译者惯习

惯习作为个体与外部世界的联结，其结构化过程受制于行动者所处的客观历史与社会环境，同时惯习也是对集体的个人化(Bourdieu et al.,1992)[18]。赤松的译诗活动必然有时代下场域的构建因素，其译诗活动相较其他译者既具有同一场域下的普遍共性，也有区别于其他同时代译者的个性特征。

译者的惯习不仅仅形成于翻译场域，也深受其他场域对译者初始惯习以及特殊惯习的结构化影响。赤松的个人社会轨迹始于20世纪中后期正在遭遇精神危机、经历宗教场域革新重组的美国，随后他又辗转至当时东方精神养分的源头——中国。赤松主动学习钻研中国文学文化与禅宗佛教。他的初始惯习是对美国20世纪六七十年代的宗教、文化及文学场域等外在社会客观环境的内化，伴随他后期的积极学习与职业经历，其初始惯习得到发展巩固形成有一定倾向的特殊惯习，并由于惯习的可转移性而作用于他在翻译场域中的译诗实践，成为指导其译诗策略的独特译者惯习。

3.2.1 初始惯习与译诗缘起

赤松原名为比尔·波特(Bill Porter)，1943 年 10 月 3 日出生于洛杉矶一个典型的美国中产阶级家庭，1954 年随父母搬至爱达荷州。赤松的父亲威廉·A·波特(William A. Porter)早年从事酒店行业工作，为民主党主要赞助人之一，曾担任加利福尼亚州民主党代表。波特在政界非常活跃，与肯尼迪家族过从甚密，曾经参与美国前总统约翰·肯尼迪(John Kennedy)的竞选活动。商政两界之间如鱼得水的波特经常在家中与政要会面，爱德华·肯尼迪(Edward Kennedy)和罗伯特·肯尼迪(Robert Kennedy)都曾登门到访。而波特本人也乐于对自己手中掌握的政治关系加以利用。赤松自小在显赫优渥的家庭环境中长大，先后在旧金山与洛杉矶就读昂贵的私立寄宿学校。然而他对家族优越的物质条件不屑一顾，反而从年幼时就对许多自以为是、颐指气使的富人感到厌倦。这些人在赤松眼中，无非是带着虚与委蛇、口是心非的假面，沉浸在虚妄空洞的财富和毫无意义的权利野心中。这种感受在第二次世界大战后许多美国中产阶级家庭中非常普遍，赤松的经历恰恰是一个社会群像的缩影。随着战后经济的飞速发展，中产阶级逐渐成为美国现代化社会建设的中流砥柱。然而与物质满足相对的是重大信仰危机，东方的文化思想此时正好填补了他们精神上的空虚(钟玲，2009)[16]。舒适的生活伴随赤松的青少年时期，直至父亲的酒店生意在他就读高中时陷入困境，最终破产。父亲的生意分崩离析，诉讼缠身，家族的名利财富瞬间化为乌有，此时的赤松却如释重负、倍感轻松。回想自己幼年的这段经历，赤松说道：

“那就是我的佛教入门，认识权贵并了解他们的虚伪和假面。那时我还不明白，但我已经意识到名利不值得追求，甚至应当规避。我依然记得当得知父亲彻底破产，自己不必继承那一切时的轻松感。并不是我不需要用钱，但儿时常常见到那些虚伪人士让我感到厌烦”(Baker，2013)。

这种对待权贵财富的态度塑造了赤松的初始惯习。1964 年，时年 20 岁的赤松参军，随军驻扎德国，在当地的医务营度过三年军旅生涯。兵役结束后，赤松回到美国，进入加州大学圣巴巴拉分校就读人类学。20 世纪 60 年代末，美国的垮掉派文学运动高潮余波未平，标榜精神反叛的嬉皮士运动接踵而至，禅宗文化在瓦兹成功的商业出版、现代广播媒体的推广以及名人效应的影响下持续膨胀。读大学的赤松在这种文化气氛的包围下，在书店第一次接触瓦兹的那本无处不在、让美国人为之疯狂着迷的《禅之道》。赤松对这本风靡全美的著名禅宗入门书籍爱不释手，书中阐述的禅宗思想与他的价值观相通，令赤松感到相见恨晚，似乎使他“终于发现了人生的意义”(Hamric,

2010)。当时赤松原本计划利用业余时间阅读学习，并未产生皈依佛教的想法，然而这一状况在他就读哥伦比亚大学时发生了转变。1970年赤松着手申请哥伦比亚大学的人类学博士，因为在《禅之道》中看到中国文字，对中国文化一知半解的赤松在申请语言奖学金时选择了中文。就读第三学年，赤松赴德国哥廷根大学交换学习。学习统计学课程时，赤松注意到统计学公式中，变量 X 和 Y 通过不同公式可以表达出各异的关系，而当等式完全相关，X 和 Y 之间的差异也不复存在。这一发现令他恍然大悟，曾经读过的《禅之道》此刻又浮现出脑海。他意识到其中提及的“不二门”或“空”的禅宗概念恰恰是对自己此时体悟的最好解释①。学术生涯中的这个意外插曲令赤松茅塞顿开，成为他决心正式投身禅宗学习的重要契机与人生转折。赤松说，“那时我所学的一些都指向佛教。它们都告诉我同一件事，那就是如何发现本真。与佛教相遇时，我已经准备好了，然而佛教无论作为一种生活方式还是思考模式，范围都如此广泛，也更诗意”(Hamric，2010)。从德国返回哥伦比亚大学后，赤松很难再专心学术，正是此时，他在纽约唐人街结识了寿冶大师②。禅宗佛教经历了20世纪中期的爆发，在20世纪70年代正处于平缓发展阶段，美国对佛教的兴趣依然有增无减，越来越多的普通人开始学习禅宗。各类佛教书籍出版，佛教研究日渐成熟的同时，大小规模的佛教中心也如雨后春笋般涌现。与佛教初传美国时大师寥寥的情况相比，20世纪70年代，越来越多的亚洲佛教大师横渡重洋，赴美传道讲学。1970年，寿冶大师受当时美国纽约美东佛教会的创始人——应金玉堂女士③的邀请，不远万里来到纽约弘法，之后又担任纽约大乘寺住持，这成就了赤松与其结识的因缘。禅宗寿冶法师不懂英文，赤松当时的中文程度也难以与他进行正常沟通，然而语言的隔阂丝毫不影响赤松对这位禅宗法师修行态度的认同。自此每逢周末赤松时常前去拜访寿冶法师，并随寿冶一起打坐冥想。这种“教外别传”给了赤松一种全新的体验。1971年的禅七，他亲眼看见寿冶法师血书《华严经》，次日便决心在寿冶门下皈依佛法。赤松谈及寿冶法师时道，“他是我平生遇见的第一个和尚，其风度令我深深折服……他指点我的不仅是经书里的佛法，更是身体力

---

①参见附录B《在诗韵禅意中与逝者共舞——译者赤松访谈录》。

②寿冶法师(1908—2001年)，俗姓袁，字海月，江苏人，当代高僧。1970年抵达美国纽约，并于1971年大乘寺落成出任首任住持，1974年任满退位，在美国新泽西州创立光明寺。

③应金玉堂(1915—2010年)，江苏人，1955年移民美国。于1962年在纽约创立美国首个华人佛教团体“美东佛教研究总会”，并建立纽约大乘寺。

行的佛法，这足以令我受用终生”(比尔·波特，2010)。

1972年，赤松带着父亲资助他的两百美元，只身踏上台湾陌生的土地，进入佛光山寺开始了自己的修习生涯。佛光山寺位于台湾高雄市，是台湾最大的佛教道场，在世界各地设有诸多分院别院，声名远扬，因此前往礼佛修行的信众络绎不绝。作为寺中唯一的外国人，赤松感到自己吸引视线过多，反而有扰清净。又因佛光山以专修净土宗为主，而赤松更倾心禅宗，所以一年之后，他离开佛光山，搬至台北海明禅寺继续修行。赤松从当时的海明寺住持悟明法师处获得了一本中英双语诗集，诗集前半部为寒山原诗，后面附录的部分译诗恰是华兹生译的《寒山诗百首》。赤松被寒山诗中任运随缘的达观态度与幽奇冷峻的禅宗意境吸引，决定亲自着手翻译寒山诗，由此开启了他的翻译生涯。自此赤松长期从事中国古典文学翻译工作，将诗歌、经书典籍等大量古典文学介绍至英语世界。

赤松译诗活动始于20世纪70年代，其首部译著《寒山诗歌集》于1983年正式出版。单从译作发表时间看，20世纪中期美国爆发的逆向文化浪潮此时已经退却，然而这股浪潮的强大推动力早在发生之际就在赤松的人生历程中埋下伏笔，并最终改写他的人生轨迹，使他走上了禅修之路。作为20世纪美国兴起的一个文学流派，垮掉派运动的影响在其持续的三十余年间不断扩大，其意义早已超越普通的文学范畴，成为一个时代的文化标志。垮掉派运动的代表人物作为反抗主流社会价值观、追求自由而不被传统束缚的先驱，为之后包括嬉皮士运动在内的整个逆向文化运动树立了旗帜鲜明的精神传统。无论是这一时期的精神传承，还是文学借鉴，都并非在这一代人戛然而止，而是成为一支鲜明的脉络继续延伸。赤松就是构成这支脉络的一员。同其他在嬉皮士运动时期成长起来的青年一代一样，虽然赤松否认自己属于嬉皮士的一员，但他也拥有与这代人同样的迷惘与困惑。赤松在美国文学文化场域中这波反抗主流文化与中产阶级价值观的时代浪潮中受到潜移默化的影响，这些影响与他的个人家庭背景一道塑造了赤松淡泊世俗名利而追问人生哲学的初始惯习。在此惯习引导下，赤松在禅宗佛教中得到了对生命意义的解答。随着时间的推移，在垮掉派逐渐退出历史舞台之时，也是这批包括赤松在内受到垮掉派文学运动以及禅宗佛教影响的、新成长起来的年轻人接管了文化革新的旗帜，成为当代禅宗文学创作与翻译场域的中坚力量。

3.2.2 在中国修行的汉学倾向

禅宗西渐初期，先后赴美传播佛教的亚洲禅师多数来自日本，因而最先进入西方视野并在美国得到认可与传播的佛教以日本禅宗(Zen)为主，早期在美国建立的禅院也多为日式禅院。普遍认为佛教或亚洲宗教正式传入美国的标志是1893年9月11日至27日于芝加哥举办的第一次世界宗教大会(Fields，1992)。这是“美国早期佛教传播的关键历史事件”(Seager，2012)[36]。来自亚洲各地的佛教大师有机会向来自世界各地的与会人员进行宣读，首次在国际舞台呈现东方宗教文化。当时参会的佛教大师中也包括后来在美国佛教大众中产生重要影响并对美国的佛教机构建立及佛教普及发展作出重大贡献的著名佛教大师达摩波罗(Dharmapala)，以及日本禅学权威释宗演。此次会议被视为佛教在西方，尤其是在美国推广的重要历史里程碑。此次芝加哥之行建立了日本禅师赴美传教的传统。美国当时较为空虚的文化精神氛围是吸引这些禅师的主要原因之一，他们带着向美国白人传教的使命感纷至沓来，并自20世纪60年代起大力修建禅宗中心。

禅宗西渐后，又因为日本禅师铃木大拙的成功宣讲使禅宗佛教在美国得到普及。他将自己曾经在西方各个大学讲授禅与日本文化课程的讲稿结集成书，于1959年在美国出版。铃木在书中探讨了禅与日本文化各方面的关系，如艺术、剑道、俳句、茶道等，以及禅宗思想在日本民族性格塑造中扮演的重要角色，由此引发西方各界对禅宗佛教，尤其是日本佛教的浓厚兴趣。

与之相较，中国禅宗在美国的大众普及与发展则较晚。历史可考的美国佛教起源可追溯至19世纪40年代在美国西海岸落脚的第一代中国移民(Prebish et al.，1998)[3]。席卷美国西部的淘金热潮吸引了大批中国移民在美国加利福尼亚州留驻，也因此带动了当地佛教寺庙的建立。1853年，美国第一座中国寺庙建成于旧金山的唐人街。截至19世纪末，大约四百余座大大小小的中国神庙已经遍布西海岸(Laderman et al.，2014)[51]。在当时美国政府相继出台的移民限制法案与强烈的排华政策下，这些寺庙承担着中国移民社区中心的作用，成为凝聚华人社团的重要场所与精神依靠。虽然中国移民因淘金热潮而将佛教带入美国，但汉传佛教在美的发展长期受限于正统佛教法师的缺失。由于缺乏正统的佛教僧人传教弘法，当时这些民间建立的零星寺庙中，教众修习的教派近乎是一种“道教、儒教与佛教的混合体”(Fields，1992)[74]。佛教在美国的初传远未成体系，受众也仅仅局限于美国的华人移民团体，包括宣化上人、圣严法师等在内的重要汉传佛教大师于20世纪60年代之后才陆续前往美国传教。早期“中国禅在这次禅宗西渐中扮演的角色主要是提供了中国古代禅宗的经典著作与禅宗文学作品”(钟玲，2018)[173]。

二战之后，美国一度奉行“杜鲁门主义”，对以苏联为首的社会主义国家采取的冷战政策严重影响了中美关系的友好发展。另外，20世纪60年代至20世纪70年代，中国的国际旅游交流事业完全停摆，直至1972年前任美国总统尼克松访华，中美关系才逐渐缓和。1978 年改革开放政策实施，中国正式对外开放，继而 1979 年中美正式建交，实现邦交正常化，中国的国际旅游业逐步展开，才逐渐有美国人来华。在此之前，美国人无法前往中国学佛。因此日本成为该时期有意修行和学习正统禅宗的西方人士的首选之地。诗人斯奈德接受学者钟玲的专访时就曾经表示，自己在 50 年代选择赴日学禅的一个主要原因就是当时中国还没有实现对外开放，无法去中国学禅(钟玲，2009)[70]。

历史与政治环境使然，虽然中国是禅宗发源地，当时不乏兴趣浓厚的西方人士有意前往寻根溯源，但是该时期活跃在美国宗教文学场域的诗人及汉学家，仍更多受日本佛教文学文化的渗透与影响。其中相当一部分人有在日本生活、从事汉学研究或禅宗修行的经历，如惠伦、华兹生与斯奈德。因此美国禅诗翻译传统自建立以来，除了中国的古典禅意、禅理诗之外，也有相当多的日本禅诗被译介。美国诗人斯特里克编译的禅诗集《中日禅诗》(*Zen Poems of China and Japan*：*The Crane's Bill*，1972)与《企鹅禅诗》(*The Penguin Book of Zen Poetry*，1977)均是与日本学者池本乔(Takashi Ikemoto)合作的翻译作品，收录诗歌涵盖中国与日本两国的禅诗作品。汉米尔与西顿编译的《禅诗》也分为“中国禅诗”与“日本禅诗”两个部分。彼得·哈里斯的禅诗选集也收录了日本禅诗，此外还录入了部分韩国禅师诗作。

与多数同时代美国佛教徒或爱好者有别，赤松初入禅门即入中国寿冶大师门下。借助哥伦比亚读博期间一位台湾同学的担保，赤松得以赴中国台湾学佛。海明寺的禅寺住持悟明法师传承的正是中国禅宗的南宗临济宗。直至 20 世纪 90 年代初期返回美国定居，赤松在台湾度过了二十余年的修行生涯。因此他最初学佛时接触的就是正统汉传佛教，阅读的佛经典籍也以玄奘法师的汉译本为主。无论是他的禅宗思想认知体系，还是禅修方式，都深深根植于中国禅宗。

从禅修背景看，尽管殊途同归，在美国受到日本禅宗佛教影响的禅诗译者与赤松的佛教经验来源存在异质性。这种异质性融入赤松的个人惯习，影响其翻译实践中译者惯习的直接表现即是赤松有别于美国禅诗翻译场域中其他译者的预备规范。预备规范决定译者对翻译的选材，包括翻译原文的语言、流派、年代、文类等(Hermans，2009)[75]。由于赤松的佛学积累与对禅宗诗歌的认知基于他对包括汉译佛经典籍与中国古典诗歌等中文材料的阅读学习，所以赤松的翻译实践也主要围绕他在禅宗修习过程中接触的文本展开，其诗歌译介对象均是源语为中文的古典诗歌作品。尽管以中文原文的古典诗歌作为译诗选本，赤松的译诗选目与翻译策略仍有别于同样从事此类翻译的美国汉学家，这源于他在禅修经历与其他相邻场域实践中内化的其他惯习，后文详述。

3.2.3　隐逸居士的禅修惯习

早在少年时期，赤松就对独处与自然产生深刻的迷恋，他在《空谷幽兰》的序言中写道：

> 我总是被孤独吸引。当我还是个小男孩时，我就很喜欢独处。那并不是因为我不喜欢跟其他人在一起，而是因为我发现独处有如此多的快乐。有时候，我愿意躺在树下凝视着树枝，树枝之上的云彩，以及云彩之上的天空；注视着在天空、云彩和树枝间穿越飞翔的小鸟；看着树叶从树上飘落，落到我身边的草地上。我知道我们都是这个斑斓舞蹈的一部分。而有趣的是，只有当我们独处时，我们才会更清楚地意识到，我们与万物同在。（比尔·波特，2006）

十一岁时，赤松随家人搬至位于美国西北边陲的爱达荷州。爱达荷州坐拥广袤壮丽的荒野景观，并经由号称“美洲脊梁”的落基山脉与如今闻名遐迩的美国黄石国家公园相连。赤松的父亲波特喜爱在周边群山丛林中钓鱼、打猎，赤松也经常随同前往。波特当时雇佣的一位名叫乔治·威廉姆斯的助手伴随左右，教授赤松使用猎枪。年少时的这段往事日后被赤松视为自己的宗教经历，他说，“那时候，乔治·威廉姆斯就是我的禅师，而美国西北的群山就是我的禅堂……是他把我带进了荒野，让我习惯了长时间独处的生活，而二者都令我深深着迷”（比尔·波特，2010）[328]。富有资产阶级家庭中的成长经历塑造了赤松淡泊名利的人生观，而早年在美国西北群山中体验到的与荒野的契合感，则培养了他独处思考的习惯与亲近自然的追求。当通过《禅之道》接触佛教时，赤松的自然观与价值观已经呈现出与佛教思想的高度相似性，并成为他的初始惯习。接纳佛教即是机缘巧合，也是顺理成章。随着赤松佛学的精进与对中国隐士文化的了解日渐增进，对隐逸生活的痴迷与亲身践行也融入了他的禅修方式。

中国禅宗寺院相对宽松的修行氛围与纪律严明的日本禅院不同。禅宗从中国传入日本后，愈发凸显制度化特征，旧有的日本制度与习俗均融入日本禅（Tworkov，1989），传入美国后，这些制度的渗透也依然可见。禅院与寺庙主要培养专业的神职人员，寺中对僧侣的管制因而也更加严格。在禅院中修行也有较多约束。相较于管教较多，“严格的寄宿学校式”（Fields，1992）[221]的日本禅院，中国禅寺的管束不那么严苛。赤松身为当时国内为数不多的外国人，在台湾学禅，又只是作为居士修行未曾剃度受戒，而且无论在佛光山还是海明寺，住持都对他以礼相待。因此赤松在中国佛寺学佛期间，享有比较多的自由时间。海明寺的住持向赤松表示欢迎他随时请益佛学，但赤松更喜欢自学与冥想。寺院中有早晚课，赤松与其他僧人一道做晚课，早晨则自己冥想打坐(钟玲，2009)[74]。寺中生活清幽寡淡，终年如一日，他这样描述自己当时的生活：

> "天亮前就起来诵经，夜晚听钟声，一日三餐素食，一个房间，一张床，一顶蚊帐，没有钞票。如果我的腿太痛了，或者对禅垫感到'深恶痛绝'的时候，我就读书。"(比尔·波特，2006)[6]

诵经鸣钟、三餐茹素、冥想读书基本就是赤松的全部日常。他在这里养成每日打坐的习惯，日常冥想达到四至五小时。在此期间，他将收集的大量佛典经书，尽数通读(Hamric，2010)。三年之后，因为师傅劝其剃度出家，而赤松决意建立家庭，止于行者，于是他再次搬离禅寺，长居竹子湖。竹子湖是地处现今台湾阳明山公园的一处山谷，因竹林遍地而得名，山清水秀、清静安逸。赤松自搬出海明禅寺后，在此独自隐居十余载，生活更加清幽闲适，每日依旧打坐冥想，研习书法，读书翻译。

早年佛寺自由的修习氛围与后来隐居山谷的独处经历，不仅没有使他松懈怠惰，而且塑造了赤松无处不修行的禅修态度。赤松信奉"行走坐卧皆是禅"，翻译诗歌经文也融入他的日常生活，成为重要的修行方式之一。赤松表示，他只翻译自己希望学习的内容(Hamric，2010)。寒山诗的翻译初衷便是学习中文与诗中的禅宗奥义。他认为翻译是绝佳的语言学习方式，阅读时不能透彻领悟的经文和诗歌，经过翻译时的审慎斟酌，就能获得更清晰的理解(Porter，2019a)。

这正是赤松的禅修态度。禅宗进入美国后，为使普通大众更易接受，发生了很多美国化的转型，坐禅(zazen 或 sitting meditation)即是其中一项。坐禅原本只见于寺众修行，直到 20 世纪这种修行方式才逐渐被普通人接受。20 世纪初期，临济宗禅师佐佐木指月①初到美国传教时原本采取参禅，即让弟子参公案的教学方式。然而当时的西方人大多是从铃木大拙以"悟"(satori)为主的体验式禅宗认识佛教的。铃木禅强调个人体验与自我发现，这种体验不可言传，修行者通过顿悟实现自身的彻底转变。他开启的这种现代禅宗无须深厚的佛学基础，即刻引发了大众的追随。少有人关心禅宗思想真正的宗教源头，只是迫不及待地寻求开悟，期待着人生的彻底改变。因此当佐佐木以参公案的方式讲禅时，就使得前来寻求顿悟的美国学徒感到十分困惑不解，

①佐佐木指月师从临济宗禅师释宗活(Sokatsu Shaku)，瓦兹曾是他的门下弟子。

其中就包括他的弟子艾伦·瓦兹。后来佐佐木在其夫人鲁思·富勒·埃弗里特(Ruth Fuller Everett)①的建议下，加入坐禅的修习方式，竟然有学生早晨八点便迫不及待地赶来参加(Fields，1992)[189]。坐禅冥想如此受美国人欢迎，以至于许多禅修者几乎将其等同于禅修本身。诗人汉米尔认为，"修习禅宗的主要体现就是坐禅。只有保持坐禅的习惯，才能获得自我的觉知和超然的智慧"(Hamill et al.，2004)[1]。

赤松认同坐禅在禅修中的价值，然而他也同时坚持，修禅应是禅那②和般若③的合二为一，"没有禅那的般若是口头禅画饼充饥，没有般若的禅那则是无本之木"(比尔·波特，2010)[7]。认同隐逸禅修生活的特殊惯习影响了赤松的译者惯习，他的翻译活动完全服务于禅修，因此赤松的禅修惯习在译诗选目、译诗策略等各个方面都深刻影响他的翻译实践，引导他对场域内现有规范的吸纳与选择。翻译、研究佛经与禅诗成为赤松追求般若智慧的修行之道。

3.2.4　隐者之旅与写作惯习

寒山诗之后，赤松又先后翻译丰干、拾得及石屋清珙等隐逸中国禅师的诗歌作品。这些诗歌中描绘的山居生活与传达出的淡然平和的禅宗旨趣，激发了赤松对隐士文化的浓厚兴趣。1987年，台湾当局迫于两岸民众渴望家庭团聚的巨大民意压力，解除了往来中国大陆的旅游禁令，开放两岸探亲。为了对隐士现状一探究竟，赤松也加入了这股人流，"不是为了探亲，而是为了寻找隐士"(比尔·波特，2006)[7]。

1989年，赤松第一次踏入中国大陆，深入终南山探寻现代隐士足迹。旅途结束后，他将自己的首次寻隐之旅记录成文，出版《空谷幽兰》(*Road to Heaven: Encounters with Chinese Hermits*，1993)一书。赤松认为，大多译者在翻译时不了解诗中的文化源头，也没有亲眼见过诗中描绘的景致(Hamric，2010)，而这些都会影响译者对诗歌的准确理解。为此他亲自走访各处诗人陵墓，拜访重要禅院。赤松表示，"之前我从未考虑过这点(寻隐之旅)。我发现了那处(隐居地)，这让我很激动，自此我确保自己了解作品产生的地

---

①鲁思·富勒·埃弗里特(1892—1967年)，原名Ruth Fuller，是美国佛教发展史上的重要人物。她曾于1930年在日本跟随铃木大拙学习，后来成为美国佛教协会(美国第一禅堂)的主要赞助人。1944年，她与佐佐木成婚。

②禅那：梵语，意为"静虑"。

③般若：梵语Prajñā音译，意为"智慧"。

点"(Hamric，2010)。自20世纪90年代起，赤松三十年间多次往返中美两地，追随诗集典故，寻访诗人足迹。通过在中国追根溯源的深度文化行旅，赤松获取了对所译诗作的直观感受，并将其带入了他的翻译作品。比如王维的《鹿柴》一诗就因其描写出的禅寂之感历来为人称颂，仅在温伯格的《十九种阅读王维的方式》中便总结了王维《鹿柴》一诗的诸多译本。其中"返景入深林，复照青苔上"中"返景"一词的含义，长久以来一直是译者争论的中心。因此赤松亲自前往考证，发现所谓鹿柴，即王维所居辋川别业所在，是一个东西向的狭长山谷，早晨东边日出，日落时分光线则从西边再次照进。最终他决定译为"the light coming back through the forest/illuminates the green moss again"(Red Pine，2003)。

《空谷幽兰》出版之后，赤松就旅行见闻先后著述《禅的行囊》(*Zen Baggage*，2008)、《黄河之旅》(*Yellow River Odyssey*，2013)和《寻人不遇》(*Finding Them Gone*，2015)等文化著作十余部。赤松尊重、欣赏中国文学文化，并乐于介绍与分享其中的历史渊源。他的作品不仅记录旅途见闻，更多的是作为一名独立学者对中国文化及诗歌背景的考证。由于赤松的翻译与文化写作并行，所以他作为一名文化使者和旅行作家的惯习也渗透在翻译作品中。赤松亲自实地作出的历史文化考证在他的翻译作品中也得到体现，这也是其译著呈现学者型翻译特色的重要原因(后文详述)。

3.3 赤松文化资本的初步累积

就译者而言，体知化文化资本是译者赖以理解乃至阐释原文的必备资本，其重要性优先于其他类型的文化资本。体知化形态的文化资本与行动者惯习均形成于行动者所在的家庭与社会环境，通常通过教育实现，是行动者在场域内实践的主要参与条件。同时期行动者对环境的结构性内化，促使惯习的生成，指导行动者的行为取向。惯习一定程度上可以认为是行动者体知化文化资本的表现，而对体知化文化资本的掌握即是实现文化资本的惯习化。体知化文化资本的积累受益于行动者在社会轨迹中受到的影响，也可以经过主动学习获得。与客观化文化资本或制度化文化资本相比，体知化文化资本是实施各项文化活动的基础。同一场域内行动者对客观化与制度化文化资本的获得可能建立在体知化文化资本的作用之上。与此同时，"任何一个社会场域都有着隶属于自己的正统文化"(朱伟珏，2005)，行动者的文化资本与场域内正统文化的相关性，是决定行动者在场域中地位的重要标准。禅诗是具有禅宗内涵的中国古典诗歌，凝聚中国上下千年的诗歌语言艺术，同时也蕴含深刻影响中国思想史、文化史的禅宗哲学。在禅诗翻译场域内，中文的语言资本与禅宗佛教的宗教资本是对理解、阐释禅诗关联最为紧密的资本类型。赤松对这两类文化资本以体知化形态的积累掌握，是决定他在翻译场域中优劣地位的重要条件。

3.3.1　学术修养与语言资本

良好的汉学修养与中文能力有助于译者准确把握汉诗内涵。中诗西渐以来，许多美国诗人或学者凭借对中国诗歌的兴趣与汉学研究的热情，纷纷投身中国古诗翻译。然而这其中有许多译者对中文一知半解，有些甚至完全不通。他们或是借助字典，或与识得汉字的学者合作翻译。洛威尔在译《松花笺》时就与一名当时居住在上海的贵族夫人弗洛伦斯·艾思柯(Florence Ayscough)合作。艾思柯需要为洛威尔在原诗旁注明每个汉语字的字义，同时标注自己认为正确的用法。二人合译之后，还要艾思柯的中文老师过目，检查译作内容是否确切。诗人王红公对中文也是半通，最早翻译《中国诗百首》时，他并非以中文原诗作为译诗底稿，而是借助西方语言译本，主要是法语的译诗，包括乔治·苏利耶·德·莫朗(Georges Soulie de Morant)和马居列斯(Margoulies)的译作(Rexroth，1956)。之后在翻译《兰舟：中国女诗人诗选》(*The Orchid Boat*：*Women Poets of China*，1972)与《李清照诗词全集》(*Li Ching-chao*，*Complete Poems*，1979)时，则是与中国诗人兼学者钟玲合作翻译完成。

赤松具备良好的语言背景，其译作均以中文原诗为底本，并独立完成。这要归功于他早年接受的系统学术训练，同时也得益于他在中国寺院多年的居士经历。从加州大学圣巴巴拉分校毕业之后，赤松在哥伦比亚大学继续攻读人类学专业博士学位。哥伦比亚大学作为世界知名高等学府，实力雄厚。该校人类学系为美国最早的此类院系之一，在学界首屈一指，同时也是美国第一所授予人类学博士学位的高等学府。知名人类学家玛格丽特·米德(Margaret Mead)①与鲁思·本尼迪克特(Ruth Benedict)②都曾在该校执教。赤松被世界人类学研究重镇录取，是其扎实学术修养的佐证。赤松的学习研

①玛格丽特·米德(Margaret Mead，1901—1978年)，美国人类学家，美国现代人类学重要学者。

②鲁思·本尼迪克特(Ruth Benedict，原姓Fulton，1887—1948年)，美国人类学家，代表著作为《文化模式》(*Patterns of Culture*)与《菊与刀》(*The Chrysanthemum and the Sword*)。

究能力在多年的学术训练中得到磨炼提升，为他日后在中国的禅学自修打下了基础。在该校接受的正规中文教育对赤松译诗实践产生了重要影响。就读期间，除人类学课程外，作为中文奖学金的获得者，赤松必须按规定参加额外的中文课程学习。在哥伦比亚大学就读的前两年，赤松接受了每日早晨8点至12点，密集、系统的中文训练。

体知化文化资本的积累“极费时间，而且必须由投资者亲力亲为”(皮埃尔·布迪厄，1997)。因此该类型文化资本的获得无法通过购买、交换实现，而需要行动者投入大量的时间，将外部财富转化为个人“性情”，成为行动者的一部分。对于时间成本的严格要求，决定了时间投入与行动者体知化文化资本之间的正相关关系。对语言资本的掌握，最终也会形成体知化的文化资本形态，也就是将这种语言文化资本惯习化。而语言能力的培养，由行动者通过相关课程、阅读等各种学习方式获得。语言知识的内化是一个持久、漫长的渐进过程，需要学习者长时间的吸收与累积。赤松1972年赴中国台湾，1993年返回美国定居，在中国修习禅宗的时间长达22年。在美国接受的正规中文教育与中国常年的居住学习经历，是赤松获取语言资本的主要渠道，因此他的中文非常好。通过常年阅读宗教典籍，赤松也熟练掌握古文，可以透过文字理解中文诗歌的内涵。

赤松在翻译过程中参考的底本与参考文献均以中文资料为主。赤松在采访中称自己只购买与翻译项目相关的书籍，几乎没有英文书，因为西方人关于这些主题的论述都是二手资料，他并不感兴趣。因此他在翻译时直接使用中文原诗作为译诗底本，家中收藏的参考资料主要包括经文、诗歌与评论等中文文献(Hamric，2010)。赤松对资料的择取说明经过多年系统中文学习与长时期在中国的留居经历，他的中文功底已经非常扎实。除中文之外，佛光山寺与海明寺的早晚课中也涵盖梵语课程，这也对赤松日后的翻译工作有很大助益。他提到自己初读《金刚经》时感到不通，然而偶然的一次梵语课程让他茅塞顿开，之前看似不通的经文连贯了起来。因此他在翻译经文时，也会以梵语经文作为参照底本，同时加注中国禅宗大师的评论。他收集的翻译底本通常涉及经文的汉译本、梵语本与注疏本(Red Pine，2004b)。

赤松在美国学习人类学时接受的正规学院派教育塑造了他良好的学术修养，这是他后来可以自学中国古诗、潜心钻研佛学的学术能力基础；在哥伦比亚大学受到的中文培训及后来在寺院的禅修自学经历，为赤松之后翻译佛经诗文奠定了扎实的语言基础。充分的学术素养与中文基础为赤松建立了用以解读、传递原文的丰厚文化资本。因而赤松可以顺利阅读中文诗歌、经文原典等一手文献，从而以自身充分的体知化文化资本与原文进行直接对话，把握中文诗歌与典籍的含义。

3.3.2 宗教资本累积

禅诗具备深刻的宗教哲学内涵。译者的宗教资本是汉学修养之外介入禅诗翻译活动的重要文化资本之一。赤松的宗教资本源于长期的禅修实践，并通过其佛经翻译工作进一步累积。数年修行期间，赤松先后师从著名佛教大师、佛光山开山宗长星云法师与“观音老人”悟明法师，每日以例行静坐冥想与研习禅宗文化和佛学典籍为主，“他学习的中国佛教及对中国文化的认识，是相当全面的”(钟玲，2009)[79]。从台湾高雄佛光山寺搬至较为清净的台北海明寺之前，赤松曾在台北一所大学选修研究生课程，与中国学生一道上课，学习包括道教、中国艺术在内的各种中国文化与哲学课程。当时在大学讲授《道德经》的是著名法学家吴经熊①。

这些学习经历为赤松从事翻译活动建立了最初的宗教文化资本。由于翻译是赤松修禅学习的主要方式之一，随着佛经学习的深入，赤松的佛法修为最初以体知化宗教资本持续累积，最终通过出版以佛经译著的形式呈现。其内在体知化形态的文化资本又构成赤松的客观化文化资本，从而产生叠加效应。除诗歌之外，佛经典籍是赤松的主要翻译对象，至今赤松已译著重要典籍共计九部。

表 3.3 赤松译著的典籍

题目	出版社	年份
The Zen Teaching of Bodhidharma 《菩提达摩禅法》	北角出版社 (North Point Press)	1987
Lao-tzu's Taoteching 《道德经》	墨丘利出版社	1996
The Diamond Sutra : *the Perfection of Wisdom* 《金刚经》	对位出版社 (Counterpoint Press)	2001
The Heart Sutra 《心经》	对位出版社	2004

①吴经熊(1899—1986年)，法学家。1966年移居台湾，出任中国文化学院教授。翻译作品包括《道德经》《新经全集》《圣咏译义》等。

续表

题目	出版社	年份
The Platform Sutra：*the Zen Teaching of Hui-neng* 《坛经》	对位出版社	2006
Lao-tzu's Taoteching 《道德经》	铜峡出版社	2009
The Lankavatara Sutra：*a Zen Text* 《楞伽经》	对位出版社	2012
A Day in the Life：*the Empty Bowl & Diamond Sutras* 《一日：空钵与金刚经》	空钵出版社	2018
Trusting the Mind：*Zen Epigrams* 《信心铭》	空钵出版社	2019

除《道德经》之外，赤松译介的经书典籍均为禅宗佛教修行必读的重要经典。因为赤松在台北就读时曾选修吴经雄的《道德经》课程，所以他也译介了这部道家著作。

《菩提达摩禅法》是赤松首部禅宗经典译著，其中收录达摩传世的讲授禅修心法的《达摩四行论》《达摩血脉论》《达摩悟性论》与《达摩破相论》。菩提达摩被奉为中国禅宗初祖，建立了以"二入四行"为核心的大乘禅法，是中国禅宗的根基。

禅宗讲求直指人心、见性成佛，因而更重以心传心并以经典印心①的传法之道。"自菩提达摩之后，禅宗的见地与宗旨就没有任何不同，但传授心印的内因与外缘却在不断发生变化"(冯焕珍，2014)，因此用以印心的佛教经典也在变化之中。《楞伽经》是大乘佛教经典，菩提达摩在传法于二祖慧可的时候，交给其四卷《楞伽经》印心，佛教传至五祖之前均以《楞伽经》作为心地法门，足见其在中国佛教史上的重要地位。六祖之后，《金刚经》因其"直指人心、见性成佛的般若智慧，禅宗对之特别推崇，并以之印心"(吴言生，2001a)。因此《楞伽经》与《金刚经》分别归旨于以神秀为代表、提倡渐修的北宗与以慧能为代表、主张顿悟的南宗。二者代表了中国禅宗发展史上的两个重要阶段。

①印心，印即印证、心即人心，指佛教修行者验证自己心性境界的一种行为(冯焕珍，2014)[101]。

《心经》全称《般若波罗蜜多心经》，是大乘佛教般若思想的经典。“整个佛法以大乘佛法为中心，大乘佛法以般若类经典为中心，般若类经典又以此经为中心”，因而可谓是“佛法的纲领”(吴言生，2001d)。赤松此书实际是依梵本原作及经文的梵文语义而展开法理研究与论述的注疏本。

《坛经》，又称《六祖坛经》，据传是由六祖慧能口述，弟子法海记录的南宗重要典籍。六祖慧能是佛教中国化、禅宗诞生的重要人物，《坛经》也是中国唯一可以“经”称的佛教典籍。赤松在该译本中，对契嵩本、宗宝本、惠昕本、敦博本等不同版本的《坛经》进行比对、考证，并做了大量评注。

《信心铭》为赤松最新的佛经典籍译著，为禅宗三祖僧璨大师所作，被称为禅宗的不传之旨，主要以偈颂体对禅宗开悟的方法和境界进行说明，是禅宗修学的原则指引。

以禅宗经典为主的佛经译介选本体现了赤松对中国禅宗发展历程与禅宗心法要旨的深度把握。多年修行与佛经翻译实践使赤松对佛教要旨了然于心，相关的宗教文化资本持续累积并体现在赤松对禅诗内容的理解把握与翻译阐释上。

赤松的宗教资本同时也得到了各方的肯定，这包括他以佛经译著出版而实现的文化资本客观化，以及通过学界的认可赞誉而获得的制度化认同。2002年，日本禅宗大师铃木俊隆在美国的主要弟子之一，塞拉斯·霍德利(Silas Hoadley)特地邀请赤松为即将组织的一次禅七提供一份新的《心经》译本。2012年，他的《心经》与《坛经》两部译著又再次被回译为中文，由南海出版公司出版，中译本题为《心经解读》与《六祖坛经解读》。1993年赤松返回美国定居之后，还曾于1999至2000年在加州的万佛圣城①的法界佛教大学②教授佛教与道教的课程。万佛圣城是美国最大的佛教寺院。法界佛教大学设有佛经翻译与研究等课程，具备颁发学士、硕士学位的资格。赤松在此处获得教职，说明他的宗教知识水平具备专业高度。正统宗教机构对赤松的接纳，是对其宗教资本合法性的制度化认可，进而赋予了赤松宗教资本的权威性。

①万佛圣城(City of Ten Thousand Buddhas)，宣化上人建造的国际佛教寺院和佛学中心，是建在美国的汉传佛教禅宗寺庙之一，位于加利福尼亚州尔梅奇镇。

②法界佛教大学(Dharma Realm Buddhist University)，1976年建立，目的是提高僧众的学识和培养佛教人才，以仁义道德为宗旨。

3.4 小 结

禅诗翻译场域的形成，源于宗教场域与文学场域的互动共融。随着禅宗佛教在美国宗教场域中的广泛普及及其作为主流宗教之一权威的树立，佛教在20世纪的美国影响持续扩大，并随着文学与艺术界人士的参与，极大地加速了其在美国的本土化与现代化进程。第二次世界大战之后，传统社会文化与现代社会结构之间产生的巨大反差，快速经济发展和物质满足与自然掠夺之间的深刻矛盾，以及贫富差异、医疗、教育等各方面一系列尖锐的社会冲突，造成了美国社会的紧张与年轻一代的迷茫。带着不满与深切的忧虑，20世纪四五十年代成长起来的年轻人遭遇了精神追求的断裂与文化认同危机，进而迎来了标榜挑战正统文化、以垮掉派文学创作为首的反传统文化运动。伴随着同时期轰轰烈烈的禅宗热潮，垮掉派运动中涌现出一批禅宗思想的笃信者，由此催生了新的文学类型，激发了以禅宗思想为内涵的文学创作。美国诗歌界对中国古典诗歌，尤其是对具有禅宗哲学内涵的诗歌的普遍兴趣在这一阶段得到发扬，随即带动了禅宗诗歌在美国的译介。

赤松并非是时代聚光灯下的核心人物，然而作为经历逆向文化运动的平凡美国青年，他的成长历程无不体现出该时期宗教文化、文学场域的思想渗透。表面看来，赤松似乎与美国20世纪中期如火如荼的逆向文化运动擦肩而过，但他却在迂回的求索中与禅宗结缘，与寒山相遇。赤松的禅译之旅正是美国20世纪中期宗教、文学与翻译场域互动交会下的历史必然。赤松早期的成长经历与20世纪中期的社会氛围，是他对禅宗佛教萌发兴趣的主要因素，引发他主动赴中国求学，进一步精进佛学。多年的学术生涯与禅修实践为赤松积累了充分的语言资本与佛学宗教资本，成为支持其译介活动的重要条件。少时的成长经历与之后的修禅生涯，共同塑造了赤松一心向佛、行走皆禅的内在秉性。这引起赤松惯习的形成，并在翻译场域得到进一步职业化精练，内化为他的译者惯习，从而决定了赤松以禅宗文学为主的译介特征，丰富、拓宽了美国当下的禅诗翻译场域。

第4章　翻译规范的惯习化：赤松禅诗选译与禅诗阐释

受20世纪中后期美国社会波动影响，宗教、文化及文学等场域内部资本开始向翻译场域转移。资本的重新分布与组合带来翻译场域内的变革，形成以中日古典禅诗译介为主的禅诗翻译场域。该译诗场域内的汉诗英译规范，一方面是对20世纪初期以来中国古典诗歌在美国翻译规范的继承，另一方面也受宗教哲学及禅宗文学等特有文化资本类型的影响。赤松的译者惯习在其禅修、写作等初始惯习与特殊惯习的影响下得到塑造，既体现出场域的结构化特征，也是对场域内集体的个人化提炼。在具体翻译选材或翻译策略决定上，赤松均表现出对场域内既有规范的选择性认同，也表现出与同时代规范共性与差异性并存的特征。

4.1　赤松译诗选目特征

赤松的禅修初衷在美国本土产生的禅宗文化浪潮中孕育。赤松主动投身禅宗佛教，在中国寺院长期修行并自主研习经文要义，由此一切皆禅的禅修特殊惯习逐渐形成，并在其翻译实践中发挥作用，使其译者惯习带有偏好禅宗文学的鲜明倾向。赤松的禅修初衷深刻地影响了他的译者惯习，使他在翻译实践中展现出对禅宗文学的独特倾向。他的译诗选目深受这些禅修习惯的影响。结合同时代禅诗译介的预备规范，可以观察到赤松的译诗在场域内对现存规范表现出一定的选择性吸纳特征。

王红公与斯奈德凭借丰富的荒野经验以及对佛禅文化的认同，在庞德意象派运动引发第一次中诗英译高潮的几十年后，终于参透中国古诗一直被忽视的精神文化特质。伴随逆向文化运动影响的扩大及美国汉学研究的进一步发展，“禅宗与道家很快被认为是中国诗学的精髓，成为美国诗人所理解的真正中国精神”(赵毅衡，2013b)。中国古典诗歌的英译文在美国禅宗文学场域下被重新审视，其中的禅意、禅理得到发掘，构建了新的禅诗翻译场域。20世纪70年代以来在美国陆续出版的禅诗选集是该场域自建立以来的重要构成之一。这些选集的题目中一般有明确的“禅(Zen)”或“佛(Buddhist)”之类的字词，说明入选译诗符合当下美国文学场域，或至少是编者本人对禅诗的定义或解读。以这些译诗集的选目为参考，可以看到赤松与当代美国学界对“禅诗”这一概念内涵与外延认识的共性与差异。

美国出版的禅诗集，译诗选目内容广泛并且年代跨度大，许多甚至收录了中国禅宗确立之前的作品。诗歌表意的黏合性为禅诗赋予了更具弹性的阐释空间。禅宗在传入美国的过程中，也经历了源语与译入语两种文化的碰撞，产生了一定的折射与变形。因此对何为禅诗这一问题并没有完全统一的认识。是否可以归于禅诗这一问题，具有阐释的主观性，“某些评论家眼中的一首世俗诗，可能在其他人看来就是禅宗精神的表达”(Stryk et al.，1987)。哈里斯在其《禅诗》序言中说道：“什么是禅诗？你可以说是禅僧所作的诗歌，你也可以将其定义为受禅宗影响的诗作，亦可将任何略具禅意的诗歌视为禅诗”(Harris，1999)。禅诗的阐释性特征，一方面扩大了它在美国文学场域中的范畴，另一方面也因禅诗译者或者选集编者的个人惯习而在诗歌译介的选目上体现出差异。

4.1.1 规范导向的寒山译诗

经斯奈德的成功译介，寒山诗在美国的流传与经典化使其成为大多数禅诗集的必选之作。尽管寒山热潮随着逆向文化运动告一段落并逐渐冷却，寒山诗译介与研究却是一个持续的过程。继斯奈德，更多的寒山诗英译版本涌入美国的诗歌翻译场域。据笔者粗略统计，迄今为止仅美国出版的寒山译诗单行本就达到十余部。除斯奈德的《寒山诗》(*Cold Mountain Poems*，2013)与华兹生的选译《寒山诗百首》之外，陆续出版的寒山译本还包括《寒山之景》(*The View from Cold Mountain*，1983)、《寒山诗歌集》(*The Collected Songs of Cold Mountain*，1983)、《寒山诗集：寒山注释全译本》(*The Poetry of Han-shan：a Complete，Annotated Translation of Cold Mountain*，1990)、《相遇寒山：寒山诗》(*Encounters With Cold Mountain：Poems by Hanshan*，1996)、《寒山：唐代禅宗诗人寒山超验诗》(*Cold Mountain：Transcendental Poetry by the T'ang Zen Poet Han-shan*，2007)、《寒山、拾得、丰干诗》(*The Poetry of Hanshan(Cold Mountain)，Shide，and Fenggan*，2016)、《寒山之心：道教诗人寒山创译》(*The Heart of Cold Mountain：Transcreations of the Taoist Hermit Poet Han Shan*，2018)与《寒山全集：传奇隐士寒山诗》(*The Complete Cold Mountain：Poems of the Legendary Hermit Hanshan*，2018)。

现有研究表明，寒山本人很可能儒、释、道三者皆修。在斯奈德选译的山居诗中，寒山被塑造为一名典型的佛教徒。而华兹生在其《寒山诗百首》中提及他译此书时的选译标准与选目顺序安排时也表示，自己首先选取了描述寒山早年生活的诗歌，然后是表现寒山逐渐厌世的诗歌，最后以他归隐寒山和表达佛教主题的诗歌作为结尾(Watson，1962)。可见华兹生不仅在其译诗中将寒山塑造为一名佛教徒，而且重构了他逐渐收敛心性，直至再现本心的心境变化与皈依过程。作为使寒山诗经典化的始作俑者以及将其推向世界文学舞台的重要译者，斯奈德与华兹生对寒山诗歌的佛教化解读，直至今日依然影响读者对寒山形象的认识，并且在几乎所有的寒山诗英译中，这种影响都得到了延续。后来出版的若干全译本并没有将寒山生涯按照修禅阶段进行分类，但对寒山是一名禅宗佛教隐逸诗僧的根本认识几乎没有改变。亨利克斯在其《寒山诗集：寒山注释全译本》中提及《寒山诗百首》时说，“多年以来我一直使用伯顿·华兹生的寒山诗作为中国佛教课程的教材，向学生介绍将禅宗佛教思想写入诗歌的方式”(Henricks，1990)。可见这种佛教化解读不但在读者中产生影响，而且对其他参与译介寒山诗歌的译者或多或少起着启发或引导的作用。

《寒山诗百首》也是启发赤松走向寒山的重要作品。他的译诗同样呈现出将寒山佛教化阐释的倾向。赤松承认，“寒山是否修道还是修佛并不明确，也许他二者都尝试了，也可能二者皆弃，显然他的诗歌中体现出对两种精神传统的理解”(Red Pine，2000)。但他在多年后的一次采访中又表示，“寒山显然是中国首位重要的禅僧……因为他是一名佛教徒，所以他是从佛教的视角写与佛教相关的东西”(Porter，2019a)。由此可见，赤松虽然并不否认寒山对道禅两家思想均有所涉猎，但他认为寒山思想中的禅宗佛教倾向更为突出。赤松接受当时美国文化场域对寒山形象的定位与其诗歌的禅宗内涵，这很有可能是因为阅读华兹生译诗而受到的影响。在译著序言与访问之外，从赤松的译诗文本中也能看到他对寒山佛教徒形象的有益塑造。比如寒山诗中有《竟日常如醉》一诗，赤松与华兹生均对此诗进行了翻译，原诗与译文如下。

例 4.1

原诗

竟日常如醉，流年不暂停。埋著蓬蒿下，晓月何冥冥。
骨肉消散尽，魂魄几凋零。遮莫咬铁口，无因读老经。

赤松译诗

They act like drunks all day
and pass the years without a break
but once they're buried beneath the weeds
the morning sun is dim
their flesh and bones disappear
their souls soon fade away
even iron-crushing jaws
can't chant sutras then

华兹生译诗

All your days are like a drunken stupor,
But the flowing years never for a moment
stand still.
When you're buried under the weed-grown turf,
How black will be the moon that shines
down there!
When bones and flesh have rotted and scattered
And the spirit is fading away,
Then, had you jaws that would bite through iron,
How could you intone your Taoist scriptures?

此诗最后一句为"无因读老经"，其中"老经"指老子《道德经》(项楚，2000)。华兹生依照原意将其译作"Taoist scriptures"，意指此处诗人读的应是道家经典。而赤松在此处将其译为"sutras"，并在该诗注释中说明，"佛教徒将吟诵经文看作为来世积功德"(Red Pine，2000)[70]，显然他认为寒山此处提到的"老经"即为佛教经文，借此刻意突出了寒山虔诚的佛教徒形象。

远在重洋之外的赤松获得寒山诗原本只是一个巧合，但他与寒山诗结缘的原因与其他逆向文化运动中的诗人相比除了地理上的差异，并无本质上的不同。他得以获得华兹生的译本，也正是因为寒山诗影响的不断扩大。曾经在垮掉派中引发文化震荡的寒山形象及其诗中的禅宗奥义很快被赤松接纳，因此赤松顺理成章地吸收了禅诗翻译场域内将寒山诗歌作为禅诗经典的译诗规范并参与了这一译介群体，首先译介了寒山诗并继承了当下场域内对寒山的佛教化阐释传统。

4.1.2　借诗学禅的诗隐译介

除寒山诗，在美出版的禅诗集选取的大部分译诗是对山水诗歌的禅意解读。中国诗歌自古便有以诗抒怀、借诗明志的传统。禅宗讲求修炼心性，而“心性的抒发、生活的表现正是诗的任务”(孙昌武，1988)[236]。自禅宗盛行，以禅入诗更是风行一时。“现象界的乾坤万象都是真如的显现”(吴言生，2001b)，在禅宗思想之中，观照万象，泯灭心念意识，正是通达般若智慧的必经之路。自然万物被视为佛性的显现，是修禅之人通道证悟的契机。“对自然山水的亲切信赖，很容易将宗教体验引向一种审美体验”(周裕锴，1992)。因此禅风兴起之后，出现了大量寄禅思哲理于山水自然的禅意诗与禅趣诗，从而形成了诗歌题材的“山林化”(周裕锴，1992)[268]。

传统西方文明受人类中心主义驱使，认为人类具有主宰性与优越性。一切为人所用的思想致使人与自然呈现强烈的对立关系。佛教则主张众生平等。佛教讲求无我论，破除了我执的妄念，视人与自然为宇宙中共荣共生的整体。随着以禅宗佛教为主的东方宗教在美国的渗透，“西方人开始反省自己的地位，甚至颠覆了人类自己的主宰地位，对大自然本身的关注也开始变得普遍，大自然的地位开始上升了”(钟玲，2003)[20]。禅宗成为抵抗人与自然对立、超越二元论的精神指南。山水禅意诗恰好吻合这一阶段涌现的深层生态学与自然主义精神。斯奈德也尤其钟情中国山水诗，认为“山水诗不只描写山水景物，还能表达出内心的意境”(钟玲，2006)。佛教与生态思潮这种“思想的亲密性”(吴言生，2006)，使禅诗翻译场域形成之后，译诗选目体现出深刻的生态视野。

在自然主义的精神追求之外，也有一些诗人更赞同“朴素的禅宗”，认为“把禅理复杂化，是一种做作，甚至是一种亵渎”(赵毅衡，2013b)[324]。“随着战后诗人走进美国荒野，他们发现了在同样广阔的自然中创作的中国诗，满足了他们对自然、世俗的纯粹渴望”(Weinberger，2004)。自然主义与对质朴禅宗的追求共同造就了自然意象的禅意解读在美国译诗群体中的延续，因而自禅诗翻译的传统形成以来，山水诗歌尤其得到青睐，禅诗集中“绝大部分收录的是诸如李白、杜甫、王维等人所作的禅意山水诗”(钟玲，2009)[147]。相较而言，艰深晦涩的禅理诗则译介较少。

此外，以山水禅意诗为主的译介倾向也与汉语古典诗歌在美国的译介传统有关。在以斯奈德和王红公等人为首的第二次中国诗歌译介高潮中，诗人依然是译诗群体的主要构成。这些诗人大都研读过新诗运动期间的中诗英译作品，尤其是庞德的《神州集》。中国诗歌中的意象表达依然是这些诗人汲取创作灵感的重要来源，因而形式意象鲜明、文学性强的名家之作相较而言更受青睐。

赤松因其突出的个人惯习而对美国诗歌翻译场域中预备规范的吸收有所选择。翻译汉诗之前，赤松从未进行过诗歌创作，他对中国古典诗歌的认识始于寒山。对寒山诗的译介，既受到赤松个人禅修惯习的影响，同时也作为他的修行实践再次作用于其译者惯习，在其之后的佛学、翻译生涯中，持续影响赤松的禅学思想并体现在其译诗实践中。相比诗歌的语言艺术与文学价值，寒山之所以吸引赤松在于诗中传达的禅宗旨趣。又因为赤松译诗的初衷是精进中文、以诗参禅，所以语言浅白而深蕴禅机的寒山诗成为首选之作。在多年研读、翻译寒山诗的过程中，赤松逐渐对中国的隐士文化萌生浓厚兴趣，使他的翻译活动呈现出强烈的以隐逸诗人为主的个人译诗特色。这种爱好甚至促成了他的中国文化行旅与依此而著的寻隐之作。

赤松极为尊崇中国隐士文化，甚至将其视为中国文化的精髓，他在著作《空谷幽兰》中写道：

> “在中国，隐士一直是人们最尊敬的人，因为隐士是圣贤。他们能够看到其他人看不到的东西，听到其他人听不到的声音……隐士不受幻想和习俗强加于人的各种价值观念的左右，他们一直是中国社会必不可少的组成部分，因为他们承载了中国文化最古老的价值观。”(比尔·波特，2006)[37]

在赤松看来，隐居是修行得道的必经之路，“入山似乎是所有修行者的第一选择。入山的根本目的是隐居独处。并非所有人都适合独处，对于那些希望超越教法的字面含义、进入真正领悟的修行者来说，独处是必不可少的”(比尔·波特，2010)[68]。“大师都有一段隐居的经历”，赤松认为，如果从未独处，那就无法对佛法有精深的理解，也无法掌握修行，他将隐士传统比作修习佛法的研究生院，而寺院修行只是本科水平(Hamric，2010)。为此他亲身践行离群索居的修行方式，独自在竹子湖隐居了十四年之久。对中国隐逸文化的尊崇与走入这种文化的切身体验，造就了赤松以隐逸诗人，特别是隐逸禅僧为主要译介对象的译诗特征。

赤松与诗人迈克·奥康尔(Mike O'Connor)合作编著的禅诗集《云已知我心：中国佛教诗僧选》(1998)就与美国出版的大多数以山水禅意诗为主的普及性禅诗集区别显著，聚焦于较少被关注译介的中国禅宗诗僧作品。赤松在序言中表示，“尽管中国僧人的诗歌创作数量不逊于文人大夫，但被译介为西方语言的却极少——寒山则罕见的除外”(Red Pine et al.，2005)。他表示这本禅诗集的出版初衷是介绍佛教诗歌脉络中的新声音，因此诗集中只收录了当下禅宗诗歌翻译场域中未受到足够关注的隐逸诗僧，包括贾岛、齐已、九僧等。赤松本人则选译明代四大高僧之一的憨山德清法师。憨山大师中意隐居修持的道路，曾隐居东海牢山（即崂山）勤苦修行。赤松选译的就是憨山大师的二十八首山居诗。除此禅诗集之外，赤松的其余译诗单行本也多为隐逸禅师偈颂或山居诗，包括在禅林修行之人当中享有盛誉的普明禅师、拾得、丰干，以及诗作以偈赞与表达隐逸之趣的山居诗为主的石屋清珙禅师。

这种译诗倾向在赤松后期的译介作品中产生了细微转变。除早期的禅僧作品，赤松最新的单行本译著为《世难：韦应物诗集》(2009)。韦应物与王维、孟浩然、柳宗元并称“王孟韦柳”，同属山水田园派诗人，善写山水景致和幽居山林的隐逸生活。赤松参照的底本为《韦苏州集》。赤松在选译韦应物诗时，特地将译诗按照韦应物的生平分为洛阳、长安、滁州以及江州和苏州四个篇章，以突出韦应物的生平轨迹。韦应物多次辞官隐居，他的诗歌表现出的自传性是吸引赤松的重要原因之一。在此之前赤松翻译的诗人作品，无论是寒山或石屋，都更多描绘自己修行隐居的深山环境，而不过多讲述自己。赤松在韦应物的诗歌中找到了亲近感(Red Pine，2016)，或许这引发了他的共鸣。

4.1.3 道禅分明的译诗主旨

禅宗作为来自异域东方的哲学体系，在传向美国的过程中经历了文化间的碰撞折射，因而产生了不同的阐释以及程度不一的变形与误读。不同的解读通过译诗文本传达出来，也体现在这些译诗集的选目当中，其中最为显著的便是禅宗与道教之间的关系。比如美国诗人拉里·史密斯(Larry Smith)与学者黄美慧合译的《中国禅诗：山中何所有》一书就收录了六首陶渊明的诗，而寒山则只录入四首。陶渊明诗中自然质朴、恬淡闲适的田园生活与人生旨趣显然被解读为盎然的禅意。这种选目倾向一方面体现了美国文学界将禅视为“中国诗魔力的最终解释”(赵毅衡，2013b)[321]，另一方面也说明禅宗传入美国时，许多热爱禅宗的诗人其实经常将道禅精神同一而论。

早在韦利译介《中国诗选》中《苦热题恒寂师禅室》一诗时，韦利在此诗的译文上方也添加了“On a Saying of Lao Tzu”的解释，显然也是对禅文化的误读。这种误读很可能与艾伦·瓦兹在美国宣讲禅学时使用的方式有关。因为瓦兹本人的思想经历了基督教、禅宗佛教与道教思想的变化，他解释自己的宗教“品味”介于“大乘佛教与道教之间”(Watts，2011)，甚至曾经试图借用道教解释禅宗。这一做法使较为抽象的禅宗思想更易被西方人理解和接受，促进了禅宗思想的进一步传播，然而也不可避免地使禅宗思想内涵在阐释过程中受到一定程度的曲解，从而持续影响西方世界对中国禅文化的解读，时常出现佛道不分的现象。这种误读甚为普遍，乃至于斯蒂芬·米切尔(Stephen Mitchell)①在其翻译的《道德经》序言中表示，自己为此书翻译所做的主要准备是长达十四年的禅宗学习(Mitchell，2000)。

学者西顿与诗人汉米尔合编的《禅诗》中所选译诗按照诗人所处年代先后收录，首篇选取汉米尔所译《道德经》的1、2、7章。关于佛道两教的关系一直存有争论，一般认为禅宗是中国本土化的佛教，因而很难摆脱儒道两家的影响。然而，禅宗与道家虽然难免有相容相通之处，《道德经》却显然并非禅宗诗歌。钟玲也认为，“禅宗传到美国，在其禅文学的吸收过程中，反而有强化中国道家思想的倾向”(钟玲，2009)[152]。汉米尔认为禅宗与艺术的联系，无论是诗歌、武术还是绘画，均源于艺术与道教冥想和“为无为”的关系。即为无为，抑或自由而为，创意而为(Hamill et al.，2004)[11]，“诗本即道”(Hamill，2005)。对汉米尔而言，禅宗与道教相融并生，不仅禅诗与道教不无关系，写作禅诗的行为本身也就是“道”本身。谈及中国古诗，汉米尔也曾表示自己会“像这些诗人一样，将道教与儒家思想融汇在禅修之中”(McNiece et al.，2004)[84]。在其2005年翻译出版的《道德经》一书序言中，汉米尔提道：“当千余年前，(《道德经》)遇到早期中国佛教，经历诠释与合并，便产生了禅宗佛教，以及我们现在以其日语名称所熟知的‘禅坐’。同道教一样，对悖论的应用在禅宗公案中也屡见不鲜”(Hamill，2005)[xii]。可见对汉米尔而言，道教对禅宗思想的形成已经不是单纯的渗透影响，而成为其决定性根基，是禅宗佛教的根本源头之一。在《禅诗》第一部分的中国禅诗介绍中，汉米尔也提道：“禅宗是道家的佛教(Hamill et al.，2004)[11]。”汉米尔将《道德经》部分篇目收录在禅诗集中，正是受到他本人这一禅修惯习的影响。

尽管隐士文化在道禅两家的传统之中均有所体现，赤松对禅宗的理解却有别于包括汉米尔在内、佛道不分的很多美国诗人或译者。赤松认为，尽管殊途同归，禅宗与道家思想的修习与入境的形式不同，佛教修“心”而道教修“身”。他在《空谷幽兰》中曾解释过对这种差别的看法：

> “道教徒寻求的是修成一个长生不死之身，而佛教徒寻求的是摆脱一切身相。涅槃看起来结果与道教长生不死的目标也不一样。禅修也有差异。道教徒把他们的呼吸减少到最低限度，并且专心致志于体内气息的循环和变化；而佛教徒则强调呼吸调柔，要舍弃对身体的执着和修炼。还有，佛教徒有一套普遍遵守的规则，或者叫戒

①斯蒂芬·米切尔(1943—)，美国诗人、翻译家、学者。

律，他们据此来调整自己的行为；而大部分道教徒则按照道德的标准行事，或者各纵其天性。”(比尔·波特，2006)[114]

赤松熟读《道德经》，他在台北中国文化学院曾以研讨班的形式随吴经熊学习此经，并于1996年与2009年两度翻译此书。他也对儒道两教经典有广泛涉猎，对道教的精神核心有着通透的理解。在中国佛寺亲身修习的经历与深厚的佛学修养使赤松认识到，佛、道两教在教纲与修行方式上存在根本差异。正因为秉持这种道禅分明的思想认识，赤松在禅诗译介的选材上并未陷入当下禅诗翻译传统中常见的以道为禅的文化误区。赤松觉察出道教讲求“身神之说”而禅宗指向“明心见性”的本质差异，这也使他在处理译诗中的“道”字时也尤为审慎，下文以《禅诗》中收入的《道德经》第1章为例进行说明。

原文

道可道，非常道；
名可名，非常名。
无，名天地之始；
有，名万物之母。
故常无，欲以观其妙；
常有，欲以观其徼。
此两者，同出而异名，同谓之玄。
玄之又玄，众妙之门。

汉米尔译文(2004年)

Tao defined is not the constant Tao.
No name names its eternal name.
The unnamable is the origin of heaven and earth;
named, it is the mother of the ten thousand things.
Emptied of desire, we see the mystery;
filled with desire, we see the manifestation of things.
Two names emerge from a single origin,
and both are called mysterious,
and the mystery itself is the gateway to perception.

赤松译文(1996年)

The way that becomes a way
is not the Immortal Way

the name that becomes a name
is not the Immortal Name
no-name is the maiden of Heaven and Earth
name is the mother of all things
thus in innocence we see the beginning
in passion we see the end
two different names
for one and the same
the one we call dark
the dark beyond dark
the door to all beginnings

其中有"故常无，欲以观其妙；常有，欲以观其徼"一句。汉米尔将其译作"Emptied of desire，we see the mystery；filled with desire，we see the manifestation of things"。汉米尔不通中文，翻译时需借助字典。汉米尔使用的原文很可能没有标点，因而显然在断句时误以为原文是"故常无欲，以观其妙；常有欲，以观其徼"。他在翻译时将"有欲"和"无欲"分别译作"emptied of desire"和"filled with desire"。而"emptiness"和"desire"在英文中又分别对应禅宗佛教中的"空"和"欲"这两个概念，汉米尔的译文因而很容易使读者将其视为禅诗。赤松版译文更贴近原文，"thus in innocence we see the beginning/ in passion we see the end"，赤松有意避开"空"和"欲"两字，似乎有意避免误解。达摩禅法中，有《二入四行论》。其中四行中有"无所求行"一说，意指需体会万般皆空，无所贪欲，才能修业正果。禅修的最终境界即实现脱离众生之欲，万物皆空，进入真我觉知、无欲无我的境界。汉米尔"emptied of desire"和"filled with desire"的改写因而将道家经文变成了描绘禅修入境前后对比的禅诗。这可能是汉米尔因中文水平受限而产生的误读，却正好吻合他对《道德经》是禅宗思想来源之一的认识。

4.2 禅境重构的形式表现

禅宗高扬"不立文字"，但"不立文字"并非彻底摒弃文字，禅宗自创始之初即伴随着力求悟道明宗的各式言教，只是禅宗相对而言不重言教，更推崇简易可行的修持方式。"不立文字"的禅宗精神，与"不离文字"的参禅实践，在禅宗发展历史中相伴共存。在不背离"不立文字"这一重要旨趣的前提下，机语、玄言、公案、偈颂、话头等各式体裁的文字禅应运而生。因为佛经原本就善于用韵，便产生了“偈”这种类似于诗、虽短小却蕴含禅髓佛理的韵文体裁，被用于传经布道。“偈”的出现大抵“是为了方便布道，信众易于上口”（陈云君，2018），“偈”“重在言理，故体制较小”（覃召文，1994）。佛经偈颂的采用，也开启了僧侣自作诗偈用以布道的风气。偈颂在与诗歌的相互影响下，逐渐形成了独特的僧诗。唐代禅风渐盛，除诗僧作诗偈外，普通文人也养成了以禅入诗的风俗，禅诗因而盛行，逐渐“以诗代偈”（覃召文，1994）[8]。早期禅诗更近诗偈，偈气较重。此类诗歌为便于记诵，通常短小紧凑，似诗非诗，但依然有格式音律。从选目上看，赤松翻译的禅诗绝大多数为僧诗，包括寒山、丰干、拾得等的作品。拾得甚至有诗云，“我诗也是诗，有人唤作偈。诗偈总一般，读时须仔细”。可见这些诗僧的大部分创作属于偏向打油诗的诗偈，有些僧诗偈气之重，甚至到了诗、偈难辨的地步。

赤松从事中国古典诗歌翻译之前，未曾有英语诗歌的创作经验。以修禅学佛为首要目的的译者惯习，使赤松对原诗秉持尊敬的态度，这不可避免地影响其采用的翻译策略，使其译诗在早期呈现出非常明显的源语导向性，这是赤松对译诗初始规范的惯习化。初始规范是译者翻译时的宏观策略与文本态度。译者需要在源语文化倾向与译入语文化倾向之间作出抉择，前者称为译文的“充分性”(adequacy)，后者为译文的“接受性”(acceptability)。随着译诗实践的累积，赤松逐渐形成自己的翻译思想，并在2004年的西蒙斯国际中文诗歌大会(Simmons College International Chinese Poetry Conference)上首次提出“与逝者共舞(Dancing with the Dead)”的翻译理论(Red Pine，2004a)。赤松认为，译文是译者与原作者的协作，文字只是舞步，而译文才是译者与原作者共同呈现的完整舞蹈，译者对诗歌的“理解与表演同样重要”(Red Pine，2004a)。赤松重视、尊重原诗，对他而言译者与原作的和谐关系是译作成功的关键，译者既要理解原诗，又要合理阐释。但他从未否认读者的重要性，因为毕竟最后的译作需要向读者呈现①。因此赤松的初始规范随着他翻译经历的积累以及他对翻译的思考，不断在源语文化与译入语文化之间、尊重原诗的充分性译诗与符合当代英语读者阅读习惯的可读性之间寻找平衡。

与此同时，赤松的译诗活动发生于20世纪下半叶，此时美国已历经20世纪初期的新诗运动与20世纪中叶逆向文化中的第二次中诗英译浪潮。19世纪与20世纪交界之际，当代英语诗歌发生现代化转型，诗歌的创作形式从格律至语言都经历了革新，受此影响也迎来诗歌翻译的现代化。早期中诗译

---

①参见附录C。

者进行的各类形式实验，随着译文被美国文学场域逐渐接纳，甚至经典化，在赤松参与诗歌英译时已逐步形成相对稳固的一套译诗操作规范。中诗的译文大多以自由体译诗呈现，采用直白浅近的口语体，通过在译诗中借用中文文法实现译诗的陌生化审美。赤松的译诗思想伴随其翻译活动的进行，在当代美国诗坛的创作与译诗规范的影响下，逐渐向中国禅诗与当代英语诗歌的折中调和发展。赤松遵循的具体操作规范，包括句式、措辞等具体译诗策略，也在其个人惯习的引导下发展出个人风格，力求从形式到意境向读者再现原诗中的盎然禅意。

4.2.1 译诗格律与押韵

中诗英译规范的形成，源自美国现代诗歌创作与中国古典诗歌翻译热潮的融合碰撞。普遍认为，以庞德为首的新诗运动是美国现代诗歌史的起点。美国的旧有诗歌传统在该运动期间迅速瓦解，以自由体为主的全新诗风取而代之。这种诗歌形式在之后的百年流变中，仍旧保留了原先的脉络，成为一个“延续演变的整体”(赵毅衡，2013b)[14]。新诗运动的发生伴随着甚至源于中国古典诗歌翻译热潮，诗歌创作与汉诗英译在渴求新形式的美国诗歌场域中相互促进，彼此成就。在创作与译诗的融合碰撞下，该时期的汉诗英译经历了几个重要的形式实验，并逐步形成一套中国古典诗歌的英译规范，长久影响了中诗英译的形式特征。

庞德认为，诗歌要具体、明确、简练和含蓄。他在《意象主义者的几个“不”》一文中曾提出意象派创作的几个核心要素：

①直接处理无论是主观的还是客观的事物；

②绝不用无助于表现的词；

③至于节奏，应使用音乐性短语，而不按节拍器的节奏来写。

(Pound，1913)

新诗运动的初衷，本就是针对传统英语诗歌形式的革命与反叛。因而在翻译中国古诗时，庞德也并未严格追求以英诗格律再现原诗韵律。其中另一重要原因也在于庞德对中国古诗的格律与韵脚其实并不太了解，他甚至认为将中诗的格律特征传达给西方世界“毫无用处”(赵毅衡，2013b)[206]。结合庞德当时坚持的意象派诗学主张，《神州集》中的译诗最终呈现的是一种以意象或短语划分出节奏的自由体形式。美国诗坛对该译诗集的接受与推崇，标志着庞德自由体形式实验的成功。诗人汉米尔将《神州集》的出版视作美国诗歌现代化开启的标志，“是根植于意象主义的自由体短诗的源头”(Hamill，2000)。

同时期的英国汉学家韦利也在进行自己的汉诗英译实验。1918 年《中国诗一百七十首》出版，韦利在序言中表示，“我意在直译，而非意译……鉴于意象是诗歌的灵魂，我避免对原诗意象的增添或删减。任何中诗的直译都必然呈现一定的音韵感，因为原诗的节奏会透露出来……因而我试图营造与原诗相似的节奏感……我没有用韵，因为在英语中呈现与原诗类似的押韵效果是不可能的”（Waley，1919）。韦利以中文原诗中的每一个汉字对应译诗中的一个重音，而与传统英语诗歌不同，他对重音之间的轻音节数量并没有做规定。这种抛开了传统韵脚与音步格律，模拟中国诗音律，以重音划分节奏的译诗形式很快得到了接受，并进一步影响了英语诗歌的翻译与创作（赵毅衡，2013b）[205]。韦利“为后来的译者提供了一种通晓、流畅、合乎语法的翻译模式”（Yip，2015）。

尽管庞德与韦利处理中国古诗韵律的手法有差异，但二者利用英语的句法或读音特色，各自发展出独特的节奏划分方式。他们的译诗作品也随着在英语世界经典地位的确立，影响了之后的诗人与诗歌译者，使他们看到除了恪守格律、韵脚的另一种诗歌表现手法。自由体译诗就此创立了英语世界译介中国古典诗歌的形式规范。这种对汉诗的“英语化”，将正规形式的诗歌体裁转换为相对随性的自由体译诗，使诗歌变得更易理解（Hamill，1989）[311]。在此之后的译者，无论是在庞德之后投身中诗译介的意象派诗人，还是第二次中诗英译高潮中以垮掉派诗人为首的译介群体，对中国古诗的译介都没有完全脱离在20世纪初期建立的这套形式规范。有学者表示，“新诗当初新，今日新，因为我们没有更新的诗”（Hough，1960）。

赤松在其《寒山诗歌集》（1983）的文后附录了一份当时的寒山英语译诗的索引，索引中包括斯奈德、华兹生与韦利三位寒山诗译者①。由此可见，赤松翻译寒山诗时阅读过现有译本，他并不是对当下美国诗坛的汉诗英译规范一无所知，而是可能有所参照。赤松的早期译作完成于他在台湾禅修隐居期间，此时他对诗歌的认识更多地来自汉语原诗，他本人并不具备成熟的英语诗歌创作技巧。加之基于学习中文、精益佛学的译者惯习，赤松的早期译诗呈现出非常显著的源语导向特征，忠实于原文，甚至接近逐字直译。因此以直译为主、以重音节奏体再现原诗格律，成为赤松早期诗歌翻译的首选形式。

以《普明牧牛图颂》为例，该书出版于1983年，与第一版《寒山诗歌集》同年出版，是赤松的初期译诗尝试。《牧牛图颂》借牧牛为喻，实指修禅之人初入佛门，修心正念、调伏心意的过程。因此《普明牧牛图颂》中的禅诗，实为

①在《寒山诗歌集》2000年重译版中，赤松对该索引进行了修订，补充了1983年之后，包括亨利克斯等在内的寒山译者作品。

诗偈，原是依牧牛图卷所作，阐述禅门心法的偈颂，因其象显意深且朗朗上口，因而在佛门后世广为传唱。赤松译诗时，试图再现原诗格律与押韵。下文以译本中《回首》一诗为例进行说明。

例 4.2

原诗

回首

日久功深始转头
颠狂心力渐调柔
山童未肯全相许
犹把芒绳且系留

译诗

Turning Its Head
with constant effort the ox comes round
its wild heart in time grows mild
the mountain boy still can't let go
he holds the rope or leaves it tied

原诗为七言绝句，诗中一、二、四句用韵。赤松同样在译诗中的一、二、四句中，相应地以/d/押辅音韵(consonance)，意图使译诗保留一定的音韵美。他同时尝试兼顾诗歌的节奏感，但与韦利不同，他并未试图以七重音还原原诗的七言形式，而是以五重音节奏予以替代。不局限于原诗汉字字数的译法，使译诗的灵活性更大，但辅以诗行间的辅音韵，同样可以重现原诗节奏明快且易于诵读的特点。

以重音划分节奏的做法是赤松用以体现原诗格律的主要译诗形式，这在同时期出版的《寒山诗歌集》中也普遍可见。此处以译本中第 5 首诗《吾心似秋月》为例进行说明。

例 4.3

原诗

吾心似秋月，
碧潭清皎洁。
无物堪比伦，
教我如何说。

赤松译诗(1983年)

my mind is like the autumn moon
in a jade pool clear and bright
nothing can compare
tell me what to say

译诗中赤松依然采取逐字直译的翻译方式，1983年版的这首译诗，不但字面完全忠实原诗，甚至语序也一一对应，可见赤松在译诗时几乎完全囿于原诗，试图依样直译。形式上，赤松依然用重音划分译诗节奏，不同的是，前两句诗行为四重音，后两句为三重音。由此可见，赤松并未有意控制重音的数量，而是根据具体的翻译情况予以调整，但译诗依然具备一定的音乐性。这种以重音节奏体英译中国古典诗歌的方式并非赤松原创，而是在其个人惯习影响下对当时中诗英译规范的选择性吸纳，是赤松对译诗操作规范的惯习化。

逐字直译与押辅音韵的译诗策略，体现了赤松的早期译诗思想。赤松接受笔者访问时表示，中国古诗以五言诗与七言诗居多，为了再现原诗，译诗初期，他试图以相同字数在译诗中对应原诗，以再现中文古诗的韵律，然而实验性译诗尝试的成果并不总是尽如人意①。随着赤松译诗实践的累积，他的译诗思想与译诗策略逐渐发生了转变，其中有几个重要契机。其中之一便是赤松与专业汉学家与美国当代诗坛的往来接触。尽管赤松对诗歌创作所知有限，但在初期译介寒山作品时，他结识了一些诗人与优秀译者。赤松曾在其1983版寒山译诗的序言中谈道，“就此而言，我最大的问题在于我不是诗人。但是谢天谢地我有一些朋友，愿意倾注心血斟酌评议我的初期译稿。如果你认为这些译作中有些可以称为诗，请同我向旧金山波特雷罗山的休·米勒(Hugh Miller)、曼谷长生园的约翰·布洛菲欧德(John Blofeld)和华盛顿塞奎姆雨影下的迈克·奥康尔致以谢意”(Red Pine，1983)。这些学者作为他所享有的社会资本，对赤松早年诗歌创作知识的欠缺起到了重要的指导与弥补作用。布罗菲欧德对赤松影响很大，某种程度上可以认为是赤松翻译生涯起步的导师。翻译《寒山诗歌集》时，赤松在一位朋友的建议下，与布罗菲欧德取得了联系，后者慷慨相助，在随后的一年里，二者通过通信的方式，每周就赤松译诗的最新版本交换意见。寒山译诗稿就是在布罗菲欧德成百上千的评注下不断修改完成的，赤松也在这一过程中接受了布罗菲欧德对他传达

①此处参见附录C：在诗韵禅意中与逝者共舞——译者赤松访谈录

的翻译理念，“译诗即作诗”(Red Pine，2016)。这使他意识到，翻译中文古诗，不仅仅需要传达原诗神韵，同时也应当兼备文学当下性。而赤松对当代英语诗歌的理解认识，正是来自垮掉派的两位重要领军人物，金斯堡与斯奈德。

早年赤松在台北敦煌书局翻阅金斯堡名震文坛的诗集《嚎叫》时颇为触动，因此向朋友借来金斯堡亲自读诗的录像进行观摩。视频中金斯堡的朗读令赤松感到诗歌的魅力，他大为震撼，称自己从金斯堡的诗朗诵中感受到了“力量与节奏、声音与寂静、景象与诗歌”(Red Pine，2004a)。斯奈德的诗歌创作与现场朗诵，同样令赤松感慨良多。二人给赤松留下了深刻印象，成为赤松中诗英译的重要引导者。这两位美国诗坛的代表人物使赤松意识到“书页上的文字不是诗歌本身。他们是佐料而非美食，是舞步而不是舞蹈”(Red Pine，2004a)。这使他诗歌需要对应直译的想法大有改变。

赤松表示，初译寒山时，他还未形成成熟的译诗风格，翻译石屋诗时也仍在摸索之中，直到进行第一部经书《菩提达摩禅法》(1997)的翻译时，他才终于找到属于“自己的声音”(Hamric，2010)。赤松将其发展译诗策略的过程比作寻找“自己的声音”，这说明译诗对他而言并非仅仅是某种可以习得的技巧或方法，而是伴随其内在共同成长，乃至最终形成的一种自我表达方式。这一“声音”中汇入了多年禅修带给他的佛学修养，融汇了他在译诗实践中不断探索尝试的翻译心得，以及来自金斯堡、斯奈德等诗人的当代英语诗歌创作为他带来的灵感启发。译诗是赤松修行的手段，同时也是他内在心性抒发的表现。经历早期的摸索试错，赤松的译诗风格逐渐转变为不受原文用词、语法或押韵拘束的，但整体依旧保留以重音划分节奏的自由体译诗，呈现出有机译诗体的特色。

这种心性禅境与禅诗语言结合的“声音”表现，在深蕴禅理的寒山诗歌翻译中表现得更为突出。2000年寒山再版，赤松已结束台湾居士生涯，自其初尝译诗也已经有二十余年，其间赤松又翻译了《石屋山居诗》《石屋禅宗文集》《菩提达摩禅法》《道德经》等禅宗诗歌与宗教典籍，翻译风格已趋近成熟。赤松在新版中对第5首《吾心似秋月》一诗进行了改写。

例 4.4

原诗

吾心/似/秋月，
碧潭/清/皎洁。
无物/堪/比伦，
教我/如何/说。

赤松译诗(1983 年)

my mind is like the autumn moon
in a jade pool clear and bright
nothing can compare
tell me what to say

赤松译诗(2000 年)

My mind is like the autumn moon
clear and bright in a pool of jade
nothing can compare
what more can I say

对比原版，重译此诗时，赤松打破原诗语序，实现了译诗的重写。他将第二句语序略作调整，放弃了原先的介词短语倒装，译诗明显更加自然流畅。第一句中的“my mind”与“like”分别与第二句中的“clear”与“and birght”在音节上对应，较改写之前更具音乐性。最后一句由“tell me what to say”改译为“what more can I say”，道出了菩提自证、本就无须多言的内在禅机。全诗诗行以四重音为主，具备自然的音韵感。赤松以简洁晓畅的语言确保禅诗易于上口的特质，同时以意译重写的方式避免了对原诗中佛理内涵的损耗。

4.2.2　译诗语言口语化

受英语诗歌的现代化影响，诗歌翻译语言也日渐告别佶屈聱牙的华丽表达，而向易于大众接受的日常语言发展。19 世纪与 20 世纪交界之际，也是美国诗歌艺术向现代主义迈进的重要变革时期。惠特曼、罗伯特·弗罗斯特(Robert Frost)以及庞德等人的诗歌创作对英语诗歌语言产生了重大冲击，英语诗歌从主题内容到语言纷纷向日常生活靠近。惠特曼将《草叶集》称为自己的“语言实验”(Whitman et al.，1904)，他主张即便是下里巴人使用的英语口语、俚语也是有力量的，应当予以收集(Whitman et al.，1904)[7]。在他之后的美国诗人弗罗斯特也极力推崇口语体诗歌创作，避免运用不常用或不自然的词语，推崇简洁日常的文风(Beach，2003)。进入 20 世纪后，美国诗歌面对新诗运动的冲击，无论诗歌创作还是翻译，都在该运动影响下，逐步从浪漫主义遗风中解放出来，“不仅仅从僵化的格律形式中解放，也使用真实的口语，摆脱了 19 世纪的诗意措辞”(Jeffries，1993)。美国诗歌因而进一步向更加朴实直白的语言风格贴近。庞德、洛威尔等人对中国诗的翻译也影响了美国诗人对诗歌语言的认识。“诗歌是交流”，是“一个人向对方所作的陈述”，应追求“意象的明晰与语言的简洁”(Odell, 1972)[64]。这种诗歌语言观延续至20世纪50年代第二次中诗翻译高潮，体现在王红公、斯奈德等的中诗译作中。王红公认为语言具有时代性，而每个时代都需要属于自己的伟大古典诗歌形象。(Odell, 1972)[55]，因而他本人在译作中国古诗时也如此践行。同时代的斯奈德在翻译寒山诗歌时也运用了大量英语口语。越来越多的美国当代诗人开始寻求一种“直率的风格与个人的表达”(Odell, 1972)[65]。随着中诗的译介，他们也借鉴中诗的句法，在英诗的汉化实验中实现了英语诗歌句法的简化。

赤松从斯奈德、金斯堡及华兹生等20世纪中期美国诗人的作品中汲取译诗的技巧与方式，在当代诗人奥康尔的帮助下修缮译文，他的译诗语言不可避免地受到当下美国诗坛规范的影响，呈现出显著的口语体特征。这种语言形式极大增强了译诗的可读性。例如《千家诗》中的《题袁氏别业》一诗。

例 4.5

原诗

题袁氏别业　贺知章

主人不相识，偶坐为林泉。

莫谩愁沽酒，囊中自有钱。

译诗

On Mister Yuan's Country Retreat

We've never met good sir

I stopped because of the woods and stream

don't worry about buying wine

I have some coins in my purse

《千家诗》原是明清流传极广的私塾读物，选篇以名家名篇为主，易于成诵。《题袁氏别业》前两句铺设诗人贺知章行至此处因林泉美景不禁驻足的背景。后两句则假作与主人相见，表达了愿在此饮酒赏景的旷达心境。赤松译诗用词十分口语化，同时使用了大量缩写形式，如“Mister Yuan's”“We've”“don't”，语言直率简洁。另外他又在译诗前两句中添加了几处主语“We”“I”，译诗摇身变为诗人向别业主人解释自己为何到此的直接对话。原诗中的诗人闲适潇洒，而译诗日常对话般的语言则更多了一分不拘小节。

口语化的翻译方式在赤松的译诗中俯拾皆是。除了试图接近读者，延续当代译诗的语言规范外，使用口语体与赤松以隐逸诗人禅诗作品为主的译诗倾向不无关联。除体制短小，善用格律音韵之外，“文字不假修饰，平白如话……正是早期偈颂的基本特色”(覃召文，1994)[5]。诗僧所作诗偈，“原诗较为口语化，甚至近似于打油诗”(Egan，2015)。唐初白话诗僧王樊志的诗歌中便不乏俗词俚语。随着禅风日渐，以禅入诗、以诗明禅的传统形成，诗歌创作在与偈颂和禅宗语录的口语化特征融合下，向愈发平易通俗的诗歌语言发展。周裕锴就认为，寒山“力求浅俗自然，不避俚俗粗朴”(周裕锴，1992)[277]的语言特色，对后来的白话诗创作产生了重要的影响。可见早期僧诗，大多用韵浅俗平白，直至禅宗兴盛的唐代，文人热衷以禅入诗，禅诗才逐渐摆脱偈气，更显诗质。

禅诗的口语化特征直接影响了赤松的译诗语言。无论从语法或是用韵上看，寒山、拾得的诗都是类似顺口溜和佛家偈语的白话诗。寒山有诗云：“有个王秀才，笑我诗多失……平侧不解压，凡言取次出”，足见寒山诗并不合乎唐代格律诗的文法标准。赤松承认，寒山诗简单易懂的语言是自己在译诗初期选择译介寒山的一个重要原因。寒山之后，赤松译介了大量中国古典诗歌，其中一些诗人的语言十分晦涩难懂，他非常庆幸以寒山诗作为自己翻译生涯的起点，因为他的语言与句法都相对简单(Baker，2013)。他认为，人们对寒山的欣赏，并非出于对诗歌艺术的评判，“就诗歌技艺而言，寒山从来没被认为是一位伟大的诗人，但诗歌不仅是音调、韵律和修辞的艺术，还可以用来传达或发掘信息(Red Pine，2016)[373]，人们热爱寒山，是因为读懂了他诗歌中的精神(Porter，2019a)。赤松在1983年出版的《寒山诗歌集》序言中解释自己口语体译诗的缘由时提到，寒山诗“用词简洁，言语直接”，自己“使用口语体译诗是为了传达原诗的精神”(Red Pine，1983)。

以寒山诗中第177首《报汝修道者》一诗为例。

例 4.6

原诗

报汝修道者，进求虚劳神。
人有精灵物，无字复无文。
呼时历历应，隐处不居存。
叮咛善保护，勿令有点痕。

赤松译诗

Hey you followers of the Way
searching exhausts the spirit in vain
we all possess a miraculous creature
with neither form nor name

call and it answers clearly
it doesn't live in hidden places
guard it well I urge you
keep it free of scars

亨利克斯译诗
I declare to you followers of the Way;
To go forth and search-in vain do you labor your souls.
People [inside] have something vital and alive;
There's no word to describe it; moreover, there's neither sentence nor phrase.
When you call it, it very distinctly responds;
Yet it dwells hidden; it doesn't stay or remain.
I tell you again and again, carefully protect and preserve;
Don't let it have blemish or stain.

译诗依旧使用了赤松惯用的非书面缩写形式“doesn't”，首句以“hey”一词作为起始。相较亨利克斯的“I declare”，“hey”的用法更具动态感，同时也将与读者的距离瞬间拉近，仿佛同诗人隔空对话。在用词和句式上，也可以看到赤松口语化的表达与亨利克斯书面表达的显著差异。比如赤松将“呼时历历应”一句译作“call and it answers clearly”，亨利克斯译为“When you call it, it very distinctly responds”。以“answers”对比“responds”，“clearly”对比“distinctly”，可以看出赤松的译诗用语极近日常。同时通过减少连词与从句的使用，赤松译诗诗句大多为简单句，因而译诗整体被完全通俗化了。日常化的译诗语言使赤松译诗的可读性大大增强，即便没有文学背景的普通读者也可以顺利阅读，这极大地提高了赤松译诗的可接受性。

以口语化译诗，不仅保证了译本的大众性与普及性，同时也保留了原诗作为诗偈的韵味，比如译本第 304 首，《重岩中》一诗。

例 4.7

原诗

重岩中，足清风。
扇不摇，凉气通。
明月照，白云笼。
独自坐，一老翁。

赤松译诗（2000年）

Among high cliffs
there's plenty of breeze
no need for a fan
the cool air comes through
lit by the moon
surrounded by clouds
I sit alone
a white-haired old man

亨利克斯译诗

In the midst of layers of cliffs;
Content with the cool breeze.
His fan does not move;
The cold air comes through on its own.
The bright moon shines;
White clouds all around.
Sitting alone by himself,
One venerable old man.

译诗中仍然使用了"there's"的缩写形式，"plenty of"和"no need"也是口语中的惯用表达。赤松通过简明的选词保证了译诗简洁精练、平白质朴的语言特色。同时译诗并没有完全遵照英语的句法。通过省略部分主语、精简诗歌语言而形成的三重音节奏短小明快，符合偈颂语言在宣扬佛法要义时文字朗朗上口极具韵律的特点。这与诗人斯奈德试图进行英语诗歌语言汉化实验，以寻求新的诗歌创作语言有所不同，赤松在利用陌生化手段突出形式的同时，也试图通过通俗简洁的形式，彰显禅诗含蓄凝练的独特气质，传递诗歌中禅宗思想的风格和意蕴。相较汉学家亨利克斯的译法，赤松的译诗更似偈颂，吸收了禅语言简意赅、意象鲜明的特点，禅意盎然。

出于传播禅法的初衷，偈颂还尤其注重对禅宗意象的表达，具有"强烈的符号性和模糊性，鲜明的暗示性与体悟性。"(方立天，2011)译诗中，赤松将"明月照，白云笼"的主动句式译作"lit by the moon/surrounded by clouds"的被动形式，使得"moon"和"cloud"落在了最后一个重音音节，对这两个象征参禅人心性的重要禅宗意象加以突出强调。此外，通过添加"high"和"white-haired"两个形容词，峭壁之上独坐的白发老翁形象跃然纸上，青山白发的画面对比也使得“重岩”和“老翁”的意象更为突出，映衬此山居诗中安乐逍遥的修行境界。因此，赤松对用词、句式和诗体等形式的选择也呼应其尝试传递的禅宗哲学。

赤松译诗语言明白如话，极大地增强了译诗的可读性，他对简单句的使用与句法上的俭省，不仅使诗歌简明易读，也营造出简洁醒目的视觉效果，例如《可笑寒山道》一诗。

例 4.8

原诗

可笑寒山道，而无车马踪。联溪难记曲，叠嶂不知重。
泣露千般草，吟风一样松。此时迷径处，形问影何从。

赤松译诗

The Cold Mountain Road is strange
no tracks of cart or horse
hard to recall which merging stream
or tell which piled-up ridge
a myriad plants weep with dew
the pines all sigh the same
here where the trail disappears
form asks shadow where to

斯奈德译诗

The path to Han-Shan's place is laughable,
A path, but no sign of cart or horse.
Converging gorges-hard to trace their twists
Jumbled cliffs—unbelievably rugged.
A thousand grasses bend with dew,
A hill of pines hums in the wind.
And now I've lost the shortcut home,
Body asking shadow, how do you keep up?

华兹生译诗

Wonderful, this road to Cold Mountain
Yet there's no sign of horse or carriage.

In winding valleys too tortuous to trace,
On crags piled who knows how high,
A thousand different grasses weep with dew
And pines hum together in the wind.
Now it is that, straying from the path,
You ask your shadow, "What way from here?"

斯奈德与华兹生二人的译诗也以用语质朴自然、晓畅可读为读者喜爱。然而相比之下，赤松的译诗明显更为短小，但并未因为用词的简单而损害原诗试图传达的精神主旨。从这也可以看出赤松译介行为与其他译者的主要区别，他并非因为诗歌的文学性而译，而是为诗歌内涵而译。赤松无意于创作英语诗歌经典，但抛开这种文学诉求的译诗反而为赤松迎来了广泛的读者。这与赤松译诗独特的受众有关。与20世纪两次中诗英译高潮中借鉴汉诗而发展英语诗歌的初衷不同，当下的中国古典诗歌阅读越来越大众化。禅诗因为特殊的文化内涵，也是修行的普通人时常参阅的重要指南。对于并非从事专业汉学研究或进行诗歌创作的普通读者，特别是禅修人士而言，赤松直白通俗的译介形式更易接受，对禅宗内涵的传达也更清晰直接。

4.2.3　禅境建构陌生化

翻译陌生化是“将源语文本的陌生化表现手法保留，或把文学样式、文学手段、文学主题、文化信息陌生化”(陈琳 等，2006)，通过翻译选目陌生化、翻译语言文化陌生化，避免使译文归化为译入语读者熟知的内容或形式，从而增加审美难度，制造审美快感，其主要表现形式为译文的异域化(alienness)与杂合化(hybridity)(陈琳，2010)。禅诗的精神特质别具一格。赤松认为，禅诗与禅修的共性正是在于“无心”，因此禅诗中不会呈现强烈的自我意识，诗中可无一字禅语，但其禅意正体现在内外之别，消解、超越界限之时。赤松为凸显禅意，在用词上加以审慎斟酌，同时也借助陌生化的译诗形式，营造强化感知的审美效果。

赤松并不刻意遵循传统英文文法的译诗策略，将名词意象予以罗列是他译诗中的常见做法。中国古典诗歌中惯用意象并置的创作手法，而禅诗中的意象通常更具深意。禅宗主张冥想静修，“禅”原意即指“静虑”。因而意象的静态化往往被用以描绘衬托空灵闲静、静中思虑的心境意境，一般发生在禅修冥想时。《石屋山居集》(2014)中《半窗松影半窗月》一诗即是石屋禅师对自己坐禅冥想时情境的描写。

例 4.9

原诗

半窗松影半窗月。
一个蒲团一个僧。
盘膝坐来中夜后。
飞蛾扑灭佛前灯。

译诗

Half the window pine shadows half the window moon
a solitary cushion a solitary monk
sitting cross-legged after midnight
when a moth puts out the altar lamp

原诗使用"松""月""蒲团"与"僧"几个意象，并将其罗列并置，以外物环境的静态感衬托诗人修禅之时沉思静虑的内心状态。赤松在译诗时保留了原诗中的静态意象，并且省略了第三句中的主语。因而当第四句中的动词短语"puts out"出现时，飞蛾扑灯的动作打破了时间的凝滞，赋予了画面动态感，从而产生动静间的强烈对比，反衬出诗人坐禅时与环境融为一体，任凭时间流逝不为外物所动的禅定境界。

保留原诗中的意象并置是赤松传递原诗精神的翻译方式。为深化诗中禅境，赤松也会抛弃英文的语法结构，以省略动词的方式实现译诗形式的陌生化。以寒山为例，寒山诗中的自然诗常常全诗无一字禅语，然而其以动寓静、动中有静的写意手法，构建出超越灵动的禅宗境界。比照其1983年的译本，2000年的新版《寒山诗歌集》中，译诗的字里行间都表现出赤松对寒山诗中禅宗思想更为深刻的参悟和解读。对动静兼摄的特色重笔勾画渲染，甚至在翻译时有意改写，以及意图通过省略原诗中部分动词的做法，使诗中描绘的画面呈现出动静对比。译者以景致之凛冽，衬人心之清静，凸显了诗中修禅之人不为外物所动的深层禅境。

以译本第35首《杳杳寒山道》一诗为例。

例 4.10

原诗

杳杳寒山道，
落落冷涧滨。
啾啾常有鸟，

寂寂更无人。
淅淅风吹面，
纷纷雪积身。
朝朝不见日，
岁岁不知春。

赤松译诗（2000年）

The trail to Cold Mountain is faint
the banks of Cold Stream are a jungle
birds constantly chatter away
I hear no sound of people
gusts of wind lash my face
flurries of snow bury my body
day after day no sun
year after year no spring

赤松译诗（1983年）

Cold Mountain Road is aloof
Cold Gorge Shore is unfriendly
birds chatter away
nobody else it's dead
gusts of wind turn my face
flurries of snow bury me
day after day I don't see the sun
year after year I don't know spring

“杳杳”一词原本形容道路幽深之貌，“落落”则意指涧边寂寥冷落，描述了修行之路的清冷孤寂之感，主要是借修行人周身之环境衬其心境。斯奈德版将“杳杳”译作“rough and dark”，“落落”一句更是用了“sharp”和“icy”的改写，远比原诗营造的氛围更为艰险可怖，这与斯奈德本人的荒野经验密不可分。赤松摒弃“aloof”和“unfriendly”的译法，再版中先后采用了“faint”和“jungle”两个改写，弱化了原诗中的孤寂之感和对环境的敌意，呈现出更为淡然的态度与心境。随后一句“寂寂更无人”译作“I hear no sound of people”，比原诗和初版增添了“I”这一主语，赋予了这一静寂的画面一个中心主体，在前四句描摹的冷清景色中呈现出一副不为外物所动之貌。五六句笔锋急转，将焦点引向隐居之处天台山上冷峻恶劣的环境，此处的环境描写不再是心境的映照，而是象征修行路上的艰辛阻碍。因此，赤松在翻译时，选择了两个激烈的动词“lash”和“bury”。与斯奈德一样，赤松也对“风吹面”中的“吹”进行了一定程度的改写，由“turn”改译为“lash”，渲染了修行环境的严酷恶劣，以此来映衬修行途中的道路险阻、困难重重。与斯译有所不同的是，赤松在后一句所用的“bury”一词，将雪“积”身改写为雪“掩”身，相比惯常使用强烈词语夸大环境险恶程度的斯奈德，赤松更为夸张。禅宗修行讲究禅定，禅定是“通过坐禅、静虑、冥想，使心念更加专一安定的修行方式”(方立天，2011)[60]。赤松通过夸张暴雪肆虐程度，反衬出诗中之人，即使寒风凛冽，任由风雪掩埋也依旧岿然不动的禅定姿态。这一改动塑造并加深了不畏前路、稳如磐石的禅定形象。最后两句相较原诗与1983年版的译文，省略了“见”与“知”两个动词。“不见日”和“不知春”原本从诗人观感出发，用以体现山林幽茂。赤松的改写省略了动词，诗人留意到周边景色的动态感也随之消失，画面骤然凝滞，“不见日”和“不知春”的瞬时观感，通过“no sun”和“no spring”的改写，仿佛冻结成一种破除时间维度之后无日亦无春的状态，进入了深层禅境，在加深了与上文动态环境的对比之下，使诗人无感身外之境，不动其心的禅定姿态跃然纸上。

同样描写禅坐冥想的还有寒山译本中第278首《今日岩前坐》。唯信禅师提出的“见山三阶段”，即从“见山是山，见水是水”的未悟，到初悟时的“见山不是山，见水不是水”，直至“见山仍是山，见水仍是水”的彻悟，体现了禅宗独特的审美感悟机制。三阶段命题广为传诵，被视为衡量修为境界深浅的依据。寒山此诗描绘的即是修习禅宗直至最高果位的恒常安乐之境。除却对动词的雕琢和对画面动静相照的处理，赤松也在译诗中通过添加和省略主语“I”，以及冠词的活用，在译诗中导入禅意，完成从自我迷执到最终重现本来面目的三阶段禅境建构。

例 4.11

原诗

今日岩前坐，
坐久烟云收。
一道清溪冷，
千寻碧嶂头。
白云朝影静，
明月夜光浮。
身上无尘垢，
心中那更忧。

赤松译诗(2000年)

Today I sat before the cliffs
I sat until the mist drew off
a single crystal stream
a towering ridge of jade
a cloud's dawn shadow not yet moving
the moon's night light still adrift
a body free of dust
a mind without a care

赤松译诗(1983年)

Today I sat before the cliffs
sat until the mist drew off
a rambling clear stream shore
a towering green ridge crest
Clouds' dawn shadows still
moon's night light adrift
body free of dust
mind without a care

赤松在重译此诗时，前两句连续使用了第一人称"I"，比照1983年的译诗更加强调主体"I"的存在，尤为凸显诗人鲜明的自我意识。无论是"岩前"或"烟云"都是主体"I"观测到的客体，呈现出主客体的二元对立。见岩是岩，见云是云，使这一部分凸显了对"自我"意识的执迷。

消解二元分别，破除主客对立，正是禅宗中探寻本来面目的要义。人与自然原本和谐相融，然而伴随意识觉醒和知识介入，个体逐渐脱离自然，"山水与人不再是手足一体的关系，而是独立于"我"之外的一个客体，一个被观察、分析的对象"(吴言生，2001b)[3]。善恶、是非、美丑等二元对立即产生于这种主客对立的二元思维之下。因此要认识到万物一体的本质，必须脱离二元思维，以重现"本来面目"，达到"泯灭对立，物我一如"(吴言生，2001b)[10]的境界。除前两句外，译诗其余部分均略去动词，三至六句将诗人眼前的景象以名词结构加以罗列，呈现出一种安然平和之美。赤松对诗人所见之景并不以定冠词"the"指代，不定冠词"a"在译诗中破除了人与景之间存在的主客对立。山水月夜呈现出本来面目，脱离了主观立场上看到的客体身份，从第一阶段的自我迷执达到更深一层物我交融的"无我"之境。

诗中最后两句，虽然描写的是诗人修禅入境的身心感受，但也不再引入“I”这一主体，诗人“身”“心”也未依照传统英文诗歌的写法译为“my body”或“my mind”，而用“body”和“mind”取而代之，相较初译版本，又统一加不定冠词“a”，使身心回归质朴，脱离了前两句中的主体“I”，正映照了破除虚妄“我执”之后发掘的“真我”，重现“本来面目”，再现“澄明、觉悟、圆满、超越的本心”(吴言生，2001b)[7]。不定冠词的运用使得最后两句中物我无二致，此景他景无分别，主与客、人与自然浑然一体，与前几句中泯灭对立后的山水景致共同进入“物我如一”的禅境。

纵观全诗，译者赤松通过对主语的选择、动词的缺省以及冠词的活用，将禅意层层推进，建构了一个最终见山是山，见水仍是水，无所分别的至真至乐境界，完整体现了修禅习得中追求“明心见性”，探寻“本来面目”的全部过程。

4.3 字斟句酌的禅意点睛

赤松认为，语言只是表面，作为译者不能囿于文字本身，而需要深入挖掘(Red Pine，2004)。他更注重诗歌的精神(spirit)，所以在翻译时采取开放性的译诗态度。“在心为志，发言为诗”，诗不在语言而在心里。因此他更关注的是诗中意蕴的传达(Red Pine，1983)。赤松对禅宗概念相关的内容进行翻译时，选择尤为审慎，不仅译诗文，也译出禅意，以使整部译诗集对同一禅宗概念的传达更为明确和统一。因而他在禅诗的阐释中，也体现出统一性与整体性特征。

4.3.1 禅宗概念的核心阐释

赤松对禅诗内涵主旨的体悟有赖于他在佛经研读与翻译中累积的文化资本。这些资本不但以体知化形式影响译诗的文本生成，同时也以客观化形式在赤松的译诗副文本中以互文形式呈现。禅宗的理论要旨、修持法门、术语典故等翻译因而在赤松的佛经与诗歌翻译中形成有机整体。

4.3.1.1 心性之“心”

赤松将经书、禅诗中的“心”字，统一译为“mind”。禅宗将“实现自我觉悟、开发自己的心灵世界作为人生的主要任务和最大追求，强调要自识本心，自见本性，实现自我超越，解脱烦恼、痛苦和生死，成就为佛”(方立天，2011)[65]。这其中的“心”指的是佛心、自心，是主张“以心传心”中心性论中的

“心”。作为禅宗思想的理论要旨，心性论是一切禅理、禅修的思想核心与修持指南，禅宗的主旨就是“以参究的方法彻见心性的本源”（方立天，2011）[65]。“心”字贯穿禅宗要义始终，因而也是禅诗中常见的阐发内容。

赤松翻译的《菩提达摩禅法》《金刚经》《心经》与《楞伽经》等，均是佛教各个阶段用以印心正念的禅宗经典。他对中国禅宗发展史及禅宗佛教中心性论的阐发、修持有着全面的认识。赤松对一个“心”字的翻译，实则基于他对禅宗思想体系的整体掌握和对心性论的深入见解。《寒山诗歌集》(2000)有《人问寒山道》一诗。

例 4.12

原诗

人问寒山道，
寒山路不通。
夏天冰未释，
日出雾朦胧。
似我何由届，
与君心不同。
君心若似我，
还得到其中。

赤松译诗

People ask the way to Cold Mountain
but roads don't reach Cold Mountain
in summer the ice doesn't melt
and the morning fog is too dense
how did someone like me arrive
our minds are not the same
if they were the same
you would be here

斯奈德译诗

Men ask the way to Cold Mountain
Cold Mountain: There's no through trail
In summer, ice doesn't melt
The rising sun blurs in swirling fog.

How did I make it?

My heart's not the same as yours.

If your heart was like mine

You'd get it and be right here.

最后两句中，斯奈德将原诗中"君心"中的"心"译为"heart"。此诗中"寒山"二字具有复义特征，既指诗人的隐居之处，亦指诗人自己。诗作表面是对寒山曲径幽僻、山高路远的地理环境描写，实则隐喻学禅之人排除障碍、由迷转悟，直至认识本心的修行之道。赤松将"心"仍译作"mind"，显然有意在此提点，此"心"非"凡心"，而是禅宗"直指人心"和"明心见性"中的佛心。这一概念是禅宗哲学思想的核心，是"禅宗全部思想理论的主要旨趣"(方立天，2011)[65]。因此，赤松并未将"心"直译为"heart"，而是依其内涵译为"mind"，有意对禅宗概念中的"心"与凡人之"心"加以区别，达到强调禅宗中这一理论要义的目的。

《寒山诗歌集》第132首《世有多事人》一诗中，有"一念了自心，开佛之知见"的诗句。赤松在该诗尾注中特地说明，诗中的"心"呼应《佛说观无量寿经》中的"是心作佛，是心是佛。诸佛正偏知海，从心想生(This mind creates the buddha. This mind is the buddha. The sea of omniscience of the buddhas springs from the thoughts of the mind)"(Red Pine，2000)[129]。可见赤松认为，寒山诗中的"心"字常常并非字面上的"心"，而是佛家心性论中"前佛后佛，只言其心，心即是佛，佛即是心，心外无佛，佛外无心"之中的"心"。此论曾见于赤松所译的《菩提达摩禅法》，其中收录的《达摩大师血脉论》有言，"一切处所，皆是汝本心，皆是汝本佛。即心是佛"(whatever you do, wherever you are, that's your real mind, that's your real buddha. *This mind is the buddha*①says the same thing)(Red Pine，2009b)。

《石屋山居诗》中也有大量抒发心性论的诗句，如"尽道凡心非佛性。我言佛性即凡心"(People say everyday mind isn't our buddha nature/I say our buddha nature is simply everyday mind)、"万缘脱去心无事。诸有空来性坦然"(Stripped of conditions my mind is at rest/emptied of existence my nature is at peace)。其中《入此门来学此宗》有云："入此门来学此宗。切须仔细要推穷。清虚体寂理犹在。忖度心忘境自空。树挂残云成片白。山衔落日半边红。是风动耶是幡动。不是幡兮不是风"。赤松在此诗注释中援引自己的两部佛经

①斜体为译者本人所加。

译著《菩提达摩禅法》与《坛经》，称“此门”即“禅门”，“此宗”即达摩大师“即心是佛”，同时指出后两句乃《坛经》中六祖慧能以“不是风动，不是幡动，仁者心动”直指人心的“风吹幡动”佛教公案(Red Pine，2014)。

纵观赤松诗歌译本，凡暗含修心见性之义的“心”字，均被译为“mind”，如“与君心不同”(our minds are not the same)，“心里绝尘嚣”(but in my mind I hear no noise)，“不识心中无价宝”(until we discover the jewel of our mind)等。他对此字的翻译并非简单的字面对等，也没有遵照前人对“心”字的译介规范，而是基于其宗教资本积累，即其庞大深厚的禅学思想体系支持，对禅宗核心“心性论”的透彻理解。其译诗也由此通过与其佛经译著的呼应形成有机整体，实现了禅宗概念传达的统一性。

4.3.1.2 道禅之“道”

同样在译诗阐释中，赤松对“道”字的处理也尤为审慎，他将其译作“the Way”。赤松认为，无论佛禅、老庄或孔孟之道，都是通达智慧之道。既然修道之路殊途同归，因此除明确表示“道教”或“道德经”外，诗中的“道”都被赤松译作“the Way”，以表示修行之道。《寒山诗歌集》第226首《自见天台顶》中有一句“本志慕道伦”，译诗如下。

例 4.13

原诗

自见天台顶，孤高出众群。
风摇松竹韵，月现海潮频。
下望山青际，谈玄有白云。
野情便山水，本志慕道伦。

赤松译诗(2000年)

I see Tientai summit
rising high above the crowd
the rhyme of pines and bamboo in the wind
the rhythm of the tide in the moonlight
I see the mountain's green reach below
white clouds discussing the unseen
wilderness means mountains and water
I've always loved friends of the Way

西顿译诗(2009 年)

I can see the top of T'ien-t'ai,
alone above the others.
The wind that moves them, gives
rhyme to pine and bamboo.
Moon's in the rhythm
of the sea, its tides.
Look down,
green of the mountains spreads forever.
Talk of mystery! Watch the white clouds!
Loving nature, you love mountains and water, for sure:
It's at the root of every human's way:
as sunset is the turning of the Tao.

最后一句"本志慕道伦"中的"道",西顿显然认为是道家思想中的"道",而赤松则将其译为"the Way"。寒山诗中的"道伦"原指僧侣(项楚,2000)[584],译为"Tao"明显是对原诗的误读。在赤松译文中,结合前文中的"moonlight""white clouds"等佛教中的常见意象,读者则更易将文中的"the Way"理解为求佛之道。

将"道"译作"the Way"看似是简单的字面直译,实际是基于赤松对中国佛经翻译史的了解和对儒、佛、道三教融会贯通的宗教文化资本。他在《六祖坛经解读》中对"道"字的用法这样阐述:

> "在中国古代,每个人都使用'道'这个字,甚至孔子也是如此。佛教初到中国时,人们认为它只是外来的一种'道教'。因此,梵文'dharma'一词被译为汉文的'道',这种用法一直沿袭下来,尽管后来人们认识到佛教与道教存在着巨大的差异。"(比尔·波特,2012a)

可见赤松将儒、释、道三教的道法之"道"均译为"the Way"而并未加以区别,这完全是沿用了该字在中国历史上的使用习惯,同时也体现了三教道法终将归一的看法。赤松认为老子在《道德经》中对"道"的阐释,即"道可道,非常道。名可名,非常名",也适用于解释般若波罗蜜多之道(比尔·波特,2012b)。他在《空谷幽兰》一书中又道:

> "在《楞伽经》中,佛陀说:'悲生于智。'在过去的五千年里,中国寻求智慧的个体们——不管他们把它称之为'法'还是'道'——一直在坚持不懈地寻找着它,有时候,他们在山里发现了它。但是迟早,智慧会生起慈悲。迟早,道会来到世间。"(比尔·波特,

2006)[268]

足见赤松将“道”统一译为“the Way”的做法并非因其道禅不分或生硬直译，而是基于他几十年间的修行心得和对儒、释、道三教的深刻解读。“法”“道”终将归一，表达的无非都是众生寻求开悟的终极宗教理想。

4.3.2　山水诗歌的禅意表达

《千家诗》(2003)收录了诸多唐宋名家作品，因唐宋佛禅之风盛行，因而其中也有不少禅意山水之作，其中就包括王维的名作《竹里馆》一诗。下文以赤松译诗中“retreat”一词的用法为例进行说明。

例 4.14

原诗

竹里馆

独坐幽篁里，
弹琴复长啸。
深林人不知，
明月来相照。

译诗

Bamboo Retreat

Sitting alone amid dense bamboo
strumming my lute and whistling
deep in the forest no one else knows
until the bright moon looks down

禅宗潮之后，20世纪后半禅宗中心的数目增长速度惊人。美国作家多恩·莫里尔(Don Morreale)在《佛教美国》(*Buddhist America*: *Centers*, *Retreats*, *Practices*, 1988)中记录的佛教中心长达350页。其中“retreat”常指美国佛教修习时常见的静修中心。这些中心为闭关修禅的教众提供场所，有时也邀请佛教大师前来讲学。相较斯奈德的“Bamboo Lane House”①或欣顿的“Bamboo-Midst Cottage”②，赤松将原诗题目译作“Bamboo Retreat”，这很

①斯奈德译于1978年，发表于《守护万物》(*Journal for the Protection of All Beings*)第四期。

②欣顿译《竹里馆》收录于其译诗集《王维诗选》(*The Selected Poems of Wang Wei*, 2006)。

容易使读者将“竹里馆”与当下的禅修中心联系起来。赤松以“retreat”指代诗人的隐居禅修之地。“retreat”在赤松译诗里的出现频率很高，这显然是有意为之，比如将《题袁氏别业》译为“On Mister Yuan's Country Retreat”；将《苏氏别业》译为“Mister Su's Country Retreat”；将《积雨辋川庄作》译为“Written at My Wang River Retreat after a Steady Rain”。赤松将《千家诗》中的《归隐》译为“Returning to My Retreat”，将韦应物《游开元精舍》(Visiting Kaiyuan Hermitage)中的“僧居”译为“monastic retreats”。可见赤松的确意在以“retreat”指代诗人隐居禅修之地。

这一改译起到了点题的作用，使原诗披上了浓厚的禅宗色彩，点名竹里馆其实就是诗人王维的禅修静思之地，奠定了全诗的整体基调。因此即便赤松仅将第一句中的“独坐”简单译作“sitting alone”，读者也很容易意会这里的“sitting”即表示诗人此刻修行时的“禅坐”。最后一句“深林人不知，明月来相照”被译为“deep in the forest no one else knows/until the bright moon looks down”。赤松以“deep”和“no one else knows”描绘诗人独坐竹林深处的幽僻寂静之感，映衬出诗人深入禅境的物我相融之境。明月是禅宗诗歌中的常见意象，历来诗人常以月寓禅。诗人在月下思禅，内心澄澈，毫无贪执散乱，只等明月相鉴。因此随后的一句“until the bright moon looks down”，再现了原诗“明月”与月下人的主客关系，体现出诗人在随缘任运中达到顿悟之境的昂然禅意。

4.3.3 佛经译著互文阐释

作为修行居士，研读经书典籍是赤松每日的必修功课，翻译是他的学习方式之一。赤松的译介活动由开始的译诗逐渐延伸至佛经典籍翻译。随着中文与禅学的不断精进，赤松对禅诗的解读也更加深刻，其禅宗认识在译诗与典籍翻译中一以贯之，二者呈现明显互涉。

赤松译诗与其英译典籍的互文阐释在《寒山诗歌集》的再版中表现得尤为突出。该译诗集1983年初版时是赤松首部译著，彼时赤松的中文程度一般，且尚未译介典籍。而2000年该诗集再版时，赤松已出版典籍《菩提达摩禅法》《道德经》与《金刚经》，因此重译时赤松对此间译介的典籍借鉴参考、旁征博引，不但融于其译诗阐释，也大量见之于其译诗注释。

以寒山诗第2首《凡读我诗者》为例，除译诗文字有所调整外，赤松也增加了大量注释。诗中有“今日得佛身”一句，赤松将佛身译作“buddha body”。1983版并未对此句进行解释，而在2000年版，赤松在注释中点明了其来处为《金刚经》，并援引自己的译本，写道“After asking Subhuti if he could see the Buddha's bodily form, the Buddha told Subhuti, 'Thus is the Tathagata seen by means of attributes that are not attributes'。(Diamond Sutra：5)"。此处语出《金刚经》第五品，"如理实见分"中对佛身的论述，即"须菩提。于意云何。可以身相见如来不。不也。世尊。不可以身相得见如来。何以故。如来所说身相。即非身相。佛告须菩提。凡所有相。皆是虚妄。若见诸相非相。即见如来。"诗中此句表面意为读寒山诗，如见寒山真身；实则启悟读者，应发心向佛、念念护净、摆脱虚妄，方能立地成佛。佛法中"真性"原本就指天然未经雕琢之本性，即"佛性"。再版中赤松又将"get"改译为"find"，点醒修行之人真性本就在自身，立地成佛不过是自见本心。

原诗

凡读我诗者，
心中须护净。
悭贪继日廉，
谄曲登时正。
驱遣除恶业，
归依受真性。
今日得佛身，
急急如律令。

赤松译诗(1983 年)

whoever reads my poems
must guard his purity of heart
his greed at once be modesty
flattery suddenly honesty
banish and be rid of evil karma
trust and accept his true nature
get hisbuddha body today
hurry as if these were orders

赤松译诗(2000 年)

All you who read my poems
guard your purity of heart
let your greed be modesty
your flattery be honesty

put an end to evil karma
trust your own true nature
find your buddha body today
do it as fast as an order

又如诗第306首《我见世间人》。该诗在1983版中没有注释，而2000版中赤松对诗中提到的墓地尺寸、该诗的来历等一一进行了解释。诗中第二、七两句均有“争意气”，赤松在注释中指出，此处典出《道德经》最后一句“圣人之道，为而不争”，并援引自己译本第81节的“the Way of the sage/ is to act without struggling”。原诗两处“争”字译法不同，第二句为“fight”而第七句译作“quarrel”，可见赤松此时并没有意识到此诗句与《道德经》的互文关系，以及诗人意欲传达的面对功业应谦下寡欲、不与人争的深意，译文不但未做统一，而且用词随意，如此呈现有市井口角争执的画面感。“争意气”之“争”即“为而不争”之“争”，原诗中的“fight”和“quarrel”也应与译经一致，因此再版中赤松将其统一改译为“struggle”。他对中文语义内涵的熟练把握与译经、译诗二者的融会贯通在改译和注释中尽数体现。

原诗

我见世间人，
个个争意气。
一朝忽然死，
只得一片地。
阔四尺，
长丈二。
汝若会出来争意气，
我与汝立碑记。

赤松译诗(1983年)

the people I see in this world
fight over everything
one morning suddenly dead
they get just a piece of ground
three-feet wide
six-feet long
if you ever stop quarrelling for you
I'll put up a stele

赤松译诗(2000 年)

All the people I see
struggle over everything
one day they suddenly die
and all they get is some ground
four-feet wide
eight-feet long
if you can stop your struggling
I'll carve your name in stone

寒山诗集之外，赤松后期的绝大多数诗集，也都呈现出译诗与译经的自我指涉。赤松于 1986 年出版《石屋山居诗》，其中收录石屋清珙禅师诗作 185 首，该诗集于 2014 年再版重译。1986 年版为原诗与译诗的对照本，诗集中无注释，而 2014 再版时，赤松除保留原诗与译诗对照的形式，还为每首诗增添了注释，介绍诗歌的背景、典故出处与佛教术语等。其中第 27 首为《入此门来学此宗》。其中的"门"1986 年译为"door"，而在 2014 版，赤松在注释中指出，"此门"即"禅门"。从译诗文本中也可以看到赤松将"门"改译为"gate"，正对应其《菩提达摩禅法》中对"禅门"的译法，即"Gate of Zen"(Red Pine，1987)。同时赤松还援引自己的两部佛经译著《菩提达摩禅法》与《坛经》，称"此宗"即达摩大师"即心是佛"；后两句乃《坛经》中六祖慧能以"不是风动，不是幡动，仁者心动"直指人心的"风吹幡动"佛教公案(Red Pine，2014)。

原诗

入此门来学此宗。
切须仔细要推穷。
清虚体寂理犹在。
忖度心忘境自空。
树挂残云成片白。
山衔落日半边红。
是风动耶是幡动。
不是幡兮不是风

赤松译诗(1986 年)

who enters this door who studies this teaching
has to be thorough and push to the end
empty your body and reason remains

blank your mind and the world is void
cloud-draped trees form a sheet of white
in a mountain's mouth the sun's a red slice
the flag moves or is it the wind
it isn't the wind or the flag

赤松译诗(2014 年)
Who enters this gate who studies this teaching
has to be thorough and push to the end
still the empty body and reason remains
forget the thinking mind and the world disappears
cloud-draped trees form a landscape of white
the summit turns red as it bites the setting sun
the flag moves or is it the wind
it isn't the wind or the flag

通过赤松早期与后期同一译诗集不同版本的对比，可以看到其译经与译诗活动逐渐深化的文本关联，这不仅体现在赤松在注释中对其佛经典籍译著的援引与互涉，也呈现在其译诗选词上。典籍与诗歌在赤松的译介中实现了对话互鉴，共同完成了禅诗的再阐释，实现了译诗的跨场域建构。

4.4 资本支持的禅意再现

既然禅诗的解读颇具主观性，译者对译诗的阐释成为引导读者理解原文的关键因素。译者通过译诗选目、节奏韵律、句式用词等翻译策略直接进行禅意阐释。作为副文本的译者序言与译诗注释也对读者理解译诗起到重要的暗示和引导作用。副文本通过对读者的潜意识施加影响实现对读者的操控(Genette，1997)。借助译者语言、译诗笺注等形式，赤松为译诗提供了丰富的补充性阐释，同时借助丰厚的文化资本，建立了诗中内涵与相关禅理禅意的联系，达到触类旁通的译诗效果。又因为赤松译经颇多，他的译文注释与其经书译作呈明显的文本互涉，所以其佛经译著的客观性文化资本提高了其诗歌禅意阐释的权威性。

4.4.1 译者序言的背景铺设

译者序言是译者与读者的直接对话，通常以陈述译者翻译思想与策略、介绍原著文化背景，以及译者对原著内容的研究论述等为主。作为译著的开篇导言，译者序帮助读者在阅读前对译文内容产生心理预设，一定程度上影响读者对译文的认识和理解。除以上几部分内容，赤松的译著序言还添加了他源于文化写作惯习，在行旅之中对诗人生活创作背景的实地考证。除寒山外，赤松译介的大部分内容都是西方世界所知甚少的隐逸禅僧或译介较少的山水诗人作品。因此序言中的背景介绍及译者评论直接影响读者的审美视角。

赤松在译序中，对诗人的修禅渊源与禅学造诣都进行了细致的梳理与还原。赤松主编的《白云知我心：中国佛教诗僧选》(1998)收录了赤松所译憨山德清诗二十八首。憨山大师虽为明末高僧，在英语世界却译介不多，对西方读者来说较为陌生。赤松在其译诗前言中记述了自己的译诗缘起及憨山德清重振中国禅宗祖庭曹溪的功德伟业，同时对他在中国佛教史上的意义作出评价，称其为明代中国最有影响的禅僧之一，被后世尊为六祖慧能之后的禅宗七祖(Red Pine et al.，2005)[116]。事实上，禅宗六祖之后并无禅门承认的七祖。译序这样介绍不但宣扬了憨山大师在中国禅宗发展史上的巍巍功绩，更夸大了他在禅宗史上的地位。赤松又介绍其诗作成于圆寂前、归隐庐山之时，“字里行间都透出他亲近佛法、山居自得和作为僧人心无挂碍的细致体悟”(Red Pine et al.，2005)[116]。憨山诗歌作为隐逸山居诗的禅宗内涵被点明，结合上文对其历史地位的描述，其诗作的重要性又大为不同。在《石屋山居诗》(2014)序言中，赤松也倾注大量笔墨，对石屋清珙的禅学机缘及其居山隐居的佛学生涯进行了细致入微的描写，记叙了石屋大师因其禅法修为颇有建树，成为一代名师，因而被诏赐金襕袈裟的历史(Red Pine，2014)，彰显了石屋禅师作为一代禅宗大师突出的禅学造诣。

赤松终生习禅，深谙禅学典故，因而能旁征博引。《丰干、拾得诗集》(1984)中，赤松在序言中谈及丰干与拾得诗，称其诗在千百年前默默无闻，未能受到世人关注。在此他援引白居易访鸟窠禅师①的一记公案。白居易在杭州任太守时曾入山求见鸟窠禅师，何为佛法大义。禅师以法句经作为回应，“诸恶莫作，众善奉行”。白居易言，“三岁孩儿也解那么道”。禅师听罢答道，“三岁孩儿虽道得，八十老人行不得”。公案当中的寓意是，禅语本身听来稀松平常，然知易行难。赤松借此公案，是以白居易不解禅机，喻世人不识拾得、丰干诗中的奥义。赤松如此叹惋，足见他对丰干与拾得两位诗僧的推崇。序中此番描写使读者对二人的诗僧地位与诗中禅机内涵的价值产生期待。

---

①鸟窠禅师，本名道林，谥号圆修。九岁落发出家，二十一岁于荆州果愿寺受具足戒，后入陕西投韬光禅师门下。

4.4.2 译诗笺注的有意引导

赤松运用口语化的译诗语言，使其译诗兼具通俗晓畅的可读性。他的译文虽然简洁，但并未以损害原诗内容为代价。这得益于赤松对原诗精神主旨的准确把握和阐释，同时也受益于他详尽的译诗注释。由于诗歌形式和字数的限制，有时原诗的禅意阐释可能在译文中显得不够充分，而赤松会将这一部分添加到注释中。

《世难：韦应物诗选》第 22 首，《经少林精舍，寄都邑亲友》中有一句“鸣钟生道心，暮磬空云烟”。赤松将其译作“the sound of a bell roused me on the Way/the evening chime cleared the clouds and mist”。赤松先以“on the Way”一语双关，既指字面意义的行至途中，又以大写“Way”暗指诗人行至此处，受佛寺清幽感染，愿倾心佛法，修行求道的愿望。赤松对后一句的翻译则完全忠实原诗，实现了语义对等，并未对译诗做任何改写。然而他特地在该诗的脚注中对此句中的“chime”作出解释，称这里韦应物所指的钟声在禅宗寺院内用以表示冥想的结束(Red Pine，2009a)。寺钟原是中国古典诗歌中的重要佛教意象，钟声实指“召唤人们回首青山 ，返归本原”(刘士林，1993)，实现万物归“空”的精神超越。在注释的引导下，译诗中的“chime”成为指代冥想修行的禅宗意象，暗喻以修行得道超脱尘累。诗中所表达的禅宗旨趣也因此现于纸端。赤松曾在寺中修行多年，他对中国古典诗歌中“钟声”意象的理解基于他对佛禅文化的资本积累，也源于他在禅寺亲身修行的亲身体验。

《寒山诗歌集》(2000)中第 82 首《碧涧泉水清》一诗中有“默知神自明，观空境逾寂”一句。赤松将此句译作“silence thoughts and the spirit becomes clear/ focus on emptiness and the world grows still”(Red Pine，2000)[91]。他在该诗的脚注中指出，此句所指为佛教天台宗中名为“止观”的修禅方法，并援引天台祖师智顗法师《仁王经疏》中对“止观”修行要义的阐述，即“谓无相妙慧照无相境，内外并寂，缘观共空”。“止观”法门尤为汉传佛教天台宗所重视，由此可见，赤松尽悉汉传佛教各宗及其修习法则。他在自己的文化著述《寻人不遇》(2016)中表示，自己尤喜寒山此诗，认为该诗正是“止观”禅法体系的精妙总结(Red Pine，2016)。赤松将“寂”译作“still”，不但译出了此时诗人修行的清净之心，更突出了“止观”禅法中的“止”，即“禅定”境界。脚注中对诗歌背景内涵的深度阐释，点明了该诗实为暗含禅机隐语的禅理诗。

赤松从不使用文内夹注的形式，其常用注释类型为文内脚注与文后尾注。此类注释兼顾了读者阅读的流畅性，同时也及时为读者提供了理解译诗必要的辅助信息。在憨山德清的译诗中，赤松采用了文后尾注的形式，一诗一注，长达九页。第 4 首诗有一句“形如枯木念如灰，雪满头颅霜满腮”，赤松译为“My body is like deadwood my thoughts are like ashes/ there's snow on my skull and frost on my jaw”，随即在文后注释中补充道，此处译文中的“deadwood”实指枯禅(deadwood zen)，意即静坐参禅，使诗人此刻不畏严寒，风雪之中岿然不动的禅定形象跃然纸上。

4.5 小 结

作为翻译场域中的行动主体，译者的初始惯习在其成长环境中被初步结构化，并跟随其日后的社会实践经历与翻译活动而得到提炼形成译者惯习。译者惯习因此体现了完成其秉性塑造的文学文化场域特征，也受到现有翻译场域的影响。因此译者惯习并非是对现存翻译场域内规范的单一顺从，而是在个性及规范的区间内，受译者无意识的惯习驱使，既具有结构化的稳定性，也因其个体差异而具有特殊性。译者惯习即是在“一方面维持其本身的特性，另一方面又完成自我转化和相互转化”的过程中，对所属场域产生双重结构化作用，实现对翻译场域内规范的延续与革新。

早期的童年经历与美国禅宗文化思潮的浸染，塑造了赤松无意名利而倾心佛禅的内在秉性，这成为他的初始惯习。这一禅修惯习在他之后中国多年的修行历程与社会轨迹中进一步结构化，决定了他以禅宗思想为行动指南的处世态度与行事风格。作为个人与环境的联结，禅修导向与亲近隐逸文化的个人惯习在赤松的翻译实践中经过进一步精练，细化成他的译者惯习，体现为翻译活动中对初始规范、预备规范及操作规范的选择性内化。赤松的译诗选目与译诗策略呈现出对现有规范的反叛与顺从。在其具体的译诗中，表现为以隐逸诗人，尤其是隐逸禅僧诗作为主的译诗选材倾向和借助陌生化译诗形式、口语化译诗语言等对原诗进行禅意再现与阐释，以及统一禅宗核心概念并建立与其经书译作之间的有机关联。作为译者，赤松的译诗特征一方面体现出禅诗翻译场域中的普遍特征，另一方面也因其自律性而体现出一定的差别，并通过这种差别实现了翻译场域内规范的强化与延伸。

第5章　资本互动：赤松译诗的接受与传播

布迪厄的资本概念涵盖物质（经济资本）与非物质（文化资本、社会资本、符号资本）多种基本资本类型。资本构成场域内行动者参与竞争的先决条件，使行动者可以支配客观状态和场域中的冲突变化。场域中的冲突变化源自资本斗争与流动分布。“行动者力量的大小、获取利润的多少，与他们掌握的客观化资本和体知化资本的多少成正比”（皮埃尔·布迪厄，1997）[200]。

以禅诗为主的译诗特色及对译诗的禅意阐释，使赤松成为当下美国禅宗诗歌译介小传统的译者之一。其译诗的广泛接受与良好评价不断提升赤松在该禅诗翻译场域内的重要性。赤松译作在禅诗翻译场域内获得认可，证明其译作从源文化向译入语文化中文化资本的成功输入，是翻译文化资本运作的积极成果。这首先说明赤松本人的惯习与在文化资本引导下对译诗的合理阐释在一定程度上符合目标读者的期待。这是因为他对禅诗内涵主旨的充分传达与对译诗可读性的兼顾。除此之外，在整个翻译生产过程中，更多的资本类型也参与了赤松禅诗译作跨越时间与空间的文化资本传递，在出版或传播阶段，有形或无形地促进了译作在译入语文化内被接受。

5.1　译作文化资本实现

资本是行动者参与场域争夺的先决条件。译本携带的文化资本从某种程度上可视为译者与原著文化资本的融合与重组。“不同种类资本（经济、社会、文化、符号资本）的等级顺序会随场域变化而有所区别”（Bourdieu et al.，1992）[98]。禅诗翻译场域的运作规则主要基于对文化资本的操控，因而文化资本是决定译作在翻译场域中获得优势地位的主要资本类型，其重要性优先于其他资本类型。译者将原作翻译为另外一种语言，是翻译活动的直接实施者。翻译作品作为客观化的文化资本被保留与传递。正是译者的翻译行为，使译作得以以客观文化资本的形式，实现时间与空间上的跨越与流通。因此，最终实施文化建构功能的翻译文本携带的文化资本，是译者文化资本与原著文化资本协商与较量的结果。

借助自身的中文语言资本与禅宗宗教资本，赤松对中国禅诗的禅意阐释是传达原诗文化资本、实现译著文化资本在译入语传播的基础。这种文化资本之间的协商受到译者本人的惯习引导，在具体翻译文本中体现为对原文的阐释与改写，往往较为隐晦。而翻译副文本作为对翻译正文的进一步补充，通常以序言、注释与附录等形式，对原文背景、译者的翻译动机与策略及必要的文化术语予以介绍与解释，是译著最终承载文化资本的直接表现。相比译文本身，翻译副文本对这种资本对话的呈现更具有直观性。

5.1.1 文化厚译下的充分性译诗

中国古典文学翻译一般可分为学者型翻译与文学性翻译。汉学家译介中文典籍往往用于汉学研究，因此这种译文通常“伴随着详尽的笺注与考证，广泛参考和征引其他学者的研究成果，本身即是一种严肃的学术活动”(田晓菲，2010)；而文学性翻译则更加注重可读性，以流畅生动的通俗性翻译为主。艾略特·温伯格(Eliot Weinberger)在《阅读王维的十九种方式中》(*19 Ways of Looking at Wang Wei*，1987)时也称，“中文译者的分类相当简单。一类是汉学家，他们熟谙源语，但不精通英语，因此不通诗道，也有少数例外，如华兹生与韦利。另一类是诗人，大多数不懂中文，少数略知一二，如王红公”(Weinberger，2016)。赤松并非学院派的美国汉学研究专家，本人也并不进行诗歌创作，然而他晓畅可读、贴合原文的译作中不乏其文化作家惯习下的基于本人研究印证的文献注释，这使他的翻译介于学者型翻译与文学性翻译之间，并呈现显著的厚译①特色。

常见的厚译形式包括译本前后的序跋、前言、参考文献、尾注、附录、术语表、索引表等，也涵盖文内夹注、脚注等。这种翻译方式在保留原文信息的基础上，提供了大量增进理解的相关语境信息，突出了译者在其中的主体地位。注释又可分为知识性注释与研究性注释两类(周领顺 等，2016)。知识性注释以读者为中心，在于通过补充必要的术语解释、文化背景等，“补偿式地揭示文本中蕴含的丰富文化信息”(章艳 等，2011)，目的是增进读者对原作的理解。而研究性注释则常见于学者译著，此类译作作为文本分析材料，被用于阐述译者本人的理论主张与研究成果。汉学家宇文所安与刘若愚的诗歌翻译就属于这种类型。

赤松的各类笺注属于前者，他认为翻译诗歌的核心在于尊重原作与原诗

①阿皮亚(Appiah)首次提出厚译的概念，厚译指“一种学术型翻译，利用注释及相关附注，将文本置于丰富的文化与语言背景中”(Appiah 1993，817)。

内涵，不应有意引导读者或为使其接受译文而任意篡改，因此他的译诗更忠于原作。但他同时也认为译者有责任向读者提供必要的背景信息，帮助读者扫清阅读障碍，准确理解译诗。除因语言不同产生的距离外，绝大多数西方普通读者对中文诗歌中蕴含的丰富历史文化背景知识也相当陌生。因此，出于读者友好的目的，赤松通常采用序言、脚注、附录等各种形式，提供相关译诗背景知识与必要的文化注释，尽力使读者置身源语语境。他在各个译诗集中采用的译注形式见表 5.1。

表 5.1　赤松译诗集的译注形式

题目	译注形式	年份
The Collected Songs of Cold Mountain 《寒山诗歌集》	代序、译者序、译者序尾注、文内脚注、寒山诗其他译本索引、参考文献	1983
P'u Ming's Oxherding Pictures and Verses 《普明牧牛图颂》	译者序、图颂中文原本、文内脚注	1983
From Temple Walls: the Collected Poems of Big Shield & Pickup 《丰干、拾得诗集》	译者序、文后尾注(51 条)、拾得诗其他译本索引	1984
The Mountain Poems of Stonehouse 《石屋山居诗》	译者序、尾注(179 条)、地图	1986
Guide to Capturing a Plum Blossom 《梅花喜神谱》	译者序、代序、中文图谱、文内脚注	1995
The Clouds Should Know Me By Now: Buddhist Poet Monks of China 《云已知我心：中国禅僧诗选》	译者序、代序、尾注(28 处)、参考文献、译诗题目索引、译者简介	1998
The Zen Works of Stonehouse: Poems and Talks of a Fourteenth-Century Chinese Hermit 《石屋禅宗文集》	译者序、地图、文内脚注	1999
The Collected Songs of Cold Mountain 《寒山诗歌集》(重译版)	地图、译者序、代序、寒山诗其他译本索引、参考文献、文内脚注、译者介绍	2000
Poems of the Masters: China's Classic Anthology of T'ang and Sung Dynasty 《千家诗：中国唐宋古诗选》	译者序、跋、文内脚注、中国历史纪年表、译者简介、诗人索引、译诗题目索引、地图	2003
In Such Hard Times: the Poetry of Wei Ying-wu 《世难：韦应物诗歌集》	地图、译者序、文内脚注、韦应物为夫人手书墓志铭、韦应物墓志铭、译者简介	2009
The Mountain Poems of Stonehouse 《石屋山居诗》(重译版)	译者序、文内脚注、译诗题目索引	2014

续表

题目	译注形式	年份
Written in Exile：the Poetry of Liu Tsung-Yuan 《书于流放：柳宗元诗集》	地图、译者序、文内脚注、术语表、参考文献、译者简介	2019
Dancing with the Dead：the Essential Red Pine Translations 《与逝者共舞：赤松译诗精选集》	译者序、文内脚注	2023
Choosing to Be Simple：Collected Poems of Tao Yuanming 《守拙：陶渊明诗集》	地图、译者序、文内脚注、参考文献、译者简介	2023

赤松采用的厚译形式种类繁多。除常见的序、跋、笺注之外，赤松的译诗均附有中文原文，同时也借助诗人活动地方的地图，以及诗人生活环境的图片等非文本形式，多维度地还原诗人的生活与创作背景。赤松对诗歌的禅意阐释和提供的丰富副文本，最大化地实现了译诗的充分性，尽可能地还原了原诗的文化背景，解释了原诗的文化意义。这种方式使诗歌中描绘的内容以视觉化形式直观地呈现给读者，极大地拉近了当代读者与远隔重洋、跨越时空诗人之间的距离。比如寒山诗、石屋山居诗中均附有诗人生活区域的地图，以及赤松考证时留下的图像资料，直观展示了诗人实际的生活环境，使诗中描写的禅修之地更加具象化，为读者创造了更为生动的阅读体验。赤松主要合作出版社对位出版社的责任编辑杰克·休梅克(Jack Shoemaker)曾表示，波特是一位颇具挑战性的作家，“他对书籍设计、字体、排版都很有见解。他非常具有主动性”(Baker，2013)。可见赤松在其译作出版过程中享有相当大的话语权，他对翻译生产的自主性介入是形成其译本多模态厚译类型的主要原因。

译注是为读者阅读诗歌提供最为密切相关信息的注释类型，同时也是赤松厚译形式中最为重要与占据篇幅比重最大的一项。为了保证译诗阅读的连贯性，赤松采用的译注形式多为脚注与尾注，从不使用文内夹注。根据诗歌内容的简繁，赤松对每首译诗的注释长度不一，但总体注释量极大，占据诗集篇幅的一半以上。赤松一般采用一诗一注的形式。《寒山诗歌集》(2000)中共收录译诗 307 首，赤松对其中 271 首均作出注释；《世难：韦应物诗》收录译诗 175 首，每首诗后均有相关注释。《寒山诗歌集》(2000)中的《山中何太冷》一诗中有“草生芒种后，叶落立秋前”一句，赤松对其中的“芒种”(Grain Ears)和“立秋”(Autumn Begins)这两个农历节气作出了解释。《世难：韦应物诗选》(2009)中《赠李儋》一诗中，首句“丝桐本异质，音响合自然”，赤松译为“Silk and paulownia are worlds apart/but their sounds combine so well”，随即在注释中，他描述了中国古琴的构造，以对诗中“丝”与“桐”的比喻进行解释。在《任洛阳丞，答前长安田少府问》一诗中，有“相逢且对酒”一句，赤松将其翻译为“Finally meeting over wine”，并解释道，这里的“wine”指米酒，口味类似日本清酒(Red Pine，2009a)[22]。此类注释的内容非常广泛，除了不便于西方读者理解的中国文化词解释、禅宗术语外，还有涉及诗歌背景、写作年代等的辅助背景资料。

丰富的译诗笺注体现了赤松对原文本的尊重，以及争取实现读者与他者文化平等对话的努力尝试。赤松选译的古典禅诗具备深刻的文化背景与禅宗哲学内涵，因而有很强的异质性。原著中的文化历史背景等，通过译者添加的各类副文本向读者呈现，更易于读者接受，实现了原著中文化资本向译本的传递。

5.1.2 读者接受与文化资本实现

赤松为其译著采用的厚译形式，无论是基于原文、笺注中的相关内容阐释，还是以其文化行旅为依据而做的历史考证与研究发现，都在其读者中获得了广泛的接受与好评。赤松译著中多元化的副文本甚至成为读者选择其作品的主要原因之一。美国诗人罗德尼·柯涅克(Rodney Koeneke)对赤松的寒山译诗评价很高，他认为“比尔·波特是一位了不起的译者：直接、实际，而且显然对他的翻译对象及其所在文化抱有同情”。柯涅克肯定了译诗中直白的语言艺术，将其归结于赤松本人辍学修禅的人生经历，认为译诗体现出译者“与诗人、自然的亲近感”，并表示“脚注对理解寒山译诗丰富的文本内涵颇有助益，不会让人因为厚重的专业性而感到丧气”(Koeneke，2011)。可见赤松的脚注尽可能地保证了译诗的可读性。诗人埃迪·沃特金斯(Eddie Watkins)评价韦应物译诗时也称，“赤松译介的所有作品都散发出禅意。他如何为之不得而知，这或许源于他探访诗人家乡的一手调研，源于他深入钻研公开文献与各类手本，亲自上阵去做学术粗活”(Watkins，2009)。他盛赞此书极佳，原因之一就在于译著中伴有译者翔实的序言介绍，每首译诗占据一页篇幅，对应一页中文原诗，给读者以原诗的观感，并且每首译诗都伴有绝不显教条学究的译诗注释。费城《询问报》(*The Philadelphia Inquirer*)上刊登的《千家诗》书评也特别提到，译著中的原文及对诗中意象、各类社会习俗、历史背景的评论，对透彻理解文本起到了至关重要的作用。

这些积极评价证明赤松的厚译策略及其注释内容在读者中的接受度。作为正文的补充与解释，副文本扮演着调节读者与正文之间关系的重要角色(Genette，1997)[xi]，是对正文内容的一种补充和阐释。译者通过对原文的阐释及副文本的补充说明，实现了原著文化资本的传递。译著也获得了基于译者文化资本的新的文化资本。丰富的文化资本是译著在翻译场域内占据优势地位的前提，然而翻译文本对文化的建构作用还需要通过读者实施，毕竟文本意义的实现在于读者。读者对赤松译诗的积极评价肯定了赤松各类厚译形式的必要性与有效性，说明赤松译诗符合当下美国读者对此类译诗的期待。透过译诗序言、笺注与附录等副文本，译著的文化资本得到有效传递，使翻译文本对译入语文化实施建构成为可能。

5.2　资本互通与符号叠加

“权力的实施都需要正当化与合法化”(戴维·斯沃茨，2012)[104]。在布迪厄看来，资本在场域中，主要以符号资本的形式发挥效力，符号资本就是这样一种合法化的权力形式。符号资本通过利用其他类型资本而获得，“它意味着其他资本形式的合法化状态……这将意味着不同的资本类型(比如经济资本与文化资本)在不同的社会中能够具有自己特定的符号资本形式”(戴维·斯沃茨，2012)[107]。资本的合法化说明资本得到了场域中其他参与者的接受与认可，这体现了一种“合法的符号暴力”，也就是“在特定‘民族’(nation)内(即在一定的领土疆界中)制定与强加的、普遍并且普遍适用的一套强制性规范”(Bourdieu et al.，1992)[112]。

这意味着，场域内行动者的资本优势主要在于其资本的符号化形式积累。既然资本的转换性特征决定译者的各类资本可以相互转化，这些符号资本可以是经济资本、文化资本或社会资本中的任何一种。在文化生产活动中，文化资本是符号资本最主要的基础，“在社会空间中，个体对文化符号资本占有的多寡与其在社会空间中的专门化场域地位息息相关，也与他们在专门化场域中的位置息息相关”(迈克尔·格伦菲尔，2018)。与此同时，行动者对符号资本的占有，也会因为行动者在场域内位置的改变，而实现行动者本身的符号化，从而强化符号权力。除此之外，社会资本也与符号资本密切相关，布迪厄也承认二者之间的紧密联系(Bourdieu，1986)[257]。分析译者的翻译活动，需要将译者置于翻译场域内，对其拥有的各类符号资本加以剖析，从而解释其译作在场域中的具体位置，或对译作在场域的可能性影响作出预判。

5.2.1 原作文化资本符号化

资本是场域斗争的主要决定因素。翻译场域中，翻译作品的竞争力取决于翻译参与各方占有的资本数量。翻译的传递性特征决定译作的文化资本受原作影响，原作自身携带的文化资本成为决定译作在场域中位置的重要先决条件。译者的作品一旦获得译入语文化的接受，即在该场域内获得一定的符号资本，从而成为下一部译作的资本来源之一。然而对初次参与翻译实践，还未在翻译场域内获得读者承认或制度化认可的译者而言，原作本身携带的资本就显得尤为重要。

除原作固有的文化资本外，“译者获益于在源语社会出版的原作的符号资本”(Gouanvic，2005)[162]。然而原作的符号资本并不总是源于源语社会。对赤松而言，进入美国禅诗翻译场域的初期，他依赖更多的是原作在译入语文化中的符号资本。虽然寒山诗作意蕴深厚、风格独特，然而相比李白、杜甫等唐宋诗家的名篇名作，寒山在中国显得名不见经传。寒山诗的语言表面看来也直白如话，不及王维清新隽永、涉笔成趣。然而第二次世界大战后，斯奈德对寒山诗歌的成功译介在世界范围内掀起了寒山热潮，尤以美国为甚。斯奈德对寒山诗的翻译忠实生动，但他自己也曾表示，他将寒山视为垮掉派的一员(Rouzer，2016a)。他对寒山诗中“寄语钟鼎家，虚名定无益”的现代化改译“Go tell families with silverware and cars / What's the use of all that noise and money?”也更像是垮掉派青年向主流价值观发出的深重抗议与呐喊。在斯奈德的塑造下，寒山成为垮掉派的偶像与反叛精神的代表。寒山诗中的禅宗奥义在斯奈德的阐释下获得了当下性，得到当时文学文化场域的接纳，并成为一代诗歌文学经典。寒山与寒山诗歌已经不仅仅是来自异域东方的文化他者，而成为当下社会运动、流行文化中的反叛象征与精神符号，在译入语文化中成为不可忽视并且令人瞩目的符号资本。因此当华兹生在1962年出版《寒山诗百首》时，这本译诗集即刻引起了很大反响。美国汉学家威廉·西奥多·狄培理(William Theodore de Bary)在该书序言中称，“华兹生教授选译了一百首寒山诗，大约是他作品的三分之一，是目前收录寒山作品最多的英语译本”(Watson，1962)[5]。由此可见当时整个英语世界对寒山诗歌如饥似渴的追求。赤松姗姗来迟的《寒山诗歌集》，是英语世界中第一部寒山诗全译本，适时填补了这一缺失。

寒山诗因其在译入语文化中经典地位的确立，在美国文学文化场域内获得了持续与稳定的符号资本。直至赤松着手译介寒山时，这种热度也丝毫未减，同时期的亨利克斯也正在翻译寒山全集。该历史背景下赤松译介的《寒山诗歌集》因而顺利继承该符号资本，获得进入禅诗翻译场域的敲门砖与参与场域竞争的有力筹码。

5.2.2 译者社会资本有效性

作为一项社会实践，翻译不可避免地受到社会网络中各项因素的影响。译者在翻译场域中的竞争力，除了依赖足以驾驭原著的文化资本，也受益于译者在翻译过程中及译本发行过程中可以借助的有效社会资本。

初期，赤松的社会资本在翻译场域位置争夺中扮演不可或缺的角色。长期积累的语言与宗教文化资本赋予赤松在禅诗翻译场域中与原著文化资本较量的基础，进而生产出充分性与可读性兼顾的禅诗译著。然而赤松的代表译作《寒山诗歌集》的出版并非一帆风顺。寒山诗歌全集初稿完成后，赤松曾先后被香巴拉出版社，韦瑟希尔出版社和塔特尔出版社拒绝，主要是因为赤松并不是知名诗人，也没有接受过学院派的汉学训练，在此之前也未有译作刊出。体制化认定与前期客观文化资本支持及符号资本的严重缺失是赤松译作受到出版商质疑的重要原因。最终译作的成功出版，得益于他在禅修与诗歌翻译过程中积累的社会资本。赤松在禅修与译诗过程中结交了诸多学术界与诗歌界人士，如布洛菲欧德与奥康尔。这些人构成了他的初步社会资本，在诗歌专业性与翻译理念方面为赤松初入翻译场域提供了诸多帮助。通过已有的社会网络，赤松的社会资本也得到进一步积累，通过奥康尔的引荐成功出版《寒山诗歌集》，并与出版社建立长期的合作关系。

奥康尔向当时铜峡出版社的创始人、美国诗人汉米尔引荐了赤松。汉米尔出生于1943年，第二次世界大战时期失去双亲，在犹他州跟随寄养家庭长大。在当地极度保守的社会风气禁锢和养父母关爱的缺失下，汉米尔在青少年时期非常叛逆，甚至频繁出入少管所。直到一次在盐湖城一家颇为波希米亚风的书店，汉米尔偶然读到当时旧金山文艺复兴运动的领军人物，诗人劳伦斯·费林盖蒂(Lawrence Ferlinghetti)及王红公的诗歌作品，受到了触动，才对诗歌产生兴趣。诗歌是汉米尔的救赎，也给了他"存在的意义"(Cusac，2003)。王红公成为汉米尔最为崇敬的诗人，也是他重要的人生与学术导师。在《遇见雷克斯罗斯》("Encountering Kenneth"，2006)一文中，汉米尔曾经表示，王红公"不仅塑造了，也挽救了我的人生"(Hamill，2006)。和同时代大多数人一样，汉米尔对禅宗的认识最初来源于杰克·凯鲁亚克具有划时代意义的作品《达摩流浪者》(*Dharma Bums*)。而王红公翻译的《中国诗百首》则为汉米尔打开了新的天地，让他认识到中国古诗，特别是禅诗的魅力。对诗歌和禅宗的兴趣，促使汉米尔开启自己的诗歌创作生涯并走上禅修之路。汉米尔本人修习禅宗，也深受中国古典诗人影响，因而深知寒山诗歌的重要性，当即决定支持赤松的译诗出版。由寒山诗经典化产生的符号资本成为汉米尔欣然接受赤松出版意向的重要原因。铜峡出版社长期致力于优秀诗歌创作与翻译作品的出版，创始人汉米尔当时已经发表数部诗集，并在美国诗坛占有一席之地，因而拥有雄厚的文化与社会资本。这成为赤松跻身美国诗歌翻译场域、积累自身符号资本的重要契机。与汉米尔的结识促成了赤松与铜峡出版社的长期合作，这构成了赤松在美国翻译场域内的主要社会资本。

铜峡出版社如今依然是赤松最主要的合作出版机构之一，出版赤松所译的佛经、诗歌及旅行文学、专著共计七部。在2018年秋季最新一期铜峡出版社目录中，目前在印发行的中文翻译作品共十一部，其中七部为赤松作品。赤松的2000年新版《寒山诗歌集》赫然位于出版社畅销书之列。铜峡出版社合作译者及作品见表5.2。

表5.2 铜峡出版社合作译者及作品

作者	译者	作品
寒山	赤松	*The Collected Songs of Cold Mountain*
老子	赤松	*Lao-tzu's Taoteching*
林丽君 & 葛浩文	多人	*Push Open the Window: Contemporary Poetry from China*
石屋禅师	赤松	*The Mountain Poems of Stonehouse*
苏东坡	华兹生	*Selected Poems of Su Tung-p'o*
宋伯仁	赤松	*Guide to Capturing a Plum Blossom*
陶潜	欣顿	*Selected Poems of T'ao Ch'ien*
韦应物	赤松	*In Such Hard Times: the Poetry of Wei Ying-wu*
多人	赤松	*Poems of the Masters*
多人	赤松	*Finding Them Gone*
多人	施家彰(Arthur Sze)	*The Silk Dragon*

从上表可以看到，作为美国重要诗歌出版集团之一，铜峡出版社的合作译者普遍为业界的知名译者、诗人或汉学家，包括欣顿、华兹生、施家彰等，而赤松与该出版社的合作关系尤为密切，为主要签约译者。铜峡出版社的执行编辑(Michael Wiegers)也曾经表示，赤松是该出版社“合作作者里最专业的作家(译者)之一”(Baker，2013)。

除铜峡出版社之外，皆为美国当下重要文学独立出版社的对位出版社、空钵出版社也与赤松签订了长期的出版合约。对位出版社的总部设于逆向文化运动的中心——加州的伯克利市，一直以来以发行先锋、反主流的文学作品为出版宗旨，空钵出版社长期致力于诗歌与文学翻译作品的出版。对位出版社主编杰克·休梅克(Jack Shoemaker)称赤松是该出版社长期合作的作家(Baker，2013)。这些出版社为赤松的翻译活动提供了稳定、权威的社会资本支持，保障了赤松诗歌译著的顺利出版。作为权威出版社的合作译者，赤松也通过这一社会资本获得了一定的符号资本，二者共同推进了赤松译诗活动的顺利进行。

5.2.3 译者文化资本符号化

古安维克认为，作家必须通过在文学场域内不断发表作品获得符号资本。一旦某部作品在场域内获得经典地位，作家及其作品则将获得持久、稳定，足以经受时间考验的符号资本(Gouanvic，2005)[161]。然而他同时表示，同样的理论并不适用于译者，因为译者的资本源自原作资本。译者承担的仅仅是将原作资本以符合目标场域认可机制的形式进行传达的中介工作(Gouanvic，2005)[162]。古安维克对译者资本的内涵分类过于绝对。资本的传递性特征，决定了译者资本及译作资本构成的复杂性。译者的资本除了对原作资本的承继，也包括译者本人的符号资本及在相邻场域中获得的、与翻译场域运作相关的其他资本。

5.2.3.1 制度化文化资本与译者地位

翻译场域中，译者掌握的文化资本的体知形态亦即文化资本的惯习化，是译者得以参与场域竞争的前提。文化资本的制度化形态则“是一种将个体层面的体知化文化资本转换成集体层面的客观形态文化资本的方式”(朱伟珏，2005)[119]，是通过社会公认的形式，对行动者在场域中的位置给予制度化的认可，它体现的是一种经专业机构肯定的专业性。在翻译场域内，这种制度化形态的表现，一般以获得翻译证书、翻译奖项、基金，或者经典丛书的收录为主，它证明的是译者或译作的权威性与接受性。译者与译作的文化资本通过制度化的认可获得合法性，成为“得到社会承认的权威”并且受到“对其物质利润和符号利润的庇护”（皮埃尔·布迪厄，1997)[196]。如果说个体层面的体知形态文化资本容易受到质疑，那么制度化形态的文化资本则赋予行动者“文化的、约定俗成的、经久不变的、有合法保障的价值”，相比简单的文化资本，存在“根本性差异”(皮埃尔·布迪厄，1997)[200-201]。赤松的中文学习、禅修实践与译诗行为具有极高的自主性，指导其译诗活动的文化资本也主要通过自学累积，属于较易受到质疑的资本类型。这解释了赤松初入翻译场域时屡屡碰壁的出版经历。这一情形随着赤松在其社会资本有效支持下的译著频频出版及其译作大获好评、相继获得业内权威选集收录与奖项而完全改观。

《寒山诗歌集》是赤松首部，也是最为重要的译作。2012 年与 2018 年出版的第三版与第四版《诺顿世界文学选集》均收录斯奈德、华兹生、亨里克斯及赤松四名译者的作品，共计十三首寒山译诗。其中收录赤松译诗两首，分别为《欲向东岩去》（"I longed to visit the eastern cliff"）与《寒山有裸虫》（"On Cold Mountain there's a naked bug"）。《诺顿世界文学选集》是现今最具权威性的世界文学选集之一，作为比较文学与世界文学的常用教材，被广泛应用于各大高校课堂教学，因此更加注重入选作品的代表性与可读性。入选该选集，是对译者及其译作专业性与文学性的高度认可，是对译者文化资本的制度化认证。与此同时，译者和译作也借助选集获得更高的知名度与流通性，在此过程中译者自身的符号资本得到进一步累积。

除《诺顿世界文学选集》之外，1994 年出版、汉学家梅维恒（Victor Henry Mair）主编的《哥伦比亚中国古典文学选集》（*The Columbia Anthology of Traditional Chinese Literature*）也收录了十三首寒山译诗且全部选自赤松的《寒山诗歌集》（1983）。该选集属于"亚洲经典翻译丛书"系列，由重要学术出版机构哥伦比亚大学出版社出版，所选译诗见表 5.3。

表 5.3 《哥伦比亚中国古典文学选集》选录赤松译诗

编号	原诗	译诗
2	《凡读我诗者》	"Whoever Reads My Poems"
16	《人问寒山道》	"People Ask the Way to Cold Mountain"
29	《快搒三翼舟》	"Pole Your Three Winged Galleons"
128	《雍容美少年》	"A Graceful Handsome Young Man"
173	《养女畏太多》	"Raise Girls But Not Too Many"
183	《笑我田舍儿》	"They Laugh at Me Hey Farm Boy"
200	《怜底众生病》	"The Unfortunate Human Disorder"
201	《读书岂免死》	"Reading Won't Save Us from Death"
228	《心高如山岳》	"His Mind Is As High As a Mountain"

续表

编号	原诗	译诗
246	《昨到云霞观》	"Yesterday I Went to a Cloud Observatory"
267	《自从出家后》	"Ever Since I Left Home"
283	《有个王秀才》	"One Budding-Talent Wang"
307	《家有寒山诗》	"Whoever Has Cold Mountain's Poems"

编者评价赤松为"最优秀的中国诗歌译者之一"，认为赤松版寒山译诗更具独特性，因为"它抓住了原诗的精神，这大概是因为译者本人近乎亲历这些疯狂而又睿智的诗歌中所信奉的那种生活"(Mair，1994)。

赤松的各个译诗单行本也频频获得美国文学与翻译界的各类奖项与基金资助。2000年的重译版寒山诗为赤松赢得了西部图书翻译奖，评审在评价这本译著时说道，"我们可以在诗人的视野与精神中，在译者学识的精准与心灵的平衡中，在制书匠艺术上的优雅野趣中，看到诗人任凭周遭喧嚣，无不泰然处之的悠然心境"。2010年，《世难：韦应物诗选》获得美国文学翻译协会颁发的"卢西恩·斯泰克亚洲翻译奖"，该奖项长期致力于表彰优秀的亚洲语言翻译作品，尤其重视禅宗翻译作品。评审颁奖时称，"赤松的翻译，用简洁而优雅的当代英文与悉心的注释，不仅将韦应物介绍给英语读者，而且使当今许多来自韦应物源语文化的读者重新认识了他"(Copper Canyon Press，2024)。2011年与2018年，赤松又相继获得古根海姆文学翻译基金与桑顿·怀尔德翻译奖。《千家诗》英译本也跻身2004年美国笔会文学翻译奖终选。其译诗具体荣获的奖项与基金资助情况见表5.4。

表5.4　赤松获奖与受资助情况

年份	奖项名称	授奖机构
2018	Thornton Wilder Prize for Translation 桑顿·怀尔德翻译奖	American Academy of Arts & Letters 美国艺术暨文学学会
2011	Guggenheim Fellowship in Translation 古根海姆文学翻译基金	John Simon Guggenheim Memorial Foundation 约翰·西蒙古根海姆纪念基金会
2010	Lucien Stryk Asian Translation Prize (*In Such Hard Times: the Poetry of Wei Ying-wu*) 卢西恩·斯特里克亚洲翻译奖	American Literary Translators Association(ALTA) 美国文学翻译协会

续表

年份	奖项名称	授奖机构
2007	PEN Translation Fund (*Anthology of the Poems of Wei Ying-wu*) 笔会翻译基金	PEN American Center 美国笔会
2005	NEA Translation Fellowship 美国国家艺术翻译基金	National Endowment for the Arts 美国国家艺术基金会
2000	Western States Book Award in Translation (*The Collected Songs of Cold Mountain*) 西部图书翻译奖	Western States Arts Federation 美国西部艺术协会
1996	PEN Center USA Award Winner for Translation (*Guide to Capturing a Plum Blossom*) 美国笔会翻译奖	PEN Center USA 美国笔会
1986	NEA Translation Fellowship 美国国家艺术翻译基金	National Endowment for the Arts 美国国家艺术基金会

权威机构的奖项与基金评选肯定了赤松译诗的专业性，使赤松以自学为主而形成的文化资本得到了制度化认可，被赋予合法性，奠定了赤松作为美国当下中国禅诗翻译场域重要译者的地位。赤松及其译作的文化资本经由业内机构的制度化肯定，增强了译者的声誉与权威性，成为赤松的文化符号资本，提升了其译作在禅诗翻译场域内的位置。

5.2.3.2 文学文化场域内的资本转移

诗歌翻译场域是文学场域的子场域，译者在文学场域中获得的资本在场域的互动中，也可能作用于翻译场域。除佛经与诗歌翻译，赤松著述多部旅行文学作品。赤松的写作生涯始于他的寻隐之旅。他基于终南山寻隐整理出版的首部文化探索著作《空谷幽兰》，融汇了对中国历史、风土人文和释道两教的评论思考，是向西方世界展现中国佛教、道教中隐士文化在当代中国现状的一部里程碑作品，一时引发了寻隐热潮。他的原名“比尔·波特”也作为其文化写作的署名而享誉中外。在此之后，赤松又相继出版文化著作近十部，目前被译为七种语言在世界范围内出版发行，充分印证了赤松作为文化作家在文学场域内的影响。

表 5.5 赤松文化著作

题目	出版社	年份
Road to Heaven: Encounters with Chinese Hermits 《空谷幽兰》	对位出版社	1993
Zen Baggage: a Pilgrimage to China 《禅的行囊：朝圣中国》	对位出版社	2008
Yellow River Odyssey 《黄河之旅》	颏音出版社 (Chin Music Press)	2014
South of the Clouds: Travels in Southwest China 《彩云之南：中国西南之旅》	对位出版社	2015
Finding Them Gone: Visiting China's Poets of the Past 《寻人不遇：寻访中国古代诗人》	铜峡出版社	2016
The Silk Road: Taking the Bus to Pakistan 《丝绸之路：大巴驶向巴基斯坦》	对位出版社	2016
South of the Yangtze: Travels through the Heart of China 《江南之行：穿行中国腹地》	对位出版社	2016

作为学习、书写中国文化的独立学者与旅行作家，赤松的写作惯习渗透在他的译者惯习中，并在他的翻译作品中得到充分体现。赤松的文化资本随着他的旅行文学写作经历不断积累，其翻译活动与旅行写作并行，因而译诗中的序言、脚注、附录等副文本与他的文化著作呈现出明显的文本互涉。赤松译著的译者序言，除提供与诗人相关的史料信息，通常有赤松通过历史文献及实地考察所作的亲自考证与材料补充。在《世难：韦应物诗选》译者序中，赤松首先对韦应物借景抒怀的恬淡诗风及他善写自然景致与隐逸生活的诗歌特点略作介绍，随后花费大量笔墨梳理韦应物生平，其中提及他本人于2008年秋季曾亲自前往韦应物旧居寻访，并在西安市碑林博物馆亲眼得见韦应物及其家人的墓碑(Red Pine, 2009a)[xi-xii]。韦应物手书的夫人墓志铭与韦应物墓志铭文字版最终被作为附录收于译诗集中。在《石屋山居诗》(2014)的译序中，赤松提及自己自1991年起三赴浙江湖州，寻访石屋禅师当年的隐居之地。据称石屋禅师因偶登霞雾山而为之所迷，因而驻棚屋隐居山中。赤松在译石屋诗时，对170首中“山名霞幕泉天湖”一句中所指的“霞幕山”与“霞雾山”二者间的关系产生了疑问。为亲见大师修行之地，也为解答疑惑，赤松三度寻访，通过实地探访与考证，得出“霞幕山”与“霞雾山”实为南北峰之别，

一山两名的结论。

赤松以第一人称叙述的个人考证频繁现于其内容翔实的各类注释中。通过对比初版与再版译诗注释，可以看到注释内容逐步扩充，赤松深入实地不断搜集一手资料。《寒山诗歌集》中第 3 首《可笑寒山道》描写了寒山隐居之地天台山的道路曲折与隐蔽幽僻。在 1983 年的初版译诗中，赤松在注释内引用徐霞客在《游天台山日记》中的叙述“由坪头潭西南八里，至江司陈氏。渡溪左行，又八里，南折入山。陟小岭二重，又六里，重溪回合中，忽石岩高峙，其南即寒岩，东即明岩也”，以说明天台山内重叠蜿蜒的山势。而在 2000 年修改后的再版中，赤松直接引述了自己亲自行走至寒岩及明岩的具体线路。这段寻访寒岩与明岩的经历和行走路线同样详细记述在其著作《寻人不遇》中。

赤松远赴中国，探访诗人的旧居宅邸，与止步于文本的多数汉学家的研究方式相比尤为特立独行。而在普通读者看来，实地考证获取的一手资料反而比学院派考究的史料论证更具有趣味性与权威性。第一人称的叙述方式，使译者跳脱出其隐身的语言转换工作，积极地参与与读者的互动与交流。深入实地的田野调查与第一人称的叙述口吻与一般禅诗集相比具有独特性。这种模式极具新鲜感，读者也在这种别具一格的“对话”中，体验到了与译诗的亲近感。

写作惯习引导的注释内容与其文化著作的互文关系增进了读者对译诗的理解，提高了译诗的可读性与接受性。赤松文化著作在文学市场中获得的商业成功也使译著从中获益。美国诗人哈里森评价赤松的《空谷幽兰》为一部“关于中国隐士传统的杰作”。作为赤松的首部，也是他最重要的文化著作之一，该书为赤松赢得了一众忠实读者，使他之后出版的一系列中国文化作品也受到追捧。《空谷幽兰》在美国出版 25 周年之际，赤松曾再次重访终南山，参与拍摄峨眉电影制片厂的纪录片《隐士》(*Hermits*，2015)。该纪录片参与了各大国际影展的纪录片展映，在国际上赢得了诸多关注与赞誉。赤松在文学场域内取得的成绩以及借助电影媒介对其文化兴趣与个人探索的跨界传播，使赤松作为作家的文化资本得到进一步积累。他在文学场域内积累的文化资本，也由于其作品的流传向符号资本转换。相邻场域彼此之间的互动影响，使赤松在文学与翻译场域中的文化资本与符号资本相互叠加并共同作用于翻译场域。

获益于在文学场域内积累的文化资本与符号资本，赤松作为权威翻译家被读者接受。同时赤松也因他在文化著作中表现出对中国历史、文化、宗教等的深厚学识与通透理解而被视为中国文化专家，得到美国读者与专业汉学家的尊敬与认同以及中国文化研究领域的专业性认可。其符号资本也因为专业领域的肯定而得到巩固，其翻译作品因而获得了专业性的保障。初入翻译场域的赤松更多依赖的是原作的文化资本与符号资本，他的经书典籍、诗歌翻译以及旅行文学作品的成功出版，也为他本人积累了更多的符号资本。从某种程度而言，赤松后期许多翻译作品获得市场的顺利接受与积极评价，正是得益于赤松本人长期积累的符号资本，而不仅仅是原作的文化资本。符号资本保障了赤松在禅诗翻译场域的权威译者地位，其译作也因而获得稳定的流通性。

5.2.4 译者经济资本基础

布迪厄认为经济资本是其他所有资本形式的基础。从资本的分类与定义可以看到，任何类型的资本，无论是文化资本还是社会资本，在一定的条件下都可向经济资本转换。

译者的经济资本指的是译者为了确保翻译的成功实施和顺利完成，在翻译实践中直接投入的物质基础。这些经济资本的来源可能是译者本身享有的经济条件，也可能是外部提供的资金支持。译者本身的经济来源包括通过译著获得的稿费、版税和其他工作得到的酬劳或者家庭资产等。外部的资金支持则可能来自团体或者个人的赞助，或相关文化机构、组织为支持翻译工作而设立的各类基金与奖项的奖金。

赤松本身并不具有足以支持其翻译工作的雄厚资产，他在许多场合都曾经表示，翻译并非一项赚钱的工作。而他早在赴中国学佛之时就已家道中落，也并没有丰厚的家族遗产。版税与稿酬远不足以为赤松创造优渥的经济条件，他的经济状况长期以来处于窘迫的状态，这在他的多部译著中都有所提及。赤松在《心经》(*The Heart Sutra*，2004)的序言中表示："感谢筹备此书过程中对我和家人提供帮助的农业部粮食券、汤森港食物银行、国家税务局的劳动所得税扣抵制政策，以及低收入家庭能源援助计划。"赤松在此感谢中提及的均为美国政府或民间慈善团体推出的减贫政策或项目。劳动所得税扣抵制政策(EITC)是政府为低中等收入的工作者提供的家庭税务福利；食物银行(Food Bank)由非营利组织设立，通过收集捐助食品，免费提供给经济困难人士暂时性的食品支援；粮食券(Food Stamp)则是由美国联邦政府出资，农业部主管发放，净收入处于美国贫困线以下的家庭才符合申请领取条件。由此可见赤松的经济条件并不乐观，甚至处于美国的贫困水平，他的日常开支需要借助各项减贫政策才能维持。

这一情况随着赤松旅行文学的成功发生了转折。他在《寻人不遇》一书的第一章提及自己为了谋生在中国宣传新书的经历，称这一方面的收入已使他的经济情况大有改观，自己也不再符合粮食券的申请标准(Porter，2016a)。这说明赤松通过著述旅行文学在文学场域获得的文化及符号资本为他带来了切实的经济收益，并向经济资本转换。除此之外，赤松获得的各类基金与奖项均有资金奖励，是赤松的制度化文化资本向经济资本的转换。他在2016年出版的《寻人不遇》一书中感谢了古根海姆基金会的支持(他于2011年获得古根海姆授予他的文学翻译基金)。由此可知，赤松经济资本主要由各类文化资本转换而获得，但这并不能说明赤松的经济条件得到彻底改善，他只是得以维持生计，并间接获得使其翻译活动持续进行的资金保障。因此就赤松的翻译实践而言，经济资本很难成为为其争夺翻译场域内位置的重要资本类型。然而各类资本共同叠加并作用于翻译场域，当经济资本处于劣势时，译者本人的文化资本与社会资本可以弥补，并占据更为重要的位置，毕竟作为转换为经济资本的来源，制度化文化资本在实际的社会运作过程中，通常是以"符号资本"的形式发挥效力。

5.3 美国当下禅宗文化场域内的赤松译诗

赤松视自己为中国文化的传播使者，他在接受笔者访谈时曾表示，自己更愿意翻译少有译介的作品。基于此译介态度以及赤松并非完全屈从于主流译诗规范的选目特征，他的译诗，如《寒山诗歌集》《石屋山居诗》及《世难：韦应物诗选》等，收录的绝大部分译诗都是经由赤松首次译介至英语世界的，填补了当下美国禅宗文学领域对中国经典禅诗的译介缺失。赤松以禅宗哲学为指向的译诗偏好吸引了许多热衷于探索中国传统文化的美国各界读者。其译著得到专业人士及大众读者的较高称赞，这不仅印证了赤松译诗的可读性，也对其专业性予以了肯定。

5.3.1 当代美国禅宗文化场域

20世纪中期禅宗热潮之后，佛教在美国获得了稳步发展，并于20世纪90年代再次达到高潮。该时期媒体对佛教的关注也持续升温。1994年6月至11月，美国的一些知名纸媒与主流电视媒体相继推出佛教专题报道，如《华尔街日报》《今日美国》《新闻周刊》《纽约》及《今日基督教》等。美国三大传统广播电视公司，美国广播公司ABC电视台的夜间新闻也邀请专家进行佛教专题讨论。栏目嘉宾表示，当时的美国佛教徒人数大约在400万至600万之间，构成了美国历史上"比许多新教分支更为宏大的宗教派别"(Prebish et al., 1998)[1]。媒体关注、名人皈依及流行文化的吸收，使佛教在美国的影响更加显著。全球化信息时代的到来令传统禅宗佛教也参与了这一世界性的跨文化交流，成为不断现代化的人类活动之一并形成新的佛教形式。该形式转化中产生的禅宗佛教强调冥想体验。佛学已经不再是文学界人士与青年人的"特权”，它逐步渗透到更多普通人的生活当中。这一方面源于几十年间佛教在美国的本土化进程，另一方面则归结于 20 世纪末至今的佛教商品化。

经过禅宗佛教在美国过去一个世纪的发展，“禅”在当代美国的文化语汇中多指以禅宗思想指导实践、走向幸福与成功的人生态度。各类书籍、讲座以及工作坊因将禅宗作为实现自我、完善自我与重获新生的思想工具而受到追捧，从而获得广泛的商业成功。各种与人民生活需求有关的产品被贴上“禅”的标签进行兜售(Prohl，2014)[194]。不仅越来越多的当代美国人将禅宗佛教视为信仰，更有人士逐渐将其作为一种现代生活主张融入日常。某种程度上，现代社会中的禅宗已经发展成为一种“全球化消费导向的宗教品牌”(Prohl，2014)[194]，其“品牌”的性质有时甚至更胜于其“宗教”身份。随着美国人对新的宗教表达的不断追求，严肃的佛教信仰与流行的佛教修行在当代美国社会并行发展。特别是铃木大拙的著作，在普及禅宗佛教的同时，也使禅宗渗透至西方文学、艺术、心理学等各个文化领域，实现了禅学思想与西方文化的交流。包括荣格(Jung)、弗洛姆(Fromm)在内的心理学家都看到了禅与心理学之间的互通前景，弗洛姆甚至与铃木合著《禅宗与精神分析》一书，在其中讨论了禅宗应用于精神分析的可能性。禅宗已然成为现代心理治疗的辅助手段，发展至今，已不仅仅局限于宗教范畴。

5.3.2　赤松译诗评价

赤松译著的读者中，不乏专业诗人与汉学研究专家。汉学家、译者华兹生将赤松译介的《石屋山居诗》称作“一项了不起的成就”(Red Pine，1999)。作为禅宗信徒与深层生态学的支持者，已故美国桂冠诗人默温也曾是赤松的忠实读者。默温在访问中表示对赤松译介此书怀抱感激，称此书的“与众不同在于(译者)对语言、传统的热爱，(译诗)语言传达的准确性与力量”(Baker，2013)。《中国禅诗：山中何所有》的编者、美国诗人史密斯也评价赤松的《石屋山居诗》是“少有的会让人反复阅读的作品……这本 14 世纪诗人石屋的诗集是给予我们的恩赐。他为自己，也为我们所有人写下的山居诗，描绘了平凡人生中的安宁自得。译者赤松贡献了动人与极有见地的介绍、评论与中文原文……证明了他对石屋及读者的充分了解”(Smith，2014)。美国当代诗人、作家，吉姆·哈里森对《石屋山居诗》也抱有很高的评价。同样作为禅修者，他认为此书是学禅之人值得人手一本的优秀译作，也表示自己将此书作为宗教书籍进行阅读(Baker，2013)。在哈里森 2017 年最新出版的中篇小说三部曲《古代吟游诗人》(*The Ancient Minstrel*)中，赤松阅读石屋诗的诗朗诵被作为展现主人公精神的重要描写呈现其中。哈里森在书中写道，这是“至少一百场诗朗诵中，全然真挚而诚恳的唯一一次”(Harrison，2016)，足见石屋诗及赤松对哈里森的影响。评论家迈克·法尔曼(Mike Farman)曾将赤松译诗与王红公的加以对比，称二者相较，赤松的译诗简洁、忠实，毫无诗人的傲气，是诗歌界的一股清风，“客观而言，赤松比王红公更忠于意象派传统及中文原诗”(Farman，2005)。埃迪·沃特金斯也对赤松译诗评价很高，认为这或许是赤松本性使然：谦逊且带有像斯奈德一般反传统的垮掉派精神。简言之，他完全自主，因而译诗也体现了其发自内心希望学习、见证与感受的愿望(Watkins，2009)。

专业诗人、译者及汉学家等对赤松译作作出的广泛积极评价，肯定了赤松对原诗禅宗气质的精神阐释与其译著翔实入微的译诗笺注。文学场域内专业人士的认可，体现了赤松译诗的专业性与文学性。赤松译著获得诸多翻译文学界的奖项与基金，也赋予其译诗符号资本。除此之外，赤松译诗在禅诗翻译场域内的接受更多来自非专业的普通大众读者。

赤松的诗歌译介在大众读者中获得积极反响。美国权威图书评价网站“好读物”(Goodreads)显示，赤松的译诗普遍评价较高。当代美国读者对赤松译诗的认可和良好反馈促进了赤松译著的再版与重印，至今赤松的所有译著都仍在出版发行中。截至 2019 年 11 月，赤松各个译本在该网站上的大众读者评分见表 5.6。

表 5.6　Goodreads 赤松译著评分（满分 5 分）

译著	年份	评分
The Collected Songs of Cold Mountain 《寒山诗歌集》	1983	无①
P'u Ming's Oxherding Pictures and Verses 《普明牧牛图颂》	1983	4.47
From Temple Walls: the Collected Poems of Big Shield & Pickup. 《丰干、拾得诗集》	1984	无②
The Mountain Poems of Stonehouse 《石屋山居诗》	1986	4.59
Guide to Capturing a Plum Blossom 《梅花喜神谱》	1995	4.21
The Zen Works of Stonehouse: Poems and Talks of a Fourteenth-Century Chinese Hermit 《石屋禅宗文集》	1999	4.51

①初版《寒山诗歌集》因年代久远，该网站上并未收录。

②同上。

续表

译著	年份	评分
The Collected Songs of Cold Mountain 《寒山诗歌集》(重译版)	2000	4.4
Poems of the Masters: China's Classic Anthology of T'ang and Sung Dynasty 《千家诗》	2003	4.32
In Such Hard Times: The Poetry of Wei Ying-wu 《世难：韦应物诗歌集》	2009	4.4
The Mountain Poems of Stonehouse 《石屋山居诗》(重译版)	2014	4.55
Written in Exile: the Poetry of Liu Tsung-yuan 《书于流放：柳宗元诗集》	2019	3.7
Dancing with the Dead: the Essential Red Pine Translations 《与逝者共舞：赤松译诗精选集》	2023	4.56
Cathay Revisited 《重游神州》	2023	3.80
Choosing to Be Simple: Collected Poems of Tao Yuanming 《守拙：陶渊明诗歌选集》	2023	4.14
The Clouds Should Know Me By Now: Buddhist Poet Monks of China 《云已知我心：中国禅僧诗选》	1998	4.33

大众读者对赤松的大部分译诗集普遍作出了4分以上的评价(满分为5分)，整体评价较高。这说明赤松的诗歌译作在美国的大众市场中表现不俗，获得了当代读者的接受与认可。

20世纪70年代之后禅诗选集在美国的顺利接纳与禅诗翻译场域的建立，除了受益于知名学者、诗人的大力推崇和出版界的支持，很大程度上也归因于佛教读物庞大的读者群。佛教在美国发展的一个多世纪以来，在数量庞大的佛教修行者及同情者之中，有相当一部分人获取禅宗知识的主要途径是阅读书籍。该群体因其普遍性与典型性甚至获得了“书店佛教徒”(Laderman et al.，2014)[49]的称谓。20世纪中后期，在作家、诗人的推动下，如火如荼的禅宗热潮中不乏禅宗文学的爱好者，阅读佛禅书籍成为“一种时尚”(钟玲，2018)[131]。赤松本人对禅宗佛教的认识亦始于此。“书店佛教徒”因此也成为禅诗读者群体的一个重要组成部分。学者钟玲也称，“美国会出现英译中国禅诗的文化现象主要有两个原因：一是在美国已有相当大的禅诗读者群，有市场的需求；第二是寒山诗英译在美国的流行促成禅诗的出版”(钟玲，2018)[172]。

禅宗的现代化与商品化、对各个领域的渗透，以及美国禅宗宗教群体在过去半个世纪的突破性发展，共同为佛教文学创造了更大的阅读市场与广泛的读者群体。禅宗文学不再仅仅是汉学家的研究素材或作家的精神养料，而是触及了美国大众，很多人也因此对禅宗文学作品抱有很大的好奇心。书店佛教徒的现象依然普遍，因此也有大量读者通过禅宗文学，包括禅宗诗歌作品，修习禅宗佛教。

赤松应邀赴美国各地演讲时就曾惊奇地发现，他的听众中除了严肃学者外，普通的社区居民也非常多，“从没遇到对此不感兴趣的人”(比尔·波特，2006)[3]。可见禅文化及禅宗文学在当下美国文学文化场域已经激起了不分职业、阶层或种族的人们的普遍兴趣。酷爱中国山水诗的美国极简主义绘画先驱布莱斯·马登(Brice Marden)的作品中充满了中国元素与从寒山诗中汲取的灵感。这一跨越学界的灵感来源正是赤松的寒山译诗。他“将书中(中文)文字的视觉图像与(译诗)语言中的精神与情感内涵联系了起来”(Richardson，2007)。他从中获取的灵感也成为随后几年艺术创作的主要源头。这也说明赤松译诗向大众读者的延伸。

赤松译诗直白通俗的语言风格、明白晓畅的译诗阐释与恰到好处的笺注补充，以当代英语诗歌的形式充分传达了原诗蕴含的禅宗意趣，平衡了译诗的充分性与可读性，极大地促进了译诗的普及性。赤松在翻译与文学场域中累积的各类符号资本建立了他与各界读者之间的桥梁，在当下愈发商品化的禅宗文化场域中也成功作为有效的市场号召，成为其译作传播的有力砝码。其译诗不仅仅作为禅宗文学作品得到欣赏，也吸引了一批以诗学禅的普通读者。作为诗歌创作界与学院派汉学家之外的独立学者，赤松通过自己多年的亲身修行，依靠佛学造诣与在诗歌翻译上积累的文化资本，成长为禅宗文化场域及禅诗翻译场域认可的汉学专家，其禅诗译介也成为当代美国禅诗译介场域的重要构成。

5.4 小　结

译者是翻译场域建构的主体，而文本则是实现建构的文化资本载体。赤松的译诗文本受其个人惯习驱使，与自身文化资本协同，通过文本厚译的形式为译著补充了细密翔实的译诗背景与历史考证；通过文本与非文本形式的结合，为当代西方读者减轻了因文化差异而产生的理解障碍，同时营造了全面多样的阅读体验，增强了译诗的普及性与接受性。

场域的形塑由各种资本的分布与相对分量决定，这"使所有场域都具备了某种历史性的动态变化和调适能力，避免了传统结构主义毫无变通弹性的决定论"（Bourdieu et al.，1992）[18]。各种类型的资本均可以在某种条件下向符号资本转化。资本向符号资本转换的过程，即是场域内权利分配的过程，也是场域内资本再分配、更新场域划分的过程。赤松在翻译初期借助原著的符号资本进入美国的禅诗翻译场域，之后通过该场域及相邻、相关场域不断积攒新的文化资本与社会资本，形成有效社会网络，在获得出版资源的同时，也借助文化资本向符号资本的转化，亦即他在场域内作为汉学家与翻译家的良好声誉，赢得读者青睐，使其译作在当下美国的禅诗英译场域中占据优势地位，从而获得稳定的出版市场。

第6章 结 论

6.1 研究发现与结论

赤松的诗歌翻译扎根于其禅修惯习，其译诗呈现出鲜明的禅诗翻译主题与深远的阐发性，彰显出别具一格的翻译风格。同时，在各方面资本助力与协同作用下，赤松禅诗译作成功进入当代美国禅诗翻译场域，实现了其作为宗教文学在美国文学文化场域中的预设功能，夯实了赤松作为美国主要禅诗译者的地位。通过以上研究，我们认为，赤松禅诗翻译行为的社会性主要呈现以下特征。

第一，赤松的初始惯习充分映照了20世纪中期美国宗教、文学文化及翻译场域的结构化特征。第二次世界大战及越战的余波在美国掀起了一场针对主流文化和中产阶级价值观的激烈思想风暴。赤松在反叛声音高涨的“垮掉派”运动时期成长于典型的美国中产阶级家庭，青年时代又恰逢嬉皮士运动的鼎盛时期与禅学风潮的兴起。赤松身历其境，亲历家族兴衰，与禅宗的一见如故，表面看似偶然因缘、后知后觉，实则是这股浪潮的强大推动力塑造了赤松的社会轨迹与个人轨迹。早年的成长经历塑造了赤松将禅宗思想作为人生指南的内在秉性，形成了引导赤松人生方向的初始惯习。

20世纪70年代，赤松怀着学习汉传佛教的热望，远赴中国台湾。在中国的隐居修行、文化创作与翻译并行等多重经历塑造了赤松独特的写作惯习与禅修习惯。随着赤松译诗活动的逐步展开，这些经历不仅丰富了他的个人修行，也深刻地影响了他的文学创作与翻译活动，并逐渐凝练为他作为译者的独特译者惯习。这使其译作呈现显著的禅宗文学特色，成为赤松成功跻身当下美国禅诗翻译场域，成为主要禅诗译者之一的重要前提。这一社会轨迹与大多数在美国禅宗中心或赴日学禅的诗人与学者不同，成为赤松与同时代禅诗译者形成差异性的主要原因。

因此，赤松的诗歌译介在译诗选目、译诗形式及内容阐释等各个方面均体现出对当下美国禅诗翻译场域内规范的惯习化，呈现出显著的个人风格。

具体表现为：预备规范的惯习化，即在选目上以受汉传佛教影响的源语为中文的古典禅诗选译为主，表现出赤松借诗学禅的秉性下对隐逸禅僧诗歌的译介偏好；初始规范的惯习化，即受翻译为修行的译者惯习引导，始终秉持尊重原诗且兼顾读者的译诗思想，不断在体现源语文化的译诗充分性与符合当下目标语语境英语读者阅读习惯的可读性与接受性之间寻找平衡；操作规范的惯习化，即语言形式上，在对当下美国中诗英译规范有所借鉴的同时，力图再现原诗韵律和语言特色，体现以重音划分节奏的自由体译诗与口语化译诗的翻译特色，并借助形式陌生化的译诗手段，再现诗歌的禅宗意蕴；内容上，通过禅宗核心概念的阐释与副文本的禅意铺设，对诗歌进行禅意的解读与引导等。

第二，各类资本在赤松禅诗英译活动中的叠加积累，推进了赤松译作在当下美国禅诗英译场域的接受与传播。首先，赤松丰厚的体知化文化资本是其充分理解原文，从而有效实现原著资本从源语文化向译入语文化转移的重要基础。赤松在哥伦比亚大学就读博士及在中国修禅学佛期间，掌握了扎实的中文语言基础和中国古典哲学知识及禅宗佛教知识，积攒了大量的体知化文化资本，因而具备独立解读、翻译原著的汉学素养与佛学背景。这些文化资本在赤松的译作中又以厚译形式直观呈现，并在其文化写作与佛经翻译的影响下，在副文本中体现出互文性。丰富的译者序言、译诗笺注、术语索引、地图等厚译形式，不但扫除了读者面对艰涩禅诗的阅读障碍，而且通过文化著作的互文及其写作惯习影响下的实地考证，营造出与读者互动的轻松氛围。译诗充分性与可读性在赤松以亲身实地调研、第一人称叙述、亲近却不失专业性的考证笺注中达到和谐统一，获得了读者的信任与好评。

其次，以符号资本为主的更多资本类型也参与了赤松禅诗译作跨越时间与空间的文化资本传递，在出版或传播阶段，有形或无形地促进了译作在译入语文化中的接受。这些资本主要包括原作符号资本、译者社会资本，以及译者在翻译及其他相关场域内积攒的符号资本。对于初次参与翻译实践，还未在翻译场域内获得符号权威的译者而言，原作本身携带的资本尤为重要。作为反叛精神文化象征符号的寒山成为赤松初入场域的重要符号资本，是他进入禅诗翻译场域的敲门砖。随着赤松翻译实践的累积，他以译者与作家的身份在翻译场域，以及宗教与文学等禅诗翻译相关场域积攒了更多的符号资本。这些资本分别来自赤松的诗歌译著在翻译场域内被授予的各类奖项、基金与重要世界文学选集收录对译作带来的制度化认可；这些资本源于赤松在翻译领域内因其诗歌译作获得各类奖项、基金以及被收录于重要的世界文学选集所带来的制度化认可。此外，在宗教文学场域，他通过佛经翻译与文化论著的出版和获得的好评，获得了客观化的文化资本。基于此，他在该场域中作为独立汉学家的身份也获得认可，从而积累了符号资本。同时，佛经翻译和文化论著与其禅诗译作中副文本的互文性，使他的禅诗翻译具有了禅宗佛教与文化解读的权威性。此外，赤松长期合作的出版社也为他提供了稳定的社会资本，保障了赤松译诗的顺利出版。

资本的数量与结构决定译者及其翻译作品在翻译场域中的位置。独立于诗人译者所在的诗歌创作团体与汉学家译者所在的学院派汉学研究团体，赤松通过佛教修行与自主译介佛经禅诗而积累的文化资本及其译诗的专业性更容易受到质疑。随着在宗教文化与文学等其他相关场域内各类符号资本产生叠加作用，赤松在禅诗翻译场域内积攒的资本数量日益攀升，成为他在场域中的优势条件，有效地推进了其译诗的传播与接受。

第三，随着上世纪佛教在美国的迅速发展，禅宗在美国经历了现代化、商业化转型，逐渐突破宗教文化的限制，与流行文化融合。与20世纪两次中诗英译高潮中，借鉴汉诗而发展英语诗歌的初衷不同，当下的中国古典诗歌阅读越来越大众化。越来越多的普通民众在并未皈依佛教的情况下，将禅宗视为一种积极的生活方式，主动阅读禅宗书籍、进行禅修实践。禅诗因为特殊的文化内涵，也是修行的普通人时常参阅的重要指南。在该接受语境下的赤松文化论著获得了一部分忠实的普通读者，他们也对其英译禅诗投以关注。他的文化作家身份乃至亲自远赴中国的修行经历，都成为禅宗文化场域中的有效市场号召并作为其译作传播的有力砝码，为其译诗吸引了涉众类型广泛的读者群体。其译诗因而不仅仅作为禅宗文学作品被欣赏，在文化宗教场域中获得的权威性也吸引了更多以诗学禅的普通读者。

赤松的禅诗翻译行为出于学佛修行，他以英语诗歌的形式再现了原诗的主旨内涵，意不在创作英语诗歌经典。抛开这种文学诉求的译诗摆脱了对形式或语言的过度修正。与诗人共舞的译诗理论为赤松的译诗提供了充分的发挥空间，为赤松迎来了广泛的读者。相较于冗长的学术型译作，或艰深晦涩的诗歌创译，赤松的译诗更加通俗易读，语言直白却深蕴禅机，对并非从事专业汉学研究或进行诗歌创作的普通读者，特别是禅修人士而言，赤松直白通俗的译介形式更易接受，对禅宗内涵的传达也更清晰直接。

翻译作为一项复杂的社会活动，其过程涉及文学、文化、历史、政治、宗教等诸多要素。翻译不只是语言层面的转换工作，也是以译者为行为主体的社会活动，是译者惯习与资本在场域中运作的结果。译者不仅仅复制翻译场域内的规则，而且也创造新的规范，促进场域的维持与发展。译者的翻译行为及译文在译入语文化中的传播与接受，是在译者所在的翻译场域，其惯习与资本的互动机制下完成的。赤松的禅诗翻译与其出版和传播过程始终伴随场域内以译者惯习为引导的资本争夺。赤松的禅诗翻译行为充分体现了翻译作为社会活动的复杂性和译者在翻译活动中的核心作用。重构赤松的译者惯习，即是重构同时期的禅诗翻译场域、该场域与其他相关场域的互动关系，以及资本通过译者翻译行为的积累与流动方式。这一过程体现了译者如何在特定场域的运作与建设中发挥作用并对促进禅诗翻译场域形成和发展的资本要素作出归纳。

译者是翻译的主要实践者，是整个翻译活动的参与者与见证人。"场域"与"惯习"概念的提出，对译者在翻译作为社会实践中的角色提供了分析依据，解释了译者对现行翻译规范的获得过程，建立了翻译主观性与客观性、翻译文本内部与外部的联系。惯习是行为者在其人生经历、社会实践中形成的结构性产物，它作为行动者与社会之间的中介，承担着群体品位系统向个体的过渡作用。译者惯习既体现同一阶级的心态、行为的共性，又存在个别性与特殊性。正是这种差异性带来的波动，使场域在相对稳定的结构中不断演化。通过确立场域特征，重塑译者惯习，从微观层面考察翻译的实施准则，即译者在翻译文本产生过程中的作用，从宏观层面全面分析译者翻译实践与翻译场域的建构机制，避免了翻译规范的决定论倾向。译者惯习在译者所在的文化中产生，通过其翻译产品实现对文化的再建构，由此促进文化的动态循环。这种建构性的成功实施，离不开译者本人可以调动的有效资本。布迪厄理论的关系性特征决定了其中各个概念只有在彼此的互动关系之中，才能发挥作用。尽管惯习的差异性为场域的发展变化带来了可能，但接受差异，重新实现场域内各方的平衡关系则需要资本的投入。毕竟惯习是个人历史的体现，是对历史整体的个体化。通过布迪厄理论重新考察译者翻译行为超越了翻译文本，发掘了翻译行为在具备目的性与规范性之外的社会性，客观揭示了特定翻译场域的形成与发展规律，对翻译研究，特别是译者研究，具有普遍意义。

6.2 研究局限与展望

本研究从布迪厄社会学视角出发，对赤松的禅诗翻译行为进行史料爬梳与深入研究考证，但仍存在一定的局限性。

首先，本书为针对赤松的单一译者研究，缺乏对当下美国禅诗译介群体的整体观照。20世纪中期爆发的禅宗热潮影响了一代美国人的宗教兴趣，直接或间接地引发了美国第三代中诗译者群体对中国古典诗歌中道禅内涵的发掘。该群体主要由诗人与汉学家构成，如华兹生、汉米尔、欣顿等。这批译者的社会轨迹也受到同时代禅宗浪潮的影响，许多译者亲身践行，走上禅修道路。这些译者因为其诗人或学者身份的不同，抑或所属禅宗派系与禅修主张不同，在译者惯习的塑造过程中产生差异，因此在禅诗译介场域内呈现出与赤松不同的翻译选目倾向与文本特征。这些译者在禅诗译介上的共性与个性值得深入探讨，这样才能再现整个禅诗翻译场域的全貌。与此同时，在禅诗英译文本的生产过程中，除了成功被接纳的译诗文本，是否有禅诗译作受到当下禅诗翻译场域的排斥，原因何在，也值得进一步研究。但受篇幅与本课题的研究范围所限，本书未能将各个译者的译诗进行系统比对，分析归纳文本共性与差异，总结该场域的译诗规律，后续研究可在此基础上展开。

其次，研究中收集的相关史料有限。虽然赤松在当代美国的汉诗英译领域占据重要地位并频频获得翻译文学界的重要奖项，但限于他不属于诗人或汉学研究团体的独立学者身份及其深居简出的隐居生活方式，目前国内外学界对他的翻译作品研究几乎是一片空白，因而可用以借鉴、参考的相关资料比较有限。同时，赤松从事译诗活动以来，其译诗评介大多只散见于各类报刊或杂志，跨越年代久远，早期资料大多散失，为资料整理搜集带来了很大难度。此外，赤松多部译诗著作经历重译、再版，初版译诗因为不再重印而多在各大图书馆以保存本形式珍藏，所以难以获取。本课题的主要研究资料以赤松的著作为主，包括其诗歌、佛经翻译专著及文化写作专著。此外，笔者也借助赴美访问学习的机会，通过馆际互借、电子资源数据库、亲自拜访参与赤松译诗活动的相关人士及访谈译者本人等方式，获得了一些研究资料。赤松与部分诗歌界人士相交甚密，许多活跃在美国诗坛的当代诗人都是赤松作品的忠实读者，如默温、汉米尔与史密斯等，但受资料所限，难以考证赤松译诗与这批当代诗人的创作影响关系，因而在此处论述略显不足。

最后，从布迪厄的社会学视角观察翻译，赋予文本内部与文本外部同等的重要性，这是值得深入发展的研究框架。从该视角能清晰地观测到译者的翻译行为是如何发生和实施的，以及在社会网络中翻译过程受到哪些制约和推动因素的影响。目前学界借助布迪厄社会实践论的翻译研究大多只借鉴其中个别理论，少有研究将翻译活动置于整个理论框架下进行系统观测，这大概受制于其理论的复杂性。但该理论对翻译研究的启示无疑值得更加深入的探索和发掘，这样才能建立更加成熟的社会翻译学研究范式。鉴于以上局限性，本研究仅作为社会学框架下赤松译诗研究及美国禅诗英译研究的起点与尝试。赤松译诗中的其他社会因素，包括赤松的合作者、社会关系、出版商，以及当代美国诗歌的生产机制、禅诗英译场域中宗教资本与政治资本的关系等，都值得更深入的讨论，后续研究可在这一方向进一步展开。

参考文献

AYSCOUGH F W, LOWELL A, 1921. Fir-flower tablets: poems translated from the Chinese[M]. Boston: Houghton Mifflin.

BAKER J. Poetry: Red Pine's Chinese translations rise from port Townsend to the top of cold mountain [EB/OL]. (2013—12—16)[2024—03—19]. https://www.oregonlive.com/books/2013/12/post_47.html.

BASSNETT S, LEFEVERE A, 1990. Translation, history and culture[M]. London & New York: Pinter Publishers Limited: 4.

BASSNETT S, LEFEVERE A, 1998. Constructing cultures: essays on literary translation topics in translation [M]. Clevedon: Multilingual Matter: 7.

BEACH C, 2003. The Cambridge introduction to twentieth-century American poetry[M]. Cambridge: Cambridge University Press: 15.

BOURDIEU P, 1977. Outline of a theory of practice [M]. Cambridge: Cambridge University Press: 84.

BOURDIEU P, 1984. Distinction: a social critique of the judgement of taste [M]. Cambridge: Harvard University Press: 101.

BOURDIEU P, 1986. The forms of capital[M]// Richardson J. Handbook of theory and research for the sociology of education. New York: Greenwood Press: 243.

BOURDIEU P, 1989. Social space and symbolic power [J]. Sociological theory, 7(1): 14-25.

BOURDIEU P, 1991. Language and symbolic power [M]. Cambridge: Harvard University Press: 12.

BOURDIEU P, 1993. The field of cultural production: essays on art and literature[M]. New York: Columbia University Press: 162.

BOURDIEU P, 2000. Pascalian meditations [M]. Stanford: Stanford University Press: 242.

BOURDIEU P, WACQUANT L J D, 1992. An invitation to reflexive sociology[M]. Chicago: University of Chicago Press: 107.

BUZELIN H, 2013. Sociology and translation studies[M]// MILLÁN C, BARTRINA F. The Routledge handbook of translation studies. London: Routledge: 194.

BYNNER W, KIANG K, 1929. The jade mountain: a Chinese anthology [M]. New York: Alfred A. Knopf.

CALONNE D S, 2017. The spiritual imagination of the beats [M]. Cambridge: Cambridge University Press: 16.

CHESTERMAN A, 1997. Memes of translation: the spread of ideas in translation theory[M]. Amsterdam: John Benjamins Publishing Company: 64-68.

CHESTERMAN A, 2006. Questions in the sociology of translation[M]// DUARTE J F, ROSA A A, SERUYA T. translation studies at the interface of disciplines. Amsterdam: John Benjamins Publishing: 11.

CHESTERMAN A, 2009. The name and nature of translator studies[J]. HERMES—Journal of language and communication in business, 22(42): 19-22.

Copper Canyon Press. In such hard times: the poetry of Wei Ying-Wu [Z/OL]. [2024—3—26]. https: //www. coppercanyonpress. org/books/in-such-hard-times-by-wei-ying-wu-tr-bill-porter-red-pine/.

CUSAC A M, 2003. Sam Hamill interview[J]. Progressive, (67), 38.

EGAN C, 2015. Meaning beyond the words: the challenges of translating Zen poetry[J]. Translation review, 93 (1): 15.

ELIOT T S, 1928. Ezra Pound selected poems[M]. London: Faber & Gwyer: 14.

FARMAN M, 2005. Poems of the masters: China's classic anthology of T'ang and Sung dynasty verse[J]. Translation review, 70 (1): 69.

FIELDS R, 1992. How the swans came to the lake: a narrative history of Buddhism in America[M]. Boston & London: Shambhala Publications: xiii.

GACH G, 1998. What book!?: Buddha poems from beat to hiphop[M]. Berkeley: Parallax Press.

GENETTE G, 1997. Paratexts: thresholds of interpretation. literature, culture, theory[M]. Cambridge: Cambridge University Press: 409.

GOUANVIC J M, 2002. The stakes of translation in literary fields[J]. Across languages and cultures, 3(2): 160.

GOUANVIC J M, 2005. A bourdieusian theory of translation, or the coincidence of practical instances: field, 'habitus', capital and 'illusio' [J]. The translator, 11 (2): 148.

HAMILL S, 1989. An answering music: American poets and Chinese poetry [J]. The literary review, 32 (3): 310.

HAMILL S, 2000. Crossing the yellow river: three hundred poems from the Chinese[M]. New York: Boa Editions: 22.

HAMILL S, 2005. Tao Te Ching: a new translation [M]. Boston: Shambhala: xvi.

HAMILL S, 2006. Encountering rexroth [J]. Chicago review, 52 (2/4): 106.

HAMILL S, SEATON J P, 2004. The poetry of Zen [M]. Boston: Shambhala Publications: 6.

HAMRIC R, 2010. Dancing with words: Red Pine's path into the heart of Buddhism [J/OL]. (2011—07—19) [2024—3—26]. https://kyotojournal.org/fiction-poetry/dancing-with-words/%0D.

HARRIS P. 1999. Zen poems[M]. New York: Alfred A. Knopf: 17.

HARRISON J, 2016. The ancient minstrel[M]. New York: Grove Press.

Crawford M W, HAYASHI K K, SUENAGA S, 2010. Japanese war brides in America: an oral history[M]. Santa Barbara: Praeger.

HENRICKS R G, 1990. The poetry of Han-Shan: a complete, annotated translation of Cold Mountain[M]. Albany: State University of New York Press: vii.

HERMANS T, 1997. Translation as institution[C]// SNELL-HORNBY M, JETTMAROVÁ Z, KAINDL K. Translation as intercultural communication: selected papers from the EST congress, Prague 1995. Amsterdam: John Benjamins Publishing: 10.

HERMANS T, 2009. Translation in systems: descriptive and system-oriented approaches explained [M]. Manchester: St. Jerome Publishing: 30.

HERMANS T, 2014. Translation in systems: descriptive and system-

oriented approaches explained[M]. New York: Routledge: 134.
HOLMES J S, 1988. The name and nature of translation studies [J]. Translated! papers on literary translation and translation studies, (2): 73.
HOUGH G G, 1960. Reflections on a literary revolution[M]. Washington, D. C.: Catholic University of America Press: 5.
HUANG Y, 2002. Transpacific displacement: ethnography, translation, and intertextual travel in twentieth-century American literature [M]. Berkeley & Los Angeles: University of California Press.
HUMPHREYS C, 1994. Zen comes west: the present and future of Zen Buddhism in Britain[M]. Richmond: Curzon Press: 15.
INCHAUSTI R, 2017. Hard to be a saint in the city: the spiritual vision of the Beats[M]. Boulder: Shambhala Publications: 3.
INGHILLERI M, 2003. Habitus, field and discourse: interpreting as a socially situated activity[J]. Target, 15(2): 243-68.
INGHILLERI M, 2005. Mediating zones of uncertainty: interpreter agency, the interpreting habitus and political asylum adjudication [J]. The translator, 11(1): 69-85.
JEFFRIES L, 1993. The language of twentieth century poetry [M]. London: The Macmillan Press: 11.
JOHNSON K, PAULENICH C, 1991. Beneath a single moon: Buddhism in contemporary American poetry [M]. Berkeley: Shambhala Publications: 2.
JONES P, 1972. Imagist poetry[M]. Baltimore: Penguin Books: 21.
KERN, R, 2009. Orientalism, modernism, and the American poem[M]. Cambridge: Cambridge University Press: 169.
KOENEKE R, 2011. The collected songs of cold mountain [EB/OL]. (2011—01—22) [2024—03—29]. https://www.goodreads.com/book/show/10921.The_Collected_Songs_of_Cold_Mountain?ac=1&from_search=true&qid=XS3xEGEmII&rank=3.
LADERMAN G, LEÓN L, 2014. Religion and American cultures: tradition, diversity, and popular expressions[M]. Santa Barbara: ABC-CLIO: 47.
LIU J J Y, 1966. The art of Chinese poetry[M]. Chicago: The University of Chicago Press.

MAIR V H, 1994. The Columbia anthology of traditional Chinese literature [M]. New York: Columbia University Press: 229.

MCNIECE R, SMITH L R, HEYEN W, 2004. America Zen: a gathering of poets[M]. Huron: Bottom Dog Press: 14.

MEYLAERTS R, 2010. Habitus and self-image of native literary author-translators in diglossic societies[J]. Translation and interpreting studies, 5 (1): 1-19.

MITCHELL S, 2000. Tao Te Ching: a new English version[M]. New York: Harper Collins: xi.

MUNDAY J, 2013. Introducing translation studies: theories and applications[M]. Abingdon & New York: Routledge.

NORD C, 1991. Scopos, loyalty, and translational conventions[J]. Target, 3(1): 100.

O'CONNOR M, 2002. Where the world does not follow: Buddhist China in picture and poem[M]. Somerville: Wisdom Publications.

ODELL L C, 1972. Kenneth Rexroth and Chinese poetry translation, imitation, and adaptation[D]. Madison: The University of Wisconsin-Madison: 173.

OSTROM A B, 1966. The poetic world of William Carlos Williams[M]. Carbondale: Southern Illinois University Press: 241.

OWEN S, 1981. The great age of Chinese poetry: the high T'ang[M]. New Haven: Yale University Press.

OWEN S, 1985. Traditional Chinese poetry and poetics: omen of the world [M]. Madison: University of Wisconsin Press.

PAIGE D D, 1951. The letters of Ezra Pound, 1907-1941[M]. London: Faber: 39.

PORTER B, 2009a. Road to heaven: encounters with Chinese hermits[M]. Berkeley: Counterpoint.

PORTER B. 2009b. Zen baggage: apilgrimage to China[M]. Berkeley: Counterpoint.

PORTER B. 2014. Yellow river odyssey[M]. Seattle: Chin Music Press.

PORTER B. 2015. South of the clouds: travels in southwest China[M]. Berkeley: Counterpoint Press.

PORTER B, 2016a. Finding them gone: visiting China's poets of the past

[M]. Port Townsend: Copper Canyon Press: 4.

PORTER B. 2016b. South of the yangtze: travels through the heart of China[M]. Berkeley: Counterpoint.

PORTER B, 2016c. The silk road: taking the bus to Pakistan [M]. Berkeley: Counterpoint Press.

PORTER B, 2019a. Lone moon lights cold spring: an interview with Bill Porter [J/OL]. (2019—1—14) [2024—3—26]. https://emergencemagazine. org/story/lone-moon-lights-cold-spring/%0D.

PORTER B, 2019b. The Chinese hermit tradition: an interview with Red Pine [J/OL]. [2024—3—26]. https://tricycle. org/magazine/the-chinese-hermit-tradition-an-interview-with-red-pine/.

POUND E, 1913. A few don't s by an imagiste[J]. Poetry, 1 (6): 200 - 206.

POUND E, 1928. Ezra Pound: selected poems[M]. London: Faber & Faber.

POUND E, 1950. The letters of Ezra Pound[M]. London: Faber & Faber.

POUND E, FENOLLOSA E, 1915. Cathay[M]. London: E. Mathews.

PREBISH C S, TANAKA K K, 1998. The faces of Buddhism in America [M]. Berkeley: University of California Press: 8.

PROHL I, 2014. California 'Zen': Buddhist spirituality made in America [J]. Amerikastudien/American studies, 59 (2): 197.

RED PINE, 1983a. P'u Ming's oxherding pictures and verses[M]. Port Townsend: Empty Bowl.

RED PINE, 1983b. Translator's preface[M]// RED P. The collected songs of Cold Mountain. Port Townsend: Copper Canyon Press.

RED PINE, 1984. From temple walls: the collected poems of big shield & Pickup[M]. Port Townsend: Empty Bowl.

RED PINE, 1986. The mountain poems of stonehouse [M]. Port Townsend: Empty Bowl.

RED PINE, 1987. The Zen teaching of Bodhidharma[M]. New York: North Point: 61.

RED PINE, 1995. Guide to capturing a plum blossom[M]. San Francisco: Mercury House.

RED PINE, 1999. The Zen works of stonehouse: poems and talks of a

fourteenth-century Chinese hermit[M]. San Francisco: Mercury House.
RED PINE, 2000. The collected songs of Cold Mountain [M]. Port Townsend: Copper Canyon Press: 14 - 15.
RED PINE, 2003. Poems of the masters: China's classic anthology of T'ang and Song dynasty verse[M]. Port Townsend: Copper Canyon Press.
RED PINE, 2004a. Dancing with the dead: language, poetry and the art of translation [R]. Boston: Simmons college international Chinese poetry conference.
RED PINE, 2004b. The heart sutra: the womb of Buddhas[M]. Berkeley: Counterpoint Press: 7
RED PINE, 2009a. In such hard times: the poetry of Wei Ying-Wu[M]. Port Townsend: Copper Canyon Press: 46.
RED PINE, 2009b. The Zen teaching of Bodhidharma [M]. New York: North Point Press: 9.
RED PINE, 2014. The mountain poems of Stonehouse [M]. Port Townsend: Copper Canyon Press.
RED PINE, 2019. Cathay Revisited[M]. Port Townsend: Empty Bowl.
RED PINE, 2019. Written in exile: the poetry of Liu Tsung-Yuan. Port Townsend: Copper Canyon Press.
RED PINE, 2023a. Dancing with the dead: the essential Red Pine translations[M]. Port Townsend: Copper Canyon Press.
RED PINE, 2023b. Choosing to be simple: collected poems of Tao Yuanming[M]. Port Townsend: Copper Canyon Press.
RED PINE, O'CONNOR M, 2005. The clouds should know me by now: Buddhist poet monks of China[M]. Somerville: Wisdom Publications.
REXROTH K, 1956. One hundred poems from the Chinese [M]. New York: New Directions: xi.
REXROTH K, 1970. Love and the turning year: one hundred more poems from the Chinese[M]. New York: New Directions: xvi.
REXROTH K, 1986. Classics revisited [M]. New York: New Directions: 94.
REXROTH K, 2004. The complete poems of Kenneth Rexroth[M]. Port Townsend: Copper Canyon Press: xix.
REXROTH K, PONDROM C N, 1969. An interview with Kenneth Rexroth

[J]. Contemporary literature, 10 (3): 328.

RICHARDSON B, 2007. Brice Marden: cold mountain[M]. New Haven: Yale University Press: 51.

RIVERS S, 2018. The heart of cold mountain: transcreations of the taoist hermit poet Han Shan [M]. Scotts Valley: CreateSpace Independent Publishing Platform.

ROUZER P, 2016a. The poetry of Hanshan (Cold Mountain), Shide, and Fenggan[M]. Boston & Berlin: Walter de Gruyter: 4.

ROUZER P. 2016b. On cold mountain: a Buddhist reading of the Hanshan poems[M]. Seattle: University of Washington Press.

RUIHLEY G R, 1975. The thorn of a rose: Amy Lowell reconsidered[M]. New York: Shoestring Press: 85 - 86.

SCHÄFFNER C, 1998. Action (Theory of 'Translatorial Action') [M]// BAKER M. Routledge encyclopedia of translation studies. London & New York: Routledge.

SCHELLING A, 2005. The wisdom anthology of North American Buddhist poetry[M]. Boston: Wisdom Publications: xiv.

SEAGER R H, 2012. Buddhism in America [M]. New York: Columbia University Press: 40.

SELA-SHEFFY R, 2005. How to be a (recognized) translator: rethinking habitus, norms, and the field of translation[J]. Target, 17 (1): 11.

SIMEONI D, 1998. The pivotal status of the translator's habitus [J]. Target, 10 (1): 1 - 39.

SIMEONI D, 2007. Translation and society: the emergence of a conceptual relationship [M]// ST-PIERRE P, KAR P C. Translation-reflections, refractions, transformations. Amsterdam: John Benjamins Publishing Company: 14 - 26.

SMITH L, 2014. The mountain poems of stonehouse [EB/OL]. (2014—06—19) [2024—03—29]. https: //www. goodreads. com/book/show/651556. The _ Mountain _ Poems _ of _ Stonehouse? ac=1&from _ search =true&qid=5k6DI8I3H1&rank=1.

SNELL-HORNBY, Mary. 2006. The turns of translation studies: new paradigms or shifting viewpoints? [M]. Amsterdam&Philadelphia: John Benjamins Publishing.

SNYDER G, 2013. Cold mountain poems[M]. Berkeley: Counterpoint Press.

STALLING J, 2006. Poetics of emptiness: transformations of east Asian philosophy and poetics in twentieth-century American poetry[D]. Buffalo: State University of New York at Buffalo.

STALLING J, 2009. Emptiness in flux: the Buddhist poetics of Ernest Fenollosa's "the Chinese written character as a medium for poetry" [M]// WHALEN-BRIDGE J, STORHOFF G. The emergence of Buddhist American literature. Albany: State University of New York Press, 21 - 44.

STAMBLER P, 1996. Encounters with cold mountain: poems by Hanshan [M]. Beijing: Panda Books.

STRYK L, 1991. Zen poetry[M]. New York: Grove Press.

STRYK L, IKEMOTO T, 1977. The penguin book of Zen poetry[M]. London: Penguin Books.

STRYK L, IKEMOTO T, 1987. Zen poems of China and Japan: the crane's bill[M]. New York: Grove Press: xix.

TANAHASHI K, LEVITT P, 2018. The complete cold mountain: poems of the legendary hermit Hanshan[M]. Boston & London: Shambhala Publications.

TOBIAS A, SANFORD J, SEATON J P, 1983. The view from cold mountain: poems of Hanshan and Shide[M]. New York: White Pine Press.

TONKINSON C, 1995. Big sky mind: Buddhism and the beat generation [M]. New York: Riverhead Books: 2.

TOURY G, 1995. Descriptive translation studies and beyond[M]. Beijing: Shanghai Foreign Language Education Press: 55.

TWORKOV H, 1989. Zen in America: profiles of five teachers[M]. New York: North Point Press: 3.

TYULENEV S, 2014. Translation and society: an introduction[M]. London & New York: Routledge.

VENUTI L, 2010. Translation, empiricism, ethics[J]. Profession, 2010 (1): 74.

VENUTI L, 2013. Translation changes everything: theory and practice[M].

London & New York: Routledge: 179.

WALEY A, 1919. 170 Chinese poems [M]. New York: Alfred A. Knopf: 18.

WANDERING P, 2007. Cold mountain transcendental poetry [M]. San Francisco: Buddha of Compassion.

WATKINS E, 2009. In such hard times: the poetry of Wei Ying-wu [EB/OL]. (2009—07—21) [2024—03—28]. https://www.goodreads.com/book/show/6001358-in-such-hard-times? from_search=true&qid=YAkqJWVolM&rank=1.

WATSON B, 1962. Cold mountain: 100 poems by the T'ang poet Han-Shan [M]. New York: Grove Press.

WATTS A, 2011. In my own way: an autobiography [M]. Novato: New World Library: 62.

WEINBERGER E, 1987. Nineteen ways of looking at Wang Wei: how a Chinese poem is translated [M]. Chicago: Moyer Bell.

WEINBERGER E, 2004. The new directions anthology of classical Chinese poetry [M]. New York: New Directions: xxvi.

WEINBERGER E, 2016. Nineteen ways of looking at Wang Wei [M]. New York: New Directions: 25.

WHALEN-BRIDGE J, STORHOFF G, 2009. The emergence of Buddhist American literature [M]. Albany: State University of New York Press.

WHITMAN W, 1904. An American primer [M]. Boston: Small, Maynard: viii.

WOLF M, 2007. Introduction: the emergence of a sociology of translation [M]// WOLF M, FUKARI A. Constructing a sociology of translation. Amsterdam & Philadelphia: John Benjamins Publishing: 4.

WOLF M, 2012. The Sociology of translation and its 'activist turn' [J]. Translation and interpreting studies, 7 (2): 129.

XIE M, 2015. Ezra Pound and the appropriation of Chinese poetry: Cathay, translation, and imagism [M]. London & New York: Routledge.

YIP W L, 1997. Chinese poetry: an anthology of major modes and genres [M]. Durham: Duke University Press.

YIP W L, 2015. Ezra Pound's "Cathay" [M]. Princeton: Princeton University Press: 26.

比尔・波特，2006. 空谷幽兰：寻访当代中国隐士[M]. 北京：当代中国出版社：7.

比尔・波特，2010. 禅的行囊[M]. 海口：南海出版公司：69－70.

比尔・波特，2012a. 六祖坛经解读[M]. 海口：南海出版公司：20.

比尔・波特，2012b. 心经解读[M]. 海口：南海出版公司：70.

比尔・波特，2012c. 黄河之旅[M]. 曾少立，译. 海口：南海出版公司.

比尔・波特，2013a. 彩云之南[M]. 明洁，译. 海口：南海出版公司.

比尔・波特，2013b. 丝绸之路 M[]. 马宏伟，吕长清，译. 成都：四川文艺出版社.

比尔・波特，2016. 寻人不遇[M]. 曾少立，赵晓芳 译. 成都：四川文艺出版社.

比尔・波特，2017. 江南之旅[M]. 朱钦芦，译. 成都：四川文艺出版社.

比尔・波特，2018. 一念桃花源[M]. 李昕，译. 北京：中信出版集团.

彼得・琼斯，2015. 意象派诗选[M]. 裘小龙，译. 重庆：重庆大学出版社：167.

陈琳，林嘉新，2015. 跨界的阐释：美国当下比较文学翻译研究的研究范式[M]. 中国比较文学(3)：139－151.

陈琳，2010. 论陌生化翻译[J]. 中国翻译，31(1)：13－20.

陈琳，2017. 论欣顿的荒野宇宙观与生态译诗的翻译诗学意义[J]. 英美文学研究论丛(1)：345－355.

陈琳，2019a. 从生态译诗论翻译建构性[J]. 中国比较文学，(2)：123.

陈琳，2019b. 欣顿与山水诗的生态话语性[M]. 杭州：浙江大学出版社.

陈琳，曹培会，2016a. 论创译的名与实[J]. 外语与外语教学(6)：123－130.

陈琳，曹培会，2016b. 诗歌创译的世界文学性——以《竹里馆》英译为例[J]. 中国翻译：37 (2)：85－90.

陈琳，曹培会，2017. 王维诗歌的世界文学性的动态生成[J]. 外语教学理论与实践，(4)：83－89.

陈琳，张春柏，2006. 文学翻译审美的陌生化性[J]. 清华大学学报(哲学社会科学版)，21(6)：91－99.

陈云君，2018. 禅与诗之交涉[J]. 中国文化，(1)：163.

戴维・斯沃茨，2012. 文化与权力：布尔迪厄的社会学[M]. 上海：上海世纪出版社.

戴玉霞，2011. 飞鸿踏雪泥诗风慕禅意——从接受美学视角看苏轼诗词翻译中禅境的再现[J]. 外语教学，32(5)：105－109.

戴玉霞，樊凡，2013. 和合理论关照下的苏轼禅诗英译研究[J]. 外语教学，34(3)：109 - 113.

段晓华 . 2011. 吾心似秋月：禅诗选读[M]. 上海：上海交通大学出版社 .

厄内斯特·费诺罗萨，埃兹拉·庞德，1994. 作为诗歌手段的中国文字[J]. 赵毅衡，译 . 诗探索，(03)：156.

方立天，1995. 禅宗精神——禅宗思想的核心，本质及特点[J]. 哲学研究，(3)：66 - 70.

方立天，2002. 禅宗的“不立文字”语言观[J]. 中国人民大学学报 (1)：34 - 44.

方立天，2003. 佛教“空”义解析[J]. 中国人民大学学报，(6)：55 - 60.

方立天，2005. 中国佛教哲学要义[M]. 北京：中国人民大学出版社 .

方立天，2006. 中国佛教文化[M]. 北京：中国人民大学出版社 .

方立天，2007. 慧能创立禅宗与佛教中国化[J]. 哲学研究，(4)：12 - 23.

方立天，2011. 禅宗概要[M]. 北京：中华书局：111.

冯焕珍，2014. 从《楞伽经》印心到《金刚经》印心[J]. 中山大学学报(社会科学版)，54(5)：108.

高宣扬，2004. 布迪厄的社会理论[M]. 上海：同济大学出版社：129.

耿纪永，2012. 远游的寒山：英译第一首寒山诗[J]. 中国比较文学，(2)：41 - 50.

耿纪永，2015a. 当代美国生态诗人的东方转向[N/OL]. 中国社会科学报，2015—10—19 [2023—03—25] . http：//sscp. cssn. cn/xkpd/yw/201510/t20151019 _ 2499950. html.

耿纪永，2015b. 论王红公的生态哲学与佛禅思想[J]. 同济大学学报 (社会科学版)，(1)：11.

耿纪永，2006. 道非道：美国垮掉派诗人与佛禅[J]. 解放军外国语学院学报 (3)：16.

耿纪永，2010. 中国禅与美国文学的新境界——读钟玲《中国禅与美国文学》. 中国比较文学，(3)：135 - 40.

胡安江，2005. 文本旅行与翻译变异？——论加里·斯奈德对寒山诗的创造性“误读”[J]. 解放军外国语学院学报，(6)：63 - 68.

胡安江，2009a. 历史意识与诗性原则——美国诗人加里·斯奈德的翻译诗学研究[J]. 外国语文，25(2)：130 - 134.

胡安江，2009b. 美国学者伯顿·华生的寒山诗英译本研究[J]. 解放军外国语学院学报，32(6)：75 - 80.

胡安江，2009c. 英国汉学家阿瑟·韦利的寒山诗英译本研究[J]. 外语与外语教学，(9)：53 - 57.
胡安江，2011. 寒山诗：文本旅行与经典建构[M]. 北京：清华大学出版社 .
胡安江，周晓琳，2009. 空谷幽兰——美国译者赤松的寒山诗全译本研究[J]. 西南政法大学学报，11(3)：131 - 135.
黄菊 . 2018. 寻隐记 . 北京：人民文学出版社 .
江岚，2009. 唐诗西传史论：以唐诗在英美的传播为中心[M]. 北京：学苑出版社：190.
李庆本，2015. 禅宗，身体美学与王维的诗及其翻译[J]. 中国文化研究，(3)：20 - 28.
李四龙，2009. 美国佛教的传播经验[J]. 世界宗教文化，(2)：16.
李正栓，孙蔚，2011. 庞德对中国诗歌与思想的借鉴[J]. 当代外国文学，(1)：67.
廖七一 . 2009. 翻译规范及其研究途径[J]. 外语教学，30 (1)：95 - 103.
刘华文，2014. 玄言，禅趣和佛理：汉诗英译中的表意焦虑[J]. 外语研究，(6)：73 - 78.
刘士林，1993. 古代诗歌中的“钟声”意象[J]. 文史哲，(2)：75.
刘岩，1999. 中国文化对美国文学的影响[M]. 石家庄：河北人民出版社 .
迈克尔·格伦菲尔，2018. 布迪厄：关键概念[M]. 林云柯，译 . 重庆：重庆大学出版社：142.
皮埃尔·布迪厄，华康德，2003. 实践与反思——反思社会学导引[M]. 李猛，李康，译 . 北京：中央编译出版社 .
皮埃尔·布迪厄，1997. 布尔迪厄：文化资本与社会炼金术[M]. 包亚明，译. 上海：上海人民出版社：194.
钱学烈，1998. 寒山子禅悦诗浅析[J]. 中国人民大学学报，(3)：97 - 101.
钱学烈，2009. 碧潭秋月映寒山：寒山诗解读[M]. 北京：中央编译出版社 .
孙昌武，1988. 略论禅与诗[J]. 社会科学战线，(4)：241.
覃召文，1994. 禅月诗魂：中国诗僧纵横谈[M]. 北京：生活·读书·新知三联书店：3.
田晓菲，2010. 关于北美中国中古文学研究之现状的总结与反思[M]//许倬云 . 北美中国学：研究概述与文献资源 . 北京：中华书局：607.
王悦晨，2011. 从社会学角度看翻译现象：布迪厄社会学理论关键词解读[J]. 中国翻译，32(1)：9.
魏家海，2017. 汉诗英译的比较诗学研究[M]. 北京：中国社会科学出版社 .
吴伏生，2012. 汉诗英译研究：理雅各，翟理斯，韦利，庞德[M]. 北京：学苑出版社.
吴言生，2001a. 禅宗思想渊源[M]. 北京：中华书局：107.
吴言生，2001b. 禅宗诗歌境界[M]. 北京：中华书局：7.
吴言生，2001c. 禅宗哲学象征[M]. 北京：中华书局.
吴言生，2001d. 般若空观印禅心——论《心经》对禅思禅诗的影响[J]. 人文杂志，(4)：102.
吴言生，2006. 深层生态学与佛教生态观的内涵及其现实意义[J]. 中国宗教，(6)：24.
吴永安，2015. 来自东方的他者：中国古诗在20世纪美国诗学建构中的作用[M]. 北京：北京师范大学出版社.
项楚，2000. 寒山诗注：附拾得诗注[M]. 北京：中华书局：133.
徐敏慧，2017. 从翻译规范到译者惯习：描写翻译研究的新发展[J]. 中国翻译 (6)：11-18.
徐敏慧，2017. 翻译场中的译者筹码[J]. 东方翻译 (3)：12-16.
张弘，2002. 跨越太平洋的雨虹——美国作家与中国文化[M]. 银川：宁夏人民出版社.
张子开，1994. 论美国佛教的发展[J]. 浙江师范学院学报(哲学社会科学版)，(2)：55-60.
章艳，胡卫平，2011. 文化人类学对文化翻译的启示——“深度翻译”理论模式探索[J]. 当代外语研究，(2)：47.
赵毅衡，1983. 美国新诗运动的中国热[J]. 读书，(9)：132.
赵毅衡，2003. 诗神远遊：中国如何改变了美国现代诗[M]. 上海：上海译文出版社.
赵毅衡，2013a. 对岸的诱惑[M]. 北京：知识出版社：216.
赵毅衡，2013b. 诗神远游：中国如何改变了美国现代诗[M]. 成都：四川文艺出版社：309.
郑民钦，2000. 日本俳句史[M] 北京：京华出版社：400.
郑树森，1985. 中美文学因缘[M]. 台北：台湾东大出版公司.
钟玲，1985. 经验与创作——评王红公英译的杜甫诗[M]// 郑树森中美文学因缘，台北：台湾东大图书公司.
钟玲，2003. 美国诗与中国梦：美国现代诗里的中国文化模式[M]. 桂林：广西师范大学出版社：14.
钟玲，2006. 史耐德与中国文化[M]. 北京：首都师范大学出版社：120.
钟玲，2008.“寒山与美国诗歌作品，1980至2007.”学术论坛 (7)：61-65.

钟玲，2009. 中国禅与美国文学[M]. 北京：首都师范大学出版社：84.

钟玲，2010. 中国诗歌英译文如何在美国成为本土化传统：以简・何丝费尔吸纳杜甫译文为例[J]. 中国比较文学，(2)：41－52.

钟玲，2018. 文本深层：跨文化融合与性别探索[M]. 台北：台湾大学出版中心：173.

周领顺，2013. 译者行为批评中的“翻译行为”和“译者行为”[J]. 外语研究，(6)：73.

周领顺，强卉，2016.“厚译”究竟有多厚？——西方翻译理论批评与反思之一[J]. 外语与外语教学，1 (06)：106.

周裕锴，1992. 中国禅宗与诗歌[M]. 上海：上海人民出版社：271.

朱徽，2009. 中国诗歌在英语世界：英美译家汉诗翻译研究[M]. 上海：上海外语教育出版社.

朱健平，扎西措，2015.“达摩译者”施耐德的禅译与禅意——自《达摩流浪者》谈起[J]. 外国语(上海外国语大学学报)，38(6)：89－97.

朱伟珏，2005.“资本”的一种非经济学解读——布迪厄“文化资本”概念[J]. 社会科学，(6)：118.

附录 A　赤松年谱

1943 年：出生于美国加利福尼亚州洛杉矶市。

1961 年：入读加州大学圣巴巴拉分校人类学专业。

1964 年：应征入伍，随军驻扎德国，服役三年，兵役结束后回到圣巴巴拉分校完成学业。

1970 年：从加州大学圣巴巴拉分校毕业。

1970 年：入读哥伦比亚大学，攻读人类学专业博士学位。

1972 年：从哥伦比亚大学退学，赴台湾佛光山寺学习佛教。

1973 年：离开佛光山寺，搬至位于台北市外 20 公里的海明寺。

1975 年：离开海明寺，搬至阳明山竹子湖。

1977 年：入读台北中国文化学院，学习中国哲学。

1989 年：赴中国寻找隐士文化传统的历史踪迹，前往终南山探访隐修者。

1990 年：根据寻隐之旅撰写的《空谷幽兰》一书在美国问世。

1991 年：赴中国开启黄河之旅，从香港启程，途经上海，探访之旅正式始于黄河入海口山东，赤松逆流而上追溯至源头，探索中国文化的中心地带。

1993 年：离开台湾回到美国。

1999 年：在万佛圣城就职，教授佛教与道教课程。

2006 年：横穿北京至香港，探寻中国佛教禅宗脉络，探访六位禅宗祖师开创的禅宗道场。以《禅的行囊》一书对此次旅程经历及多年修禅体悟进行了全景记录。

2014 年：为协助《空谷幽兰》纪录片拍摄，重回终南山，再访隐士。

2015 年—今：与家人定居华盛顿州汤森港。

附录B　赤松译诗题录

P'u Ming's Oxherding Pictures and Verses (1983)

《普明牧牛图颂》

1.《未牧》/"Untamed"
2.《初调》/"Breaking In"
3.《受制》/"Restrained"
4.《回首》/"Turning Its Head"
5.《驯伏》/"Tamed"
6.《无碍》/"Unhindered"
7.《任运》/"With the Current"
8.《相忘》/"Forgetting the Other"
9.《独照》/"Alone in the Light"
10.《双泯》/"Both Gone"

Guide to Capturing a Plum Blossom (1995)

《宋刻梅花喜神谱》

蓓蕾四枝/*First Buds Four Branches*

1.《麦眼》/"Wheat Eyes"
2.《柳眼》/"Willow Eyes"
3.《椒眼》/"Pepper Eyes"
4.《蟹眼》/"Crab Eyes"

小蕊一十六枝/Small Petals Sixteen Branches

5.《丁香》/"Cloves"
6.《樱桃》/"Cherry"
7.《老人星》/"Old Man Star"
8.《佛顶珠》/"The Buddha's Crown Jewel"

9.《古文钱》/"Ancient Coin"
10.《鲍老眉》/"Old Pao's Eyebrows"
11.《兔唇》/"Rabbit Lips"
12.《虎迹》/"Tiger Tracks"
13.《石榴》/"Pomegranate"
14.《茈菰》/"Arrowhead"
15.《木瓜心》/"Quince Heart"
16.《孩儿面》/"Babyface"
17.《李》/"Plum"
18.《瓜》/"Melon"
19.《贝螺》/"Conch Shell"
20.《科斗》/"Tadpole"

大蕊八枝/Big Petals Eight Branches

21.《琴甲》/"Zither Pick"
22.《药杵》/"Pestle"
23.《蚌壳》/"Oyster Shell"
24.《鹳嘴》/"Stork Beak"
25.《卣》/"Yu"
26.《柷》/"Chu"
27.《笾》/"Pien"
28.《爵》/"Chueh"

欲开八枝/Opening Eight Branches

29.《春瓮浮香》/"Jug of Spring Perfume"
30.《寒缸吐焰》/"Cold Pot Flame"
31.《蜗角》/"Snail Horns"
32.《马耳》/"Horse Ears"
33.《簋》/"Kuei"
34.《瓒》/"Tsan"
35.《金印》/"Gold Chop"
36.《玉斗》/"Jade Dipper"

大开一十四枝/Fully Opened Fourteen Branches

37.《彝》/"Yi"
38.《黼》/"Fu"
39.《欹器》/"Tilting Bowl"
40.《悬钟》/"Hanging Bell"
41.《扇》/"Fan"
42.《盘》/"Basin"
43.《向日》/"Facing the Sun"
44.《擎露》/"Collecting the Dew"
45.《鼎》/"Tripod"
46.《镛》/"Bell"
47.《麋角》/"Antlers"
48.《猿臂》/"Gibbon Arm"
49.《颦眉》/"Pinched Eyebrows"
50.《侧面》/"Profile"

烂漫二十八枝/Radiant Twenty-Eight Branches

51.《开镜》/"Lifting the Mirror"
52.《覆杯》/"Overturned Cup"
53.《冕》/"Mien"
54.《胄》/"Helmet"
55.《并桃》/"Pair of Peaches"
56.《双荔》/"Pair of Lychees"
57.《凤朝天》/"Phoenix Facing Heaven"
58.《蛛挂网》/"Spider on a Web"
59.《渔笠》/"Fisherman's Hat"
60.《熊掌》/"Bear Paw"
61.《飞虫刺花》/"Flying Creature Stings a Flower"
62.《孤鸿叫月》/"Lone Goose Calling to the Moon"
63.《龟足》/"Turtle Feet"
64.《龙爪》/"Dragon Claws"
65.《林鸡拍羽》/"Rooster on a Tree Flapping Its Wings"
66.《松鹤唳天》/"Crane on a Pine Crying to Heaven"

67.《新荷溅雨》/“New Lily Pad in Pouring Rain”
68.《老菊披霜》/“Old Chrysanthemum with Coat of Frost”
69.《瑟》/“Zither”
70.《鼓》/“Drum”
71.《蜂腰》/“Bee Waist”
72.《燕尾》/“Swallow Tail”
73.《惊鸥振翼》/“Frightened Gull Flapping Its Wings”
74.《野鹘翻身》/“Wheeling Hawk”
75.《顾步》/“Pondering the Next Step”
76.《掩妆》/“Applying Makeup”
77.《晴空挂月》/“Clear Sky Crescent Moon”
78.《遥山抹云》/“Distant Mountain Swept by Clouds”

欲谢一十六枝/Fading Sixteen Branches

79.《会星弁》/“Star-Lined Hat”
80.《漉酒巾》/“Wine-Straining Bandanna”
81.《抱叶蝉》/“Cicada Clinging to a Leaf”
82.《穿花蝶》/“Butterfly Among Flowers”
83.《暮雀投林》/“Flying to the Woods at Dusk”
84.《寒乌倚树》/“Crow Landing on a Tree in Winter”
85.《舞袖》/“Dancer's Sleeves”
86.《弄须》/“Twirling Whiskers”
87.《莺掷柳》/“Oriole Flashing Through Willows”
88.《鹗乘风》/“Osprey Riding the Wind”
89.《顶雪》/“Snowcap”
90.《欹风》/“Windblown”
91.《蜻蜓欲立》/“Dragonfly Landing”
92.《螳螂怒飞》/“Mantis Trying to Fly”
93.《喜鹊摇枝》/“Magpie Rocking on a Branch”
94.《游鱼吹水》/“Fish Spitting Water”

就实四枝/Forming Fruit Six Branches

95.《橘中四皓》/“Four Worthies of Chungnan”
96.《吴江三高》/“Three High-Minded Men of Wuchiang”

97.《二疏》/“Two Shu’s”
98.《独钓》/“Fishing Alone”
99.《孟嘉落帽》/“Meng Chia’s Falling Cap”
100.《商鼎催羹》/“Of Tripods and Soup”

The Collected Songs of Cold Mountain (2000)
《寒山诗歌集》

寒山诗/*The Poems of Cold Mountain* (*Han-shan*)

1.《重岩我卜居》/“Towering Cliffs Were the Home I Chose”
2.《凡读我诗者》/“All You Who Read My Poems”
3.《可笑寒山道》/“The Cold Mountain Road Is Strange”
4.《欲得安身处》/“Looking for a Refuge”
5.《吾心似秋月》/“My Mind Is Like the Autumn Moon”
6.《山中何太冷》/“The Mountains Are So Cold”
7.《城中峨眉女》/“A Moth-Browed Girl in Town”
8.《俊杰马上郎》/“A Fine Young Man on HorseBack”
9.《欲向东岩去》/“I Longed to Visit the Eastern Cliff”
10.《岩前独静坐》/“before the Cliffs I Sat Alone”
11.《吾家好隐沦》/“Give Me a Hidden Eddy”
12.《琴书须自随》/“Zither and Books Are Up to You”
13.《弟兄同五郡》/“Brothers Share Five Districts”
14.《一为书剑客》/“A Master of the Brush and the Sword”
15.《庄子说送终》/“Chuang-Tzu Said for His Funeral”
16.《人问寒山道》/“People Ask the Way to Cold Mountain”
17.《天生百尺树》/“Hundred-Foot Trees Produced by Heaven”
18.《驱马度荒城》/“I Spur My Horse Past Ruins”
19.《鹦鹉宅西国》/“Parrots Live in Western Lands”
20.《玉堂挂珠帘》/“Inside Jade Hall Is a Curtain of Pearls”
21.《父母续经多》/“My Parents Stayed Busy Enough”
22.《家住绿岩下》/“My Home Is Below Green Cliffs”
23.《四时无止息》/“The Seasonal Round Never Stops”
24.《岁去换愁年》/“The New Year Ends a Year of Sorrow”
25.《手笔太纵横》/“Calligraphy Unrestrained”

26.《粤自居寒山》/"Since I Came to Cold Mountain"
27.《有一餐霞子》/"A Man Who Lives on Rose-Colored Clouds"
28.《妾家邯郸住》/"This Maid Is from Handan"
29.《快搒三翼舟》/"Pole Your Three Winged Galleons"
30.《智者君抛我》/"Wise Ones You Ignore Me"
31.《茅栋野人居》/"A Mountain Man Lives Under Thatch"
32.《登陟寒山道》/"Who Takes the Cold Mountain Road"
33.《六极常婴困》/"As Long as We're Bound by the Six Extremes"
34.《白云高嵯峨》/"Where White Clouds Form High Rugged Crags"
35.《杳杳寒山道》/"The Trail to Cold Mountain Is Faint"
36.《少年何所愁》/"What Makes a Young Man Grieve"
37.《闻道愁难遣》/"People Say Cares Never Depart"
38.《两龟乘犊车》/"Two Turtles Aboard an Ox Cart"
39.《三月蚕犹小》/"In April When Silkworms Are Small"
40.《东家一老婆》/"An Old Lady Who Lives to the East"
41.《富儿多鞅掌》/"The Rich Have So Many Cares"
42.《余曾昔睹聪明士》/"I Met a Brilliant Scholar Once"
43.《白鹤衔苦桃》/"A White Crane Carries a Bitter Flower"
44.《惯居幽隐处》/"I Usually Live in Seclusion"
45.《生前大愚痴》/"If You Were Too Dumb the Life before"
46.《璨璨卢家女》/"The Beautiful Lady Lu"
47.《低眼邹公妻》/"Mistress Tsou of Tiyen"
48.《独卧重岩下》/"Beneath High Cliffs I Live Alone"
49.《夫物有所用》/"Things All Have Their Uses"
50.《谁家长不死》/"Show Me the Person Who Doesn't Die"
51.《骝马珊瑚鞭》/"A Black-Maned Roan and Coral Whip"
52.《竟日常如醉》/"They Act Like Drunks All Day"
53.《一向寒山坐》/"Once I Reached Cold Mountain"
54.《相唤采芙蓉》/"Gathering Lotuses We Called to Each Other"
55.《垂柳暗如烟》/"The Willows Grow Dark Like Mist"
56.《有酒相招饮》/"Call Friends Over When You Have Wine"
57.《可怜好丈夫》/"A Likable Excellent Fellow"
58.《桃花欲经夏》/"The Peach Would Bloom Through Summer"
59.《我见东家女》/"I Met a Girl to the East"

60.《田舍多桑园》/“A Farmer with Acres of Mulberry Groves”
61.《我见百十狗》/“I See Hundreds of Dogs”
62.《极目兮长望》/“Straining Its Eyes It Scans the Horizon”
63.《洛阳多女儿》/“In Loyang So Many Girls”
64.《春女炫容仪》/“In Spring Women Flaunt Their Looks”
65.《群女戏夕阳》/“A Group of Girls Play in Fading Light”
66.《若人逢鬼魅》/“Whoever Runs Into a Ghost or Spirit”
67.《浩浩黄河水》/“The Yellow River Is Boundless”
68.《乘兹朽木船》/“Aboard This Boat of Rotten Wood”
69.《默默永无言》/“If You're Still and Never Speak”
70.《山客心悄悄》/“A Hermit's Heart Is Heavy”
71.《有人坐山陉》/“Someone Lives in a Mountain Gorge”
72.《猪吃死人肉》/“Pigs Devour Dead Human Flesh”
73.《快哉混沌身》/“Chaos Was Happy”
74.《啼哭缘何事》/“What's This Crying For”
75.《妇女慵经织》/“The Wife Got Tired of Weaving”
76.《不行真正道》/“They Don't Walk the Noble Path”
77.《世有一等愚》/“There Exists One Kind of Fool”
78.《有汉姓傲慢》/“A Man Descended from Pride”
79.《卜择幽居地》/“I Chose a Secluded Place to Live”
80.《能益复能易》/“If You Would Increase Increase Your Essence”
81.《徒劳说三史》/“I Labored in Vain Reciting the Three Histories”
82.《碧涧泉水清》/“Spring Water Is Pure in an Emerald Stream”
83.《我今有一襦》/“I Have a Coat”
84.《白拂栴檀柄》/“White Whisk and Sandalwood Handle”
85.《贪爱有人求快活》/“Some Seek Pleasure in Love”
86.《多少般数人》/“So Many Kinds of People Exist”
87.《贪人好聚财》/“A Greedy Man Who Piles up Wealth”
88.《去家一万里》/“Ten Thousand Miles from Home”
89.《瞋是心中火》/“Anger Is a Fire in the Mind”
90.《汝辈埋头痴兀兀》/“All You Senseless Buried Heads”
91.《恶趣甚茫茫》/“Hateful Destinies Cloud the Eye”
92.《天高高不穷》/“Heaven Is Boundlessly High”
93.《天下几种人》/“All Kinds of People Exist Under Heaven”

94.《贤士不贪婪》/"A Wise Man Isn't Greedy"

95.《啧啧买鱼肉》/"Haggling over Fish and Meat"

96.《有人把椿树》/"Someone Points to a Cedar"

97.《蒸沙拟作饭》/"Steam Some Sand for Your Dinner"

98.《推寻世间事》/"They Scrutinize Worldly Affairs"

99.《蹭蹬诸贫士》/"Disappointed Impoverished Scholars"

100.《欲识生死譬》/"For an Image of Life and Death"

101.《寻思少年日》/"I Recalled the Days of My Youth"

102.《偃息深林下》/"I Retired to the Edge of a Forest"

103.《不须攻人恶》/"No Need to Attack the Faults of Others"

104.《富儿会高堂》/"Rich Men Met in an Elegant Hall"

105.《世有聪明士》/"There's a Brilliant Man Somewhere"

106.《层层山水秀》/"The Layered Bloom of Hills and Streams"

107.《满卷才子诗》/"My Scrolls Are Filled with the Poems of Immortals"

108.《施家有两儿》/"Mister Shih Had Two Sons"

109.《止宿鸳鸯鸟》/"Mandarin Ducks Roost for the Night"

110.《或有炫行人》/"Some People Flaunt Their Practice"

111.《少小带经锄》/"I Carried Books and a Hoe in My Youth"

112.《变化计无穷》/"There Is No Limit to Changes"

113.《书判全非弱》/"My Writing and Judgment Aren't That Bad"

114.《贫驴欠一尺》/"A Poor Donkey Is Short by a Bushel"

115.《柳郎八十二》/"Bridegroom Liu Is Eighty-Two"

116.《赫赫谁垆肆》/"Whose Wine Shop Is This Aglow"

117.《吁嗟浊滥处》/"I Deplore This Vulgar Place"

118.《田家避暑月》/"The Month When Farmers Escape the Heat"

119.《个是何措大》/"Who Is This Poor Dreamer"

120.《大有饥寒客》/"A Frequent Guest of Hunger and Cold"

121.《浪造凌霄阁》/"Building Sky-High Pavilions Is Useless"

122.《云山叠叠连天碧》/"Where Clouds and Mountains Are Piled to the Sky"

123.《富贵疏亲聚》/"Wealth and Position Attract Distant Kin"

124.《我见一痴汉》/"I Once Knew a Foolish Man"

125.《新谷尚未熟》/"This Year's Grain Being Still Unripe"

126.《大有好笑事》/"Of Very Funny Affairs"

127.《老翁娶少妇》/"When an Old Man Takes a Young Wife"
128.《雍容美少年》/"A Courteous Handsome Young Man"
129.《可笑五阴窟》/"Funny This Den of Five Shades"
130.《画栋非吾宅》/"Painted Beams Aren't for Me"
131.《出生三十年》/"Born Thirty Years Ago"
132.《世身多事人》/"The World Is Full of Busy People"
133.《鸟弄情不堪》/"When I Can't Bear to Watch Birds Play"
134.《昨日何悠悠》/"Yesterday Was So Long Ago"
135.《丈夫莫守困》/"Don't Stay Poor My Friend"
136.《之子何惶惶》/"This Person Is So Uncertain"
137.《昨夜梦还家》/"Last Night I Dreamt I Went Home"
138.《人生不满百》/"A Man Lives Less Than a Hundred Years"
139.《世有一等流》/"There Exists One Kind of Person"
140.《董郎年少时》/"When Master Tung Was Young"
141.《个是谁家子》/"Who on Earth Is That"
142.《人以身为本》/"People Think the Body's Their Root"
143.《城北仲家翁》/"Old Chung North of Town"
144.《下愚读我诗》/"When Stupid People Read My Poems"
145.《自有悭惜人》/"There May Be Punctilious People"
146.《我行经古坟》/"My Path Led Through an Old Cemetery"
147.《夕阳下西山》/"At Sunset I Went Down the Western Slope"
148.《出身既扰扰》/"Once We're Born We're Confused"
149.《有乐且须乐》/"If Pleasures Come Be Happy"
150.《独坐常忽忽》/"Sitting Alone I Keep Slipping Away"
151.《一人好头肚》/"A Man with a Good Head and Belly"
152.《他贤君即受》/"If Others Are Worthy Accept Them"
153.《俗薄真成薄》/"Pettiness Really Gets Petty"
154.《是我有钱日》/"Those Days When I Had Money"
155.《人生一百年》/"For the Hundred Years of Human Life"
156.《教汝数般事》/"I'll Tell You a Thing or Two"
157.《寒山多幽奇》/"Cold Mountain Has So Many Wonders"
158.《有树先林生》/"A Tree Grew Here before the Grove"
159.《寒山有裸虫》/"On Cold Mountain There's a Naked Bug"
160.《有人畏白首》/"Some People Fear a White Head"

161.《昔时可可贫》/“A Trifle Poor in the Past”

162.《可贵天然物》/“This Rare and Heavenly Creature”

163.《余家有一窟》/“I Have a Single Cave”

164.《男儿大丈夫》/“Boys and Grown-up Men”

165.《闲自访高僧》/“Idle I Called on an Eminent Monk”

166.《闲游华顶上》/“Nothing to Do I Climbed Flower Peak”

167.《寒山有一宅》/“Cold Mountain Owns a House”

168.《侬家暂下山》/“One Day I Left the Mountains”

169.《一自遁寒山》/“Since I Escaped to Cold Mountain”

170.《我见世间人》/“The People I See in This World”

171.《自闻梁朝日》/“Long Ago During Liang Times”

172.《吁嗟贫复病》/“I'm Poor Alas and I'm Sick”

173.《养女畏太多》/“Raise Girls but Not Too Many”

174.《秉志不可卷》/“A Resolute Will Can't Be Rolled Up”

175.《以我栖迟处》/“The Place Where I've Retired”

176.《忆昔遇逢处》/“I Recall the Places I've Been”

177.《报汝修道者》/“Hey You Followers of the Way”

178.《去年春鸟鸣》/“When Birds Sang This Spring”

179.《多少天台人》/“How Many Tientai People”

180.《一住寒山万事休》/“I Reached Cold Mountain and All Cares Stopped”

181.《可惜百年屋》/“A Pitiful Hundred-Year House”

182.《精神殊爽爽》/“No Matter How Lofty Your Spirit”

183.《笑我田舍儿》/“They Laugh at Me Hey Farm Boy”

184.《买肉血聒聒》/“Buy Meat with Blood Still Dripping”

185.《千生万死何时已》/“When Will the Treadmill of Life and Death Stop”

186.《心神用尽为名利》/“Exhaust Your Mind for Profit and Fame”

187.《世间何事最堪嗟》/“What Is the Saddest Thing in the World”

188.《客难寒山子》/“Someone Sighed Cold Mountain Sir”

189.《从生不往来》/“Live without Making Visits”

190.《一瓶铸金成》/“One Bottle Is Cast in Gold”

191.《丹丘迥耸与云齐》/“The Cinnabar Hills Rise Up to the Clouds”

192.《余见僧繇性希奇》/“Seng-yao I Hear Was a Talented Man”

193.《久住寒山凡几秋》/"How Many Falls Have I Spent on Cold Mountain"

194.《众星罗列夜深明》/"The Multitude of Stars Is the Late Night's Light"

195.《老病残年百有余》/"Old and Sick Final Years Over a Hundred"

196.《摧残荒草庐》/"Fire and Smoke Raged Within"

197.《有身与无身》/"Is There a Self or Not"

198.《昨见河边树》/"I Saw Some Trees by the River"

199.《千年石上古人踪》/"On Ancient Rocks Are Ancient Tracks"

200.《怜底众生病》/"The Unfortunate Human Disorder"

201.《读书岂免死》/"Reading Won't Save Us from Death"

202.《我见瞒人汉》/"I See Someone Deceiving Others"

203.《寒山顶上月轮孤》/"Above Cold Mountain the Moon Shines Alone"

204.《我向前溪照碧流》/"Down to the Stream to Watch the Jade Flow"

205.《我家本住在寒山》/"My True Home Is on Cold Mountain"

206.《世人何事可吁嗟》/"What Is It About People That Makes Me Sigh"

207.《余家本住在天台》/"The Tientai Mountains Are My Home"

208.《不见朝垂露》/"We Don't See the Dew from This Morning"

209.《水清澄澄莹》/"When Water Is So Clear It Sparkles"

210.《说食终不饱》/"Talking About Food Won't Make You Full"

211.《可畏轮回苦》/"The Suffering of the Wheel Is Relentless"

212.《可畏三界轮》/"The Three-Spoked Wheel Is Relentless"

213.《昨日游峰顶》/"I Hiked Yesterday to the Summit"

214.《自古多少圣》/"How Many Ancient Sages"

215.《我闻天台山》/"I Have Heard on Mount Tientai"

216.《养子不经师》/"A Child Who Doesn't Have a Teacher"

217.《徒闭蓬门坐》/"I Close My Overgrown Door in Vain"

218.《时人见寒山》/"People Who Meet Cold Mountain"

219.《自在白云间》/"People Who Wander Among Clouds"

220.《我在村中住》/"As Long as I Stay in the Village"

221.《死生元有命》/"Birth and Death Are Decreed"

222.《国以人为本》/"A State Relies on People"

223.《众生不可说》/"People Can't Explain"

224.《自乐平生道》/"I Enjoy the Simple Path"

225.《大海水无边》/"The Great Sea Has No Limit"
226.《自见天台顶》/"I See Tientai Summit"
227.《三五痴后生》/"Four or Five Dumb Upstarts"
228.《心高如山岳》/"His Mind Is Like a Great Peak"
229.《如许多宝贝》/"All of You Are Priceless Gems"
230.《我见凡愚人》/"All I See Are Fools"
231.《劝你三界子》/"Children of the Triple World"
232.《三界人蠢蠢》/"The Three Worlds Swarm with People"
233.《人生在尘蒙》/"Our Lives Are Circumscribed by Dust"
234.《寒山出此语》/"Cold Mountain Speaks These Words"
235.《寄语诸仁者》/"Here's a Message for the Faithful"
236.《世有一般人》/"There Exists One Type of Person"
237.《常闻释迦佛》/"They Say When Shakyamuni"
238.《常闻国大臣》/"We Hear About the Ministers of State"
239.《上人心猛利》/"The Superior Man's Mind Is Terribly Sharp"
240.《我有六兄弟》/"I Have Six Brothers"
241.《我见世间人》/"I See People Everywhere"
242.《有鸟五色彣》/"I See a Bird of Five Colors"
243.《昔日极贫苦》/"I Was So Poor in the Past"
244.《一生慵懒作》/"All My Life Too Lazy to Work"
245.《我见出家人》/"The Homeless People I Know"
246.《昨到云霞观》/"I Recently Hiked to a Temple in the Clouds"
247.《余家有一宅》/"In This Village Is a House"
248.《传语诸公子》/"Here's a Poem for You Young Lords"
249.《何以长惆怅》/"Why Am I So Troubled"
250.《褴缕关前业》/"Your Rags Are Due to Your Past Deeds"
251.《我见黄河水》/"I See the Yellow River"
252.《二仪既开辟》/"His Two Aspects Are Open and Shut"
253.《余劝诸稚子》/"Children I Implore You"
254.《可叹浮生人》/"Sad Creatures of a Transient Existence"
255.《时人寻云路》/"People Search for Cloud Roads"
256.《寒山栖隐处》/"Where Cold Mountain Dwells in Peace"
257.《五岳俱成粉》/"The Five Peaks Turn to Dust"
258.《无衣自访觅》/"Get Your Own Clothes If You're Cold"

259.《自羡山间乐》/"I Love the Joys of the Mountains"
260.《我见转轮王》/"Imagine a King-of-the-Wheel"
261.《平野水宽阔》/"The Floodplain River Is Wide"
262.《我见世间人》/"All the People I See"
263.《迥耸霄汉外》/"Rising Beyond the Sky"
264.《盘陀石上坐》/"I Sit on Top of a Boulder"
265.《隐士遁人间》/"When Hermits Hide from Society"
266.《寄语食多汉》/"Here's Some Advice for Meat-Eating People"
267.《自从出家后》/"Ever Since I Left Home"
268.《五言五百篇》/"My Five-Word Poems Number Five Hundred"
269.《世事何悠悠》/"Daily Concerns Are Endless"
270.《常闻汉武帝》/"Emperor Wu of the Han They Say"
271.《忆得二十年》/"I Recall Twenty Years Ago"
272.《语你出家辈》/"Hey You People Who Leave Home"
273.《又见出家儿》/"Again I See Those Who Leave Home"
274.《寒岩深更好》/"Cold Cliff's Remoteness Is What I Like"
275.《本志慕道伦》/"I've Always Loved Friends of the Way"
276.《元非隐逸士》/"You're Not Really Hermits"
277.《自古诸哲人》/"Among the Sages of the Past"
278.《今日岩前坐》/"Today I Sat before the Cliffs"
279.《千云万水间》/"Amid a Thousand Clouds and Streams"
280.《劝你休去来》/"Stop Right Now I Implore You"
281.《世间一等流》/"There Exists One Type of Person"
282.《高高峰顶上》/"From a Lofty Mountain Peak"
283.《有个王秀才》/"Mister Wang the Graduate"
284.《我住在村乡》/"I Live in the Countryside"
285.《寒山出此语》/"Cold Mountain Speaks These Words"
286.《我见人转经》/"I See People Chanting Sutras"
287.《寒山唯白云》/"Cold Mountain Is Nothing but Clouds"
288.《鹿生深林中》/"Deer Live Deep in the Forest"
289.《花上黄莺子》/"An Oriole on a Flowering Branch"
290.《栖迟寒岩下》/"Relaxing Below Cold Cliff"
291.《昔日经行处》/"Here Where I Once Stayed"
292.《我见利智人》/"The Quick-Thinking People I Meet"

293.《身着空花衣》/“Dressed in Sky-Flower Clothes”
294.《君看叶里花》/“Look at the Flower Among the Leaves”
295.《纵你居犀角》/“Go Ahead Stockpile Rhino Horn”
296.《为人常吃用》/“As Humans We Have Needs”
297.《寒山无漏岩》/“Cold Mountain Is a Leakproof Cliff”
298.《沙门不持戒》/“Buddhist Monks Don't Keep Their Precepts”
299.《有人笑我诗》/“People Laugh About My Poems”
300.《寒山道》/“On Cold Mountain Road”
301.《寒山寒》/“Cold Mountain Is So Cold”
302.《我居山》/“The Mountain I Live On”
303.《寒山深》/“Cold Mountain's Remoteness”
304.《重岩中》/“Among High Cliffs”
305.《寒山子》/“The Sage of Cold Mountain”
306.《我见世间人》/“All the People I See”
307.《家有寒山诗》/“Whoever Has Cold Mountain's Poems”

丰干诗/The Poems of Big Stick(Feng-kan)

1.《余自来天台》/“I Have Been to Tientai”
2.《兀兀沈浪海》/“Sinking Like a Rock in the Sea”
3.《寒山特相访》/“Whenever Cold Mountain Stops to Visit”
4.《本来无一物》/“Actually There Isn't a Thing”

拾得诗/The Poems of Pickup(Shih-te)

1.《自从到此天台寺》/“Since I Came to Tientai Temple”
2.《君不见》/“Doesn't Anyone See”
3.《我见顽钝人》/“I See Someone Short on Sense”
4.《君见月光明》/“Behold the Glow of the Moon”
5.《余住无方所》/“I Live in a Place Without Limits”
6.《左手握骊珠》/“The Black Dragon Pearl in His Left Hand”
7.《般若酒泠泠》/“The Wine of Wisdom Is So Cold”
8.《诸佛留藏经》/“Buddhas Leave Behind Sutras”
9.《嗟见世间人》/“Worldly People Make Me Sigh”
10.《出家要清闲》/“People Who Leave Home Want to Be Free”
11.《养儿与娶妻》/“A Son Demands a Wife”

12.《得此分段身》/“Take These Mortal Incarnations”
13.《佛哀三界子》/“Buddhas Care for Mortal Beings”
14.《佛舍尊荣乐》/“The Buddha Forsook the Joys of Rank”
15.《嗟见世间人》/“I Sigh When I See Worldly People”
16.《我诗也是诗》/“My Poems Are Poems Alright”
17.《有偈有千万》/“I Have Millions of Gathas”
18.《世间亿万人》/“The World Has Billions of People”
19.《男女为婚嫁》/“When Men and Women Marry”
20.《世上一种人》/“There Exists One Type of Person”
21.《我劝出家辈》/“I Advise the Monks I Meet”
22.《寒山自寒山》/“Cold Mountain Is a Cold Mountain”
23.《从来自拾得》/“I Was Pickup from the First”
24.《若解捉老鼠》/“Who Knows How to Catch Rats”
25.《运心常宽广》/“Keeping Your Mind Wide-Open”
26.《猕猴尚教得》/“Even Monkeys Can Be Taught”
27.《自笑老夫筋力败》/“Partial to Pine Cliffs and Lonely Trails”
28.《踯躅一群羊》/“A Flock of Timid Sheep”
29.《银星钉称衡》/“Silver Stars Dot the Beam”
30.《闭门私造罪》/“Committing Crimes Behind Closed Doors”
31.《无去无来本湛然》/“Not Waxing or Waning Essentially Still”
32.《三界如转轮》/“The Triple World Is a Turning Wheel”
33.《闲入天台洞》/“We Slip Into Tientai Caves”
34.《古佛路凄凄》/“The Old Buddha Road Is Deserted”
35.《各有天真佛》/“We All Possess the Buddha of Buddhas”
36.《出家求出离》/“Those Who Leave Home Leave to Be Free”
37.《常饮三毒酒》/“Drunk on Delusion Greed and Anger”
38.《悠悠尘里人》/“People Crowd By in the Dust”
39.《少年学书剑》/“A Young Man Studied Letters and Arms”
40.《云山叠叠几千重》/“Past Thousands of Layers of Mountains and Clouds”
41.《后来出家子》/“Those Who Leave Home Nowadays”
42.《若论常快活》/“If You Wonder Who Stays Happy”
43.《我见出家人》/“By and Large the Monks I Meet”
44.《嗟见多知汉》/“I Sigh When I See Learned Men”

45.《迢迢山径峻》/“Up High the Trail Turns Steep”

46.《松月冷飕飕》/“The Pine Moon Looks So Cold”

47.《世有多解人》/“The World Has Its Know-It-Alls”

48.《水浸泥弹丸》/“For a Mud Ball Dropped in Water”

49.《可笑是林泉》/“Woods and Springs Make Me Smile”

***The Clouds Should Know Me by Now* (1998)**

《云已知我心：中国佛教诗僧选》

Han-shan Te-ch'ing (1998)

1.《祇园借得一枝安》/“In Jetavana Park I Found a Place to Rest”

2.《雪压衡门夜拥炉》/“Snow Besieges My Plank Door I Crowd the Stove at Night”

3.《灌木丛中一小庵》/“A Tiny Hut in a World of Plants”

4.《形如枯木念如灰》/“My Body Is Like Deadwood My Thoughts Are Like Ashes”

5.《身心放下有余闲》/“I Let Mind and Body Go and Gained a Life of Freedom”

6.《寒灯独照影微微》/“A Solitary Winter Lantern Casts a Feeble Shadow”

7.《寒威入骨千峰雪》/“Bone-Chilling Snow on a Thousand Peaks”

8.《百千世界空华影》/“A Hundred Thousand Worlds Are Flowers in the Sky”

9.《地炉无火石床寒》/“The Fire Pit Is Cold the Stone Bed Like Ice”

10.《四围嘉树影扶疏》/“The Shade of Noble Trees Spreads in All Directions”

11.《寒雨潇潇风满林》/“A Hard Cold Rain A Forest of Wind”

12.《夜深独坐事枯禅》/“Late at Night I Sit Alone and Work on Deadwood Zen”

13.《雪满乾坤万象新》/“Snow Covers Earth and Sky Everything Is New”

14.《平湖冷浸菱荷衣》/“Flat Lake Cold Penetrates Water-Lily Clothes”

15.《雪拥柴扉独坐时》/“Snow Obstructs My Brushwood Door with Me Inside Alone”

16.《春过人日雪初晴》/“Spring Has Come Again The Snow Has Finally

Stopped”

17.《云开四野动春光》/“Clouds Release the Hillsides and Wake the Scenes of Spring”

18.《一片云封万壑松》/“A Single Cloud Envelops Ten-Thousand Streamside Pines”

19.《春深雨过落花飞》/“After Late Spring Rain The Falling Petals Swirl”

20.《信步腾腾任所从》/“I Follow My Impulsive Feet Wherever They Might Go”

21.《麋鹿空山孰可从》/“Who Can Be a Wild Deer Among Deserted Mountains”

22.《垂垂白发对青山》/“My Long White Hair Is Framed by Green Mountains”

23.《青山不动自如如》/“The Mountains Stand Unmoving Just the Way They Are”

24.《万峰深处独跏趺》/“Deep Among Ten Thousand Peaks I Sit Alone Cross-Legged”

25.《睡起呼童旋煮茶》/“I Wake Up a Novice and Ask Him to Make Tea”

26.《倦倚虚窗坐看山》/“Resting at My Open Window I Gaze Out at Mountains”

27.《月色松声总见闻》/“Moonlight and the Sound of Pines Are Things We Know”

28.《平湖秋水浸寒空》/“Flat Lake's Autumn Water Merges with the Winter Sky”

Poems of the Masters (2003)

《千家诗》

PART ONE

1.《春晓》/“Spring Dawn”

2.《访袁拾遗不遇》/“Calling on Censor Yuan Without Success”

3.《送郭司仓》/“Seeing Off Supply Director Kuo”

4.《洛阳道》/“The Roads of Loyang”

5.《独坐敬亭山》/“Sitting Alone on Chingting Mountain”

6.《登鹳雀楼》/“Climbing White Stork Tower”

7.《观永乐公主入蕃》/"On Seeing Princess Yung-lo Leave for Manchuria"

8.《春怨》/"Spring Complaint"

9.《左掖梨花》/"A Pear Blossom in the East Wing"

10.《思君恩》/"On Thinking of My Lord's Grace"

11.《题袁氏别业》/"On Mister Yuan's Country Retreat"

12.《夜送赵纵》/"Seeing Off Chao Tsung at Night"

13.《竹里馆》/"Bamboo Retreat"

14.《送朱大入秦》/"Seeing Off Chu Ta Leaving for Ch'in"

15.《长干行》/"Ballad of Changkan"

16.《咏史》/"Ode to the Past"

17.《罢相作》/"Resigning as Minister"

18.《逢侠者》/"On Meeting a Chivalrous Man"

19.《江行望匡庐》/"Traveling on the Yangtze"

20.《答李浣》/"In Reply to Li Huan"

21.《秋风引》/"Ode to the Autumn Wind"

22.《秋夜寄丘员外》/"To Secretary Ch'iu on an Autumn Night"

23.《秋日》/"Autumn Day"

24.《秋日湖上》/"Autumn Day on the Lake"

25.《宫中题》/"Written in the Palace"

26.《寻隐者不遇》/"Looking for a Recluse without Success"

27.《汾上惊秋》/"Surprised by Autumn on the Fen"

28.《蜀道后期》/"Delayed on the Szechuan Road"

29.《静夜思》/"Thoughts on a Quiet Night"

30.《秋浦歌》/"Chiupu River Song"

31.《赠乔侍御》/"To Vice Censor Ch'iao"

32.《答武陵太守》/"In Reply to the Prefect of Wuling"

33.《行军九日思长安故园》/"Thinking of My Home in Ch'ang-an While Traveling with the Army on the Ninth"

34.《婕妤怨》/"A Concubine's Lament"

35.《题竹林寺》/"Written at Chulin Temple"

36.《三闾大夫庙》/"Passing the Shrine to the Master of the Three Gates"

37.《易水送别》/"Saying Goodbye on the Yi River"

38.《别卢秦卿》/"Saying Goodbye to Lu Ch'in-ch'ing"

39.《答人》/"In Reply"

PART TWO

1.《幸蜀回至剑门》/"Reaching Sword Gate Pass After Touring the Land of Shu"

2.《和晋陵陆丞相》/"Replying to a Poem by Prime Minister Lu of Chinling"

3.《蓬莱三殿侍宴奉敕咏终南山》/"At an Imperial Banquet in Penglai Hall Offering Praise for the Chungnan Mountains"

4.《春夜别友人》/"Parting from a Friend on a Night in Spring"

5.《长宁公主东庄侍宴》/"Attending a Banquet at Princess Ch'ang-ning's Eastern Estate"

6.《恩赐丽正殿书院赐宴应制得林字》/"Given the Word "Forest" by His Majesty at the Licheng Palace Library Banquet"

7.《送友人》/"Seeing off a Friend"

8.《送友人入蜀》/"Seeing off a Friend Leaving for Shu"

9.《次北固山下》/"Stopping at Peiku Mountain"

10.《苏氏别业》/"Mister Su's Country Retreat"

11.《春宿左省》/"Staying Overnight at the Chancellery in Spring"

12.《题玄武禅师屋壁》/"Painted on the Wall of Master Hsuan-wu's Room"

13.《终南山》/"The Chungnan Mountains"

14.《寄左省杜拾遗》/"To Censor Tu at the Chancellery"

15.《登总持阁》/"On Climbing Tsungchih Pagoda"

16.《登兖州城楼》/"Climbing Yenchou Tower"

17.《送杜少府之任蜀州》/"On Deputy Prefect Tu Taking up a Post in Shuchou"

18.《送崔融》/"Seeing off Ts'ui Jung"

19.《扈从登封途中作》/"The Imperial Entourage on the Road from Tengfeng"

20.《题义公禅房》/"Written on the Wall of Master Yi's Meditation Hut"

21.《醉后赠张旭》/"To Chang Hsu after Drinking"

22.《玉台观》/"Jade Terrace Temple"

23.《观李固请司马弟山水图》/"On Seeing a Landscape Painted by My Commissioner Cousin for Li Ku"

24.《旅夜书怀》/"Recording My Thoughts While Traveling at Night"

25.《登岳阳楼》/"Climbing Yueyang Tower"

26.《江南旅情》/"Traveling South of the Yangtze"

27.《宿龙兴寺》/"Spending the Night at Lunghsing Temple"

28.《破山寺后禅院》/"The Meditation Hall Behind Poshan Temple"

29.《题松汀驿》/"Written at the Sungting Relay Station"

30.《圣果寺》/"Shengkuo Temple"

31.《野望》/"Gazing across the Countryside"

32.《送别崔著作东征》/"Seeing off Editor Ts'ui Marching East"

33.《陪诸公子丈八沟携妓纳凉晚际遇雨(一)》/"Encountering Rain at Changpa Reservoir One Evening While Enjoying a Cool Breeze with Rich Young Men and Their Singsong Girls—I"

34.《陪诸公子丈八沟携妓纳凉晚际遇雨(二)》/"Encountering Rain at Changpa Reservoir One Evening While Enjoying a Cool Breeze with Rich Young Men and Their Singsong Girls—II"

35.《宿云门寺阁》/"Spending the Night at Yunmen Temple Pavilion"

36.《秋登宣城谢朓北楼》/"Climbing Hsieh T'iao's North Tower in Hsuancheng in Autumn"

37.《临洞庭湖赠张丞相》/"Overlooking Tungting Lake—For Prime Minister Chang"

38.《过香积寺》/"Passing Hsiangchi Temple"

39.《送郑侍御谪闽中》/"For Censor Cheng on Being Banished to Fukien"

40.《秦州杂诗》/"Miscellaneous Poem at Chinchou"

41.《禹庙》/"Shrine to Yu the Great"

42.《望秦川》/"Gazing at the Valley of Ch'in"

43.《同王征君洞庭有怀》/"Commiserating with Gentleman-in-Waiting Wang on Tungting Lake"

44.《渡扬子江》/"Crossing the Yangtze"

45.《幽州夜饮》/"Drinking at Night in Yuchou"

PART THREE

1.《春日偶成》/"Casual Poem on a Spring Day"

2.《春日》/"Spring Day"

3.《春宵》/"Spring Night"

4.《城东早春》/"Early Spring East of Town"
5.《春夜》/"Spring Night"
6.《初春小雨》/"Light Rain in Early Spring"
7.《元日》/"New Year's Day"
8.《上元侍宴》/"Attending a Banquet on the Great Beginning"
9.《立春偶成》/"Occasional Poem on the Arrival of Spring"
10.《打球图》/"On a Painting of Playing Football"
11.《宫词(一)》/"Palace Ode—I"
12.《宫词(二)》/"Palace Ode—II"
13.《咏华清宫》/"In Praise of Huaching Palace"
14.《清平调》/"Chingping Ode"
15.《题邸间壁》/"Written on the Wall of an Inn"
16.《绝句》/"Quatrain"
17.《海棠》/"Begonia"
18.《清明》/"Grave Sweeping Day"
19.《清明》/"Chingming"
20.《社日》/"Festival Day"
21.《寒食》/"Cold Food"
22.《江南春》/"Chiangnan Spring"
23.《上高侍郎》/"For Gentleman-in-Attendance Kao"
24.《绝句》/"Quatrain"
25.《游园不值》/"Visiting a Private Garden without Success"
26.《客中行》/"Traveling Away from Home"
27.《题屏》/"Written on a Screen"
28.《漫兴》/"Inspired"
29.《庆全庵桃花》/"The Peach Blossoms of Chingchuan Hermitage"
30.《玄都观桃花》/"The Peach Blossoms of Hsuantu Temple"
31.《再游玄都观》/"Visiting Hsuantu Temple Again"
32.《滁州西涧》/"Chuchou's West Stream"
33.《花影》/"Flower Shadows"
34.《北山》/"North Mountain"
35.《湖上》/"On the Lake"
36.《漫兴》/"Inspired"
37.《春晴》/"Spring Clearing"

38.《春暮》/"Late Spring"
39.《落花》/"Falling Flowers"
40.《春暮游小园》/"Visiting a Private Garden in Late Spring"
41.《莺梭》/"The Oriole Shuttle"
42.《暮春即事》/"Events of Late Spring"
43.《登山》/"Climbing a Mountain"
44.《蚕妇吟》/"Lament of the Silkmaid"
45.《晚春》/"Late Spring"
46.《伤春》/"Spring Lament"
47.《送春》/"Seeing off Spring"
48.《三月晦日送春》/"Seeing off Spring on the Last Day of April"
49.《客中初夏》/"Away from Home at the Beginning of Summer"
50.《约客》/"Waiting for a Friend"
51.《初夏睡起》/"Waking up in Early Summer"
52.《三衢道中》/"On the Sanchu Road"
53.《即景》/"Impressions"
54.《初夏游张园》/"Visiting Chang's Garden at the Beginning of Summer"
55.《鄂州南楼书事》/"Written at the South Tower of Ochou"
56.《山亭夏日》/"A Mountain Pavilion on a Summer Day"
57.《四时田园杂兴》/"A Farm Family"
58.《乡村四月》/"Village Events"
59.《题榴花》/"On the Pomegranate Flower"
60.《村晚》/"Village Dusk"
61.《书湖阴先生壁》/"Written on Mister Lakeshade's Wall"
62.《乌衣巷》/"Black Robe Lane"
63.《送元二使安西》/"Seeing off Yuan Er on a Mission to Anhsi"
64.《黄鹤楼闻笛》/"On Yellow Crane Tower Hearing a Flute"
65.《题淮南寺》/"Written at Huainan Temple"
66.《七夕》/"The Seventh Night"
67.《秋月》/"Autumn Moon"
68.《立秋》/"Autumn at the Gate"
69.《秋夕》/"Autumn Evening"
70.《中秋月》/"Mid-Autumn Moon"

71.《江楼有感》/“Reflections at a River Tower”

72.《题临安邸》/“Written at an Inn in Linan”

73.《晓出净慈寺送林子方》/“At Chingtzu Temple Seeing off Lin Tzu-fang at Dawn”

74.《饮湖上初晴后雨》/“Drinking on the Lake As It Clears Then Rains”

75.《入直召对选德殿赐茶而退》/“Retiring after Attending a Tea at Hsuante Palace”

76.《夏日登车盖亭》/“Climbing to Canopy Pavilion on a Summer Day”

77.《直玉堂作》/“Written While Serving at Jade Hall”

78.《竹楼》/“Written at Secretary Wang's Bamboo Tower”

79.《直中书省》/“Serving in the Secretariat”

80.《观书有感》/“Reflections While Reading—I”

81.《观书有感》/“Reflections While Reading—II”

82.《冷泉亭》/“Cold Spring Pavilion”

83.《赠刘景文》/“For Liu Ching-wen”

84.《枫桥夜泊》/“Anchored Overnight at Maple Bridge”

85.《寒夜》/“Winter Night”

86.《霜月》/“The Frost and the Moon”

87.《梅》/“The Plum”

88.《早春》/“Early Spring”

89.《雪梅(一)》/“The Snow and the Plum—I”

90.《雪梅(二)》/“The Snow and the Plum—II”

91.《牧童》/“Herdboy”

92.《泊秦淮》/“Anchored Overnight on the Chinhuai”

93.《归雁》/“On Geese Turning Back”

94.《题壁》/“Written on a Wall”

PART FOUR

1.《早朝大明宫》/“Morning Court at the Taming Palace”

2.《和贾舍人早朝大明宫》/“Responding to Secretary Jia Zhi's ‘Morning Court at the Taming Palace’”

3.《和贾舍人早朝大明宫》/“Responding to Secretary Jia Zhi's ‘Morning Court at the Taming Palace’”

4.《和贾舍人早朝大明宫》/“Responding to Secretary Jia Zhi's ‘Morning

Court at the Taming Palace'"

5.《上元应制》/"On Lantern Festival at Imperial Request"

6.《上元应制》/"On Lantern Festival at Imperial Request"

7.《侍宴安乐公主新宅应制》/"Attending a Banquet at the New Residence of Princess An-lo"

8.《戏答元珍》/"In Reply to Ting Yuan-chen"

9.《插花吟》/"Flower Garland Song"

10.《寓意》/"Private Thoughts"

11.《寒食书事》/"Cold Food"

12.《清明》/"Chingming"

13.《清明日对酒》/"Drinking Wine on Grave Sweeping Day"

14.《郊行即事》/"Strolling outside Town"

15.《秋千》/"The Swing"

16.《曲江(一)》/"While Drinking at the Qujiang Waterway—I"

17.《曲江(二)》/"While Drinking at the Qujiang Waterway—II"

18.《黄鹤楼》/"Yellow Crane Tower"

19.《旅怀》/"A Traveler's Thoughts on a Spring Evening"

20.《答李儋无锡》/"In Reply to Li Dan"

21.《江村》/"River Village"

22.《夏日》/"Summer Day"

23.《积雨辋川庄作》/"Written at My Wang River Retreat after a Steady Rain"

24.《东湖新竹》/"New Bamboo at East Lake"

25.《夏夜宿表兄话旧》/"Spending a Summer Night with My Cousin Talking about the Past"

26.《秋日偶成》/"Occasional Poem on an Autumn Day"

27.《游月陂》/"Visiting Crescent Pond"

28.《秋兴》/"Autumn Inspiration—I"

29.《秋兴》/"Autumn Inspiration—II"

30.《秋兴(三)》/"Autumn Inspiration—III"

31.《秋兴(四)》/"Autumn Inspiration—IV"

32.《月夜舟中》/"Aboard a Boat on a Moonlit Night"

33.《长安秋望》/"Autumn Longing in Ch'ang-an"

34.《新秋》/"Early Autumn"

35.《中秋》/"Mid-Autumn"

36.《九日蓝田崔氏庄》/"At Mister Ts'ui's Villa in Lantian on the Ninth"

37.《秋思》/"Autumn Thoughts"

38.《南邻》/"For Hermit Zhu, My Neighbor to the South"

39.《闻笛》/"Hearing a Flute"

40.《冬景》/"Winter Scene"

41.《小至》/"Winter Solstice Eve"

42.《山园小梅》/"How Plum Flowers Embarrass a Garden"

43.《左迁至蓝关示侄孙湘》/"For My Nephew, Hsiang, on My Demotion and Arrival at Languan Pass"

44.《干戈》/"Spears and Shields"

45.《归隐》/"Returning to My Retreat"

46.《山中寡妇》/"A Mountain Widow"

In Such Hard Times: The Poetry of Wei Ying-wu (2009)

《世难：韦应物诗集》

1.《九日》/"The Ninth"

PART ONE Loyang

2.《广德中洛阳作》/"Written in Loyang During the Kuangte Period"

3.《趋府候晓呈两县僚友》/"Hurrying to the Prefect's Dawn Audience: for My Colleagues in Two Counties"

4.《酬豆卢仓曹题库壁见示》/"Written for All to See on the Supply Section Wall in Reply to Supply Administrator Tou-Lu"

5.《期卢嵩枉书称日暮无马不赴以诗答》/"Waiting for Lu Hao, Who Writes Saying He Can't Come Because the Day Is Late and He Has No Horse, I Send This Poem in Reply"

6.《同德寺阁集眺》/"Looking out together from Tungte Temple Pagoda"

7.《燕李录事》/"Entertaining Adjutant Li"

8.《示从子河南尉班并序》/"For My Nephew Wei Pan in the Office of the Honan County Government"

9.《任洛阳丞请告》/"Asking to Resign as Deputy Magistrate of Loyang"

10.《任洛阳丞答前长安田少府问》/"In Reply to District Defender of Ch'ang-an, T'ien Wen, While Serving as Deputy Magistrate of Loyang"

11.《赠李儋》/"For Li Tan"

12.《早春对雪寄前殿中元侍御》/"Facing Snow in Early Spring: to Former Palace Censor Yuan"

13.《假中枉卢二十二书亦称卧疾兼讶李二久不访问以诗答书以戏李二》/"On a Leave of Absence, I Receive Word from Lu Twenty-Two, Who Claims He Is Ill in Bed and Surprised Li Two Hasn't Visited in Such a Long Time. I Reply with a Poem and Poke Fun as Li Two"

14.《答李浣三首》/"In Reply to Li Huan"

15.《自巩洛舟行入黄河即事寄府县僚友》/"Going Down the Lo by Boat from Kunghsien into the Yellow River: to My Colleagues in the Prefecture and County Governments"

16.《淮上遇洛阳李主簿》/"Meeting Secretary Li of Loyang on the Huai River"

17.《初发扬子寄元大校书》/"Leaving the Yangtze: to Secretary Yuan Ta"

18.《和李二主簿寄淮上綦毋三》/"Following Secretary Li Two's Rhyme: to Ch'i-wu Three on the Huai"

19.《送元仓曹归广陵》/"Seeing off Quartermaster Yuan Returning to Kuangling"

20.《李五席送李主簿归西台》/"On Li Wu-hsi Seeing off Secretary Li to the Western Terrace"

21.《赋得鼎门送卢耿赴任》/"On Tripod Gate, While Seeing off Lu Keng to His Next Assignment"

22.《经少林精舍，寄都邑亲友》/"Passing Shaolin Hermitage: to Friends in the Capital"

23.《送张侍御秘书江左觐省》/"Seeing off Censor Chang of the Palace Library Leaving for Chiangtso to Care for His Parents"

24.《赋得浮云起离色，送郑述诚》/"On Drifting Clouds and Signs of Separation While Seeing off Cheng Shu-ch'eng"

25.《春中忆元二》/"Remembering Yuan Er in Spring"

26.《游龙门香山泉》/"Visiting Hsiangshan Springs at Lungmen"

27.《赠王侍御》/"For Censor Wang"

28.《休假日访王侍御不遇》/"On My Day off Visiting Censor Wang and Finding Him Gone"

29.《送郑长源》/"Seeing off Cheng Ch'ang-yuan"

30.《送洛阳韩丞东游》/"Seeing off Magistrate Han of Loyang on His

Trip East"

31.《假中对雨，呈县中僚友》/"On Leave and Watching the Rain: to My Colleagues in the County Government"

32.《同德寺雨后，寄元侍御、李博士》/"At Tungte Temple after a Rain: to Censor Yuan and Professor Li"

33.《同德阁期元侍御、李博士不至，各投赠二首》/"After Waiting for Censor Yuan and Professor Li at Tungte Temple, When Neither Arrives, I Send Each a Poem"

PART TWO Ch'ang-an

34.《陪元侍御春游》/"Accompanying Censor Yuan on an Outing in Spring"

35.《送榆次林明府》/"Seeing off District Magistrate Lin to Yutzu"

36.《送汾城王主簿》/"Seeing off Secretary Wang to Fencheng"

37.《送别覃孝廉》/"Seeing off Candidate T'an"

38.《高陵书情，寄三原卢少府》/"In Kaoling Describing My Feelings to Commandant Lu of Sanyuan"

39.《登宝意寺上方旧游》/"Climbing to the Upper Section of Paoyi Temple, Which I Visited before"

40.《石鼓歌》/"Song of the Stone Drums"

41.《月夜会徐十一草堂》/"On a Moonlit Night Meeting at Hsu Eleven't Thatched Hut"

42.《蓝岭精舍》/"Lanling Hermitage"

43.《采玉行》/"Jade Diggers Ballad"

44.《赠冯着》/"For Feng Chu"

45.《长安遇冯着》/"Meeting Feng Chu in Ch'ang-an"

46.《送渑池崔主簿》/"Seeing off Secretary Ts'ui to Mienchih"

47.《酒肆行》/"Ballad of the Wineshop"

48.《夜偶诗客操公作》/"Composed upon Meeting the Poet, Master Ts'ao, at Night"

49.《移疾会诗客元生与释子法朗，因贻诸祠曹》/"Having Requested Time off Due to Illness, I Meet the Poet Yuan-sheng and the Monk Fa-lang and Accordingly Send This to My Colleagues"

50.《信州录事参军常曾古鼎歌》/"Song on the Ancient Tripod of Administrative Supervisor Ch'ang Tseng of Hsinchou"

51.《使云阳寄府曹》/“On a Mission to Yunyang：to the Prefecture Staff”

52.《伤逝》/“Lamenting My Loss”

53.《往富平伤怀》/“Grieving on the Way to Fuping”

54.《出还》/“Returning Home after a Trip”

55.《送终》/“The Funeral”

56.《任鄠令渼陂游眺》/“Letting My Eyes Roam at Mei Reservoir While Serving as Magistrate of Huhsien”

57.《子规啼》/“The Call of the Cuckoo”

58.《过昭国里故第》/“Passing Our Old Place in Chaokuo Quarter”

59.《昭国里第听元老师弹琴》/“Listening to Master Yuan Play the Ch'in in Chaokuo Quarter”

60.《答东林道士》/“In Reply to Taoist Master Tung-lin”

61.《再游西郊渡》/“Visiting the Ferry in the Western Suburbs Again”

62.《紫阁东林居士叔缄赐松英丸捧对忻喜所当服辄献诗代启》/“Shu-chien，Layman Tung-lin of Tzuke，Sends Me Pine Pollen Balls，Which I Am Glad to Receive-Though They Are Not Meant to Be Eaten by People in the World of Dust. I Respond with a Poem Instead of a Letter”

63.《扈亭西陂燕赏》/“Picnicking at West Reservoir in Huting”

64.《休沐东还胄贵里示端》/“Returning East to Choukuei Village on Bathing Day：for Tuan”

65.《东郊》/“East of Town”

66.《沣上西斋寄诸友》/“My Western Study on the Feng River：to My Friends”

67.《答崔主簿倬》/“In Reply to Secretary Ts'ui Cho”

68.《寺居独夜，寄崔主簿》/“Alone at Night at My Monastic Residence：to Secretary Ts'ui”

69.《闲居赠友》/“Living in Retirement：for a Friend”

70.《沣上寄幼遐》/“On the Feng River：to Yu-hsia”

71.《效陶彭泽》/“In Imitation of T'ao P'eng-ts'e”

72.《寓居沣上精舍，寄于、张二舍人》/“Living at My Hermitage on the Feng：to Imperial Secretaries Yu and Chang”

73.《答崔都水》/“In Reply to Commissioner Ts'ui”

74.《答畅校书当》/“In Reply to Gentleman-in-Attendance Ch'ang Tang”

75.《观田家》/“Watching Farmers”

76.《种瓜》/"Planting Melons"

77.《幽居》/"Living in Seclusion"

78.《园林晏起，寄昭应韩明府、卢主簿》/"Waking Late in My Garden：to Magistrate Han and Secretary Lu in Chaoying"

79.《始除尚书郎，别善福精舍》/"On Being Appointed to the Department of State Affairs and Leaving Shanfu Hermitage"

80.《答赵氏生伉》/"In Reply to My Nephew Chao K'ang"

81.《答端》/"In Reply to Tuan"

82.《夜直省中》/"Night Duty at the Department of State"

83.《忆沣上幽居》/"Recalling My Secluded Residence on the Feng"

84.《话旧》/"Talking about the Past"

PART THREE Chuchou

85.《同德精舍旧居伤怀》/"Heartbreak at Our Old Dwelling at Tungte Hermitage"

86.《逢杨开府》/"Meeting Commander Yang"

87.《大梁亭会李四栖梧作》/"Meeting Li Hsi-wu at Taliang Pavilion"

88.《夕次盱眙县》/"Stopping for the Night in Hsuyi County"

89.《淮上喜会梁川故人》/"Happily Meeting an Old Friend from Liangchuan on the Huai"

90.《淮上即事，寄广陵亲故》/"Events on the Huai：to a Dear Friend in Kuangling"

91.《扬州偶会前洛阳卢耿主簿》/"In Yangchou Unexpectedly Meeting Former Secretary Lu Keng of Loyang"

92.《赠崔员外》/"To Supernumerary Ts'ui"

93.《白沙亭逢吴叟歌》/"Song on Meeting Old Wu at White Sand Pavilion"

94.《秋夜一绝》/"Quatrain on an Autumn Night"

95.《新秋夜寄诸弟》/"New Fall Night：to My Cousins"

96.《答王郎中》/"In Reply to Director Wang"

97.《送中弟》/"Seeing off My Older Brother"

98.《郡斋感秋，寄诸弟》/"In My Prefecture Quarters Affected by Autumn：to My Cousins"

99.《冬至夜寄京师诸弟兼怀崔都水》/"Winter Solstice Night：to My Cousins in the Capital and Thinking of Director Ts'ui"

100.《元日寄诸弟兼呈崔都水》/"New Year's Day: to My Cousins and to Pass on to Commissioner Ts'ui"

101.《郡楼春燕》/"Spring Banquet in the Magistrate's Hall"

102.《春游南亭》/"Visiting Nanting Pavilion in Spring"

103.《赋得暮雨，送李胄》/"On Encountering Evening Rain While Seeing off Li Wei"

104.《社日寄崔都水及诸弟群属》/"Earth God Day: to Water Commissioner Ts'ui and My Cousins and Relatives"

105.《寄职方刘郎中》/"To Director Liu at the Bureau of Operations"

106.《赠李儋侍御》/"For Attendant Li Tan"

107.《酬柳郎中春日归扬州南郭见别之作》/"Written in Response to Court Gentleman Liu on Meeting and Parting at the South Wall on the Way Back to Yangchou on a Spring Day"

108.《寒食日寄诸弟》/"Cold Food Day: to My Cousins"

109.《三月三日寄诸弟兼怀崔都水》/"The Third Day of the Third Month: to My Cousins and Thinking of Commissioner Ts'ui"

110.《滁州西涧》/"Chuchou's West Stream"

111.《游琅琊山寺》/"Visiting Langyashan Temple"

112.《南塘泛舟会元六昆季》/"Boating on South Lake with Elder Brother Yuan Liu"

113.《寄杨协律》/"To Secretary Yang"

114.《郊园闻蝉，寄诸弟》/"In a Suburban Garden Hearing Cicades: to My Cousins"

115.《郡中对雨，赠元锡兼简杨凌》/"Rainy Day at the Prefecture Office: for Yuan Hsi and a Note to Yang Ling"

116.《答杨奉礼》/"In Reply to Vice Director for Ceremonials Yang"

117.《送杨氏女》/"Seeing off My Daughter to the Yangs"

118.《闲居寄诸弟》/"Retired Living: to My Cousins"

119.《诣西山深师》/"Visiting Master Shen on West Mountain"

120.《怀琅琊、深标二释子》/"Thinking of Master Shen and Piao on Langyashan"

121.《简恒璨》/"A Note to Heng-ts'an"

122.《郡斋赠王卿》/"From the Magistrate's Study: to Adjutant Wang"

123.《寄畅当》/"To Ch'ang Tang"

124.《登楼寄王卿》/“Climbing a Tower：to Councilor Wang”

125.《答崔都水》/“In Reply to Director Ts’ui”

126.《宿永阳寄璨律师》/“Spending the Night in Yungyang：to Vinaya Master Ts’an”

127.《始建射侯》/“Setting up the Archery Target for the First Time”

128.《京师叛乱寄诸弟》/“With the Capital in Chaos：to My Cousins”

129.《赠琮公》/“For Master Tsung”

130.《寄李儋、元锡》/“To Li Tan and Yuan Hsi”

131.《寄诸弟》/“To My Cousins”

132.《种药》/“Planting Herbs”

133.《寄恒璨》/“To Heng-ts’an”

134.《寄全椒山中道士》/“To the Taoist on Chuanchiao Mountain”

135.《登楼》/“Climbing a Tower”

136.《闻雁》/“Hearing Wild Geese”

137.《饵黄精》/“Eating Solomon’s Seal”

138.《岁日寄京师诸季端武等》/“New Year’s Day：to My Cousins, Including Tuan and Wu，in the Capital”

139.《示全真元常》/“For Ch’uan-chen and Yuan-ch’ang”

140.《简卢陟》/“Note to Lu She”

141.《西涧即事示卢陟》/“Events on West Stream：for Lu She”

142.《游溪》/“Boating on a River”

PART FOUR Chiangchou & Suchou

143.《始至郡》/“On First Reaching This Prefecture”

144.《登郡楼寄京师诸季、淮南子弟》/“Climbing the City Tower：to My Cousins in the Capital and My Nephews in Huainan”

145.《登蒲塘驿沿路见泉谷村墅忽想京师旧居追怀昔年》/“Leaving Putang Post Station and Seeing the Famsteads of Chuanku Village along the Way，I Suddenly Think of My Old Home in the Capital and Recall the Bygone Years”

146.《山行积雨、归途始霁》/“Mounting up to Go Back after Traveling in the Mountains in Heavy Rain”

147.《送王校书》/“Seeing off Secretary Wang”

148.《寄黄刘二尊师》/“To Masters Huang and Liu”

149.《因省风俗、访道士侄不见，题壁》/“While Observing Local

Custons, I Visit My Taoist Nephew without Success and Write This on His Wall"

150.《春思》/"Spring Thoughts"

151.《寒食寄京师诸弟》/"Cold Food Days: to My Cousins in the Capital"

152.《寻简寂观瀑布》/"Looking for Chienchi Temple Waterfall"

153.《题郑弘宪侍御遗爱草堂》/"Written on Censor Cheng Hung-hsien's Left behind Love Hut"

154.《东林精舍见故殿中郑侍御题诗追旧书情涕泗横集因寄呈阎沣州冯少府》/"After Seeing a Poem at Tunglin Temple Written by Former Censor and Palace Attendant Cheng Expressing His Feelings about the Past, with Tears Gathering in Both Eyes I Send This to Magistrate Yen of Fengchou and Director Feng"

155.《西寒山》/"Hsisai Mountain"

156.《听嘉陵江水声，寄深上人》/"Listening to the Sound of Water on the Chialing River to Master Shen"

157.《至开化里寿春公故宅》/"Visiting Duke Shou-ch'un's Old Home in the Kaihua Quarter"

158.《送冯着受李广州署为录事》/"Seeing off Feng Chu upon His Appointment as Adjutant to Li Kuang-chou"

159.《送李侍御益赴幽州幕》/"Seeing off Censor Li Yi to the Yuchou Field Command"

160.《寄二严》/"To the Two Yens"

161.《雪后下朝呈省中一绝》/"Leaving Court after a Snowfall: a Quatrain for Those in the Department of State Affairs"

162.《阊门怀古》/"Thinking of the Past at Chngmen Gate"

163.《夏至避暑北池》/"Escaping the Heat at North Lake at the Beginning of Summer"

164.《郡斋雨中与诸文士燕集》/"Gathering at the Magistrate's Hall in the Rain for a Banquet with the Literati"

165.《秋夜寄丘二十二员外》/"Autumn Night: to Supernumerary Ch'iu Twenty-two"

166.《九日》/"The Ninth"

167.《听江笛送陆侍御》/"Hearing a Flute on the River after Seeing off Censor Lu"

168.《军中冬燕》/"A Winter Banquet for the Army"

169.《游开元精舍》/"Visiting Kaiyuan Hermitage"

170.《登重玄寺阁》/"Climbing the Pagoda at Chunghsuan Temple"

171.《答秦十四校书》/"In Reply to Secretary Ch'in Fourteen"

172.《答郑骑曹青橘绝句》/"In Reply to Chief Stockman Cheng's Quatrain Requesting Oranges"

173.《寓居永定精舍》/"Dwelling at Yungting Hermitage"

174.《城中卧疾，知阎、薛二子屡从邑令饮，因以赠之》/"Lying Ill in Town, I Learn That My Two Friends, Yen and Hsueh, Have Been Drinking with the Magistrate and Accordingly Give Them This Poem"

175.《永定寺喜辟强夜至》/"At Yungting Temple Pi-ch'iang Happily Arrives during the Night"

The Mountain Poems of Stonehouse (2014)

《石屋山居诗》

七言律诗/Seven-Syllable Verses

1.《吾家住在霅溪西》/"I Made My Home West of Cha River"

2.《柴门虽设未尝关》/"To Glimpse the Fluttering of Shy Birds"

3.《荒冢累累没野蒿》/"Grave Upon Grave Buried Beneath Weeds"

4.《纸窗竹屋槿篱笆》/"A Paper-Window Bamboo Hut a Hedge of Hibiscus"

5.《道在人弘孰可凭》/"To Glorify the Way What Should People Turn to"

6.《动则乖真静则差》/"Movement Isn't Right and Stillness Is Wrong"

7.《松下双扉冷不扃》/"Below the Pines Its Twin Doors Are Never Closed"

8.《三十余年住崦西》/"More Than Twenty Years West of Mount Yen"

9.《翠窦丹崖列四傍》/"Green Gullies and Red Cliffs Wherever I Look"

10.《莫谓山居便自由》/"Don't Think a Mountain Home Means You're Free"

11.《庵住霞峰最上头》/"My Hut Is at the Top of Hsia Summit"

12.《啸月眠云二十年》/"After Twenty Years of Nights Beneath the Moon and the Clouds"

13.《幽居自与世相分》/"Seclusion of Course Means Far from the World"

14.《入得山来便学呆》/"I Entered the Mountains and Learned to Be Dumb"

15.《溪浅泉清见石沙》/"The Streams Are So Clear and Shallow I Can See Pebbles"

16.《白发禅翁久住庵》/"A White-Haired Zen Monk with a Hut for My Home"

17.《卧云深处不朝天》/"I Sleep in the Clouds Where the Sun Doesn't Shine"

18.《岳顶禅房枕石台》/"My Zen Hut Rests upon Rocks at the Summit"

19.《大道从来无盛衰》/"The Great Way Has Never Known Abundance or Want"

20.《破屋萧萧枕石台》/"My Broken-Down Hut Rests upon Rocks"

21.《人寿相分一百年》/"A Human Life Lasts One Hundred Years"

22.《绿雾红霞竹径深》/"A Trail Through Green Mist Red Clouds and Bamboo"

23.《优游静坐野僧家》/"A Monk on His Own Sits Quiet and Relaxed"

24.《满头白发瘦棱层》/"I May Be White-Haired and Nothing but Bones"

25.《卜得重岩远市朝》/"I Chose High Cliffs Far from a Market"

26.《风樯来往塞官塘》/"Their Zigzagging Sails Crowd Government Quays"

27.《入此门来学此宗》/"Who Enters This Gate Who Studies This Teaching"

28.《客爱幽闲到竹篱》/"A Friend of Seclusion Arrives at My Gate"

29.《百岁光阴过隙驹》/"A Hundred Years Pass by in a Flash"

30.《自入山来万虑澄》/"I Entered the Mountains and My Cares Became Clear"

31.《是身寿命若浮沤》/"This Body Lasts about as Long as a Bubble"

32.《自觉从前世念轻》/"I Saw Through My Worldly Concerns of the Past"

33.《逐日挨排过了休》/"Day after Day I Let Things Go"

34.《白发头陀老病侵》/"A White-Haired Monk Afflicted with Age"

35.《竞利奔名何足夸》/"Profit and Fame Aren't Worth Extolling"

36.《我本禅宗不会禅》/"I Was a Zen Monk Who Didn't Know Zen"

37.《四十余年独隐居》/"I've Lived as a Hermit More Than Forty Years"

38.《蚤尾狼心满世间》/“Scorpion Tails and Wolf Hearts Pervade the World”

39.《乌兔奔忙不暂停》/“The Crow and the Hare Race without Rest”

40.《茅屋青山绿水边》/“A Thatch Hut in Blue Mountains beside a Green Stream”

41.《古人为道入山中》/“The Ancients Entered Mountains in Search of the Way”

42.《万物生成感宿根》/“Everything's Growth Depends on Its Roots”

43.《岩居我本为修行》/“I Live in the Mountains in Order to Practice”

44.《历遍乾坤没处寻》/“I Searched High and Low without Success”

45.《年老心闲身亦闲》/“Old but at Peace in Body and Mind”

46.《清晨汲水启柴门》/“Opening My Door at Dawn to Fetch Water”

47.《白云深处结茅庐》/“I Built a Thatched Hut Deep in the Clouds”

48.《细把浮生物理推》/“Examine the Patterns of Transient Existence”

49.《恁么彻底恁么去》/“To Get to the End the Very End”

50.《清贫长乐道人家》/“I'm a Poor but Happy Follower of the Way”

51.《了了常知似不知》/“You Know Very Well Yet Seem Not to Know”

52.《计拙惭亏应世才》/“The Shame of Dumb Ideas Is Suffered by the Best”

53.《圆颅方服作沙门》/“A Round Head and Square Robe Constitute a Monk”

54.《红日东升夜落西》/“The Sunrise in the East the Sunset in the West”

55.《法道寥寥不可模》/“The Way of the Dharma Is too Singular to Copy”

56.《浮世光阴有几何》/“There Isn't Much Time in This Fleeting Life”

五言律诗/Five-Syllable Verses

57.《道人缘虑尽》/“Followers of the Way Are Done with Reason”

58.《一镢足生涯》/“A Hoe Provides a Living”

59.《时时自解颜》/“Most of the Time I Smile”

60.《万缘休歇罢》/“Reasoning Comes to an End”

61.《岩台舒野望》/“The Landscape Unrolls from the Cliffs”

62.《屈曲黄泥路》/“A Winding Muddy Trail”

63.《深山僧住处》/“A Monk's Home in the Mountains”

64.《一阵从何起》/“Where Did That Gust Come From”

65.《霞雾山头顶》/“From the Very Top of Hsiawushan”
66.《一镢足生涯》/“A Hoe Supplies a Living”
67.《山厨修午供》/“Lunch in My Mountain Kitchen”
68.《真空如湛海》/“True Emptiness Is Like a Translucent Sea”
69.《山家八月天》/“The Eighth Month in the Mountains”
70.《茅庵竹树间》/“A Thatch Hut in a Bamboo Grove”
71.《红日半衔山》/“As Soon as the Red Sun Bites the Mountain”
72.《扶杖出松林》/“I Hiked Staff in Hand beyond the Pines”
73.《好山千万叠》/“On a Ten-Thousand-Story-High Mountain”
74.《取舍与行藏》/“Advancing or Retiring Grasping or Letting Go”
75.《结草便为庵》/“I Weave Rush Grass for My Hut”

七言绝句/Seven-Syllable Quatrains

76.《凄凄茅舍新秋夜》/“A Thatch Hut Is Lonely on a New Fall Night”
77.《满山笋蕨满园茶》/“Mountains of Fiddleheads, Garden of Tea”
78.《有人问我何年住》/“Someone Asked What Year I Arrived”
79.《厌烦劳役爱安闲》/“If You Hate Hard Work and Like to Loaf”
80.《年老庵居养病身》/“Old and Retired, I Nurse a Sick Body”
81.《童子未曾归动火》/“Novices Don't Stay to Stir the Fire”
82.《玉堂银烛笙歌夜》/“Jade-Hall Silver-Candle Nights of Song”
83.《相逢尽说世途难》/“All Those I Meet Say the World's Ways Are Hard”
84.《山厨寂寂断炊烟》/“There's Nothing Going on in My Mountain Kitchen”
85.《种了冬瓜便种茄》/“I Plant Winter Melon Then Aubergine”
86.《粥去饭来何日了》/“Will the Porridge or Rice Ever End”
87.《屋后青松八九树》/“Eight or Nine Pines Behind His Hut”
88.《此事谁人敢强为》/“This Is Something No One Can Force”
89.《过去事已过去了》/“What's Gone Is Already Gone”
90.《一日打眠三五度》/“Three or Four Naps Every Day”
91.《攀缘起倒易消停》/“The Flux of Attachments Is Easy to Stop”
92.《真空湛寂惟常在》/“True Emptiness Is Clear and Always Present”
93.《天湖水湛琉璃碧》/“Sky Lake Is a Pool of Aquamarine”
94.《年老气衰真个懒》/“Old and Exhausted, I'm Truly Lazy”

95.《老去一身都是懒》/“Old Through and Through I'm Utterly Lazy”

96.《田地无尘长不扫》/“There's No Dust to Sweep on a Mountain”

97.《茅屋低低三两间》/“My Hut Is Two Maybe Three Mats Wide”

98.《禅兄何事到烟萝》/“Why Do My Zen Friends Choose Smoke and Vines”

99.《一片无尘新雨地》/“A Clean Patch of Ground after a Rain”

100.《万境万机俱寝息》/“Ten Thousand Schemes and Fantasies Have Ended”

101.《岩房终日寂寥寥》/“My Home in the Cliffs Is Like a Tomb”

102.《门前枯木似人立》/“There's a Snag in Front Like a Standing Man”

103.《山形凹凸路高低》/“Up-and-Down Mountain Zigzag Trail”

104.《百千日月间中度》/“A Hundred Years Slip by Unnoticed”

105.《西方有路不肯去》/“There's a Road to the West Nobody Takes”

106.《着意求真真转远》/“Try to Find What's Real and What's Real Becomes More Distant”

107.《要求作佛真个易》/“Trying to Become a Buddha Is Easy”

108.《万缘脱去心无事》/“Stripped of Conditions My Mind Is at Rest”

109.《一事无心万事休》/“Work with No Mind and All Work Stops”

110.《于事无心风过树》/“No Mind in My Work the Wind Blows through the Trees”

111.《新年头了旧年尾》/“New Year Head Old Year Tail”

112.《白发催人瘦入肩》/“Head of White Hair Shoulders All Bones”

113.《一轴楞伽看未周》/“before I Can Finish the Lankavatara”

114.《青山不着臭尸骸》/“Corpses Don't Stink in the Mountains”

115.《茅檐雨过日头红》/“Rain Soaks My Hut Then the Sun Shines”

116.《明明见了非他见》/“No One Else Sees What I See Clearly”

117.《半窗松影半窗月》/“Half the Window Pine Shadows Half the Window Moon”

118.《长年心里浑无事》/“Not One Care in Mind All Year”

119.《饭炊五合陈黄米》/“For Dinner I Cook a Bowl of Old Rice”

120.《移家深入乱峰西》/“I Moved West into a Maze of Peaks”

121.《山风吹破故窗纸》/“Mountain Wind Ripped Out My Old Paper Windows”

122.《半窗斜日冷生光》/“The Setting Sun's Cold Light Fills Half the

Window”

123.《几树山花红灼灼》/“A Few Trees in Bloom Radiant Red”

124.《云未归时便掩扃》/“I Shut My Door before the Clouds Return”

125.《粥去饭来茶吃了》/“After Porridge after Rice after Drinking Tea”

126.《黑雾浓云拨不开》/“Dense Fog and Clouds Too Thick to Push Away”

127.《一天红日晓东南》/“As Soon as the Sun Lights the Southeast Sky”

128.《吃桃吐核核成树》/“I Eat a Peach Spit out the Pit the Pit Becomes a Tree”

129.《茅屋方方一丈悭》/“My Hut Isn't Quite Ten Feet Across”

130.《临机切莫避刀枪》/“Don't Run Away When He Strikes”

131.《有限光阴一百年》/“Our Time Is Confined to One Hundred Years”

132.《一大藏经闲故纸》/“The Whole Buddhist Canon Is Worthless Old Paper”

133.《溪边黄叶水去住》/“Leaves Along the Shore Stop and Flow with the Stream”

134.《霞雾山高路又遥》/“Hsiawu Is High and the Trail Is Long”

135.《老觉形枯气力衰》/“I Feel Old and Decrepit and Weaker by the Day”

136.《道人屋冷四檐竹》/“A Hermit's Hut Is Lonely, Encircled by Bamboo”

137.《尽道凡心非佛性》/“People Say Everyday Mind Isn't Our Buddha Nature”

138.《南北东西去复还》/“East or West, North or South Then Back Again”

139.《居山那得有工夫》/“What Sort of Work Takes Place in the Mountains”

140.《离众多年无坐具》/“Too Long Away from Monasteries I Don't Have a Cushion”

141.《布衣破绽种青麻》/“When My Clothes Come apart I Plant Hemp”

142.《饭香麦麨和松粉》/“Parched Wheat and Pine Pollen Make a Fine Meal”

143.《山居活计镢头边》/“Life in the Mountains Depends on a Hoe”

144.《镢头添铁屋头悬》/“I Repair My Hoe and Let My Hut Lean”

145.《团团一个尖头屋》/"From outside My Round Pointed-Roof Hut"

146.《草庵盘结长松下》/"I Built a Thatch Hut beneath Tall Pines"

147.《深秋时节雨霏霏》/"Late Autumn Rain Is All Mist"

148.《团团红日上青山》/"When the Red Sun Climbs above the Blue Mountains"

149.《山舍清幽绝点尘》/"My Hut Is So Secluded It's beyond the Reach of Dust"

150.《老来无事可干怀》/"Now That I'm Old Nothing Disturbs Me"

151.《禅余高诵寒山偈》/"After Meditation, I Chant a Cold Mountain Poem"

152.《僧因产业致差科》/"For Property, Monks Apply at an Office"

153.《楮阁安炉种炭团》/"I Put Mulberry Wood in the Stove to Make Charcoal"

154.《去年家火缺支持》/"Last Year My Food Supply Failed Me"

155.《白云影里尖头屋》/"A Pointed-Roof Hut in the Shade of the Clouds"

156.《修行岂得不成佛》/"How Could Someone Who Practices Not Become a Buddha"

157.《独坐穷心寂杳冥》/"I Sit and Meditate in the Quiet and Dark"

158.《玉蝶梅花香满树》/"Jade-Winged Plum Blossoms Perfumed Trees"

159.《逆顺未尝忘此道》/"Good and Bad Fortune Never Lose Their Way"

160.《寒披荷叶衣裳暖》/"A Lotus-Leaf Robe Keeps Me Warm When I'm Cold"

161.《新缝纸被暖烘烘》/"My Newly Sewn Paper Quilt Is So Warm"

162.《旋斫青柴逐把挑》/"I Chop Green Wood and Lift the Pole"

163.《今年难测是寒暄》/"It's Hard to Say If the Year Has Been Hot or Cold"

164.《峰顶团团尽是松》/"Surrounding the Summit Is Nothing but Pines"

165.《黄罗直裰紫伽梨》/"Sewing Purple Robes with Fine Yellow Silk"

166.《春归暑退一秋凉》/"Spring Is Gone Summer Is Gone and Autumn Is Cool"

167.《我见时人日夜忙》/"The People I Meet Are Busy Night and Day"

168.《个个闻知有死生》/"People All Know about Death and Rebirth"

169.《尽说修行不在迟》/"People All Say There Is Time to Cultivate"

其他 Other Verses

170.《山名霞幕泉天湖》/"To Redcurtain Mountain and Sky Lake Spring"

171.《晴明无争登霞峰》/"A Clear Sky and Nothing Planned I Climbed Hsia Summit"

172.《干鹊傍檐鸣鹊喈》/"Magpies Talk Magpie outside My Hut"

173.《林木长新叶》/"The Trees in the Forest Grow New Leaves"

174.《寒山曾有言》/"Cold Mountain Has a Line"

175.《月来照我门》/"The Moon Lights up My Door"

176.《饭饱抱石睡》/"After a Meal I Dust off a Boulder and Sleep"

177.《小不读佛书》/"If You Don't Read Sutras When You're Young"

178.《种豆两三畦》/"I Planted a Few Hills of Beans"

179.《山中一雨滋》/"Whenever the Mountain Enjoys a Good Rain"

180.《结屋荒山巅》/"I Built My Hut on a Desolate Ridge"

181.《放下全放下》/"Letting Go Means Letting Everything Go"

182.《破屋三两椽》/"My Broken-Down Hut Isn't Three Rafters Wide"

183.《结屋霞峰头》/"I Built My Hut on Top of Hsia Summit"

184.《两个穷道人》/"A Couple of Impoverished Monks"

Written in Exile: *The Poetry of Liu Tsung-yuan* (2019)

书于流放：柳宗元诗集

1.《省试观庆云图诗》/"On Seeing the Painting Festive Clouds at the Examination"

2.《龟背戏》/"The Turtle Shell Game"

Ⅰ[①].《蝜蝂传》/"The Junk Bug"

3.《韦道安》/"Wei Tao-an"

4.《浑鸿胪宅闻歌效白纻》/"At Chief Minister Hun's Residence on Hearing a Song Resembling 'White Linen'"

5.《笼鹰词》/"Ode for a Caged Eagle"

6.《跂乌词》/"Ode for a One-Footed Crow"

Ⅱ.《熊说》/"The Bear"

7.《早梅》/"The First Plum Flowers"

① 散文以罗马数字排序。

8.《春怀故园》/"Thinking of My Old Garden in Spring"

9.《首春逢耕者》/"Meeting a Farmer at the Start of Spring"

10.《晨诣超师院读禅经》/"Reading Zen Texts in the Morning at Transcendent Master Temple"

Ⅲ.《永州龙兴寺西轩记》/"The West Balcony of Yungchou's Lunghsing Temple"

11.《法华寺石门精室三十韵》/"Thirty Couplets on Fahua Temple's Stone Gate Hermitage on an Oppressively Hot Summer Night"

12.《构法华寺西亭》/"Building West Pavilion at Fahua Temple"

Ⅳ.《永州法华寺新作西亭记》/"On Building West Pavilion at Yungchou's Fahua Temple"

13.《夏夜苦热登西楼》/"Climbing West Tower on an Oppressively Hot Summer Night"

14-18.《巽公院五咏》/"Five Odes to Master Sun's Temple"

Ⅴ.《永州龙兴寺修净土院记》/"Restoring the Pure Land Hall at Yungchou's Lunghsing Temple"

19.《登蒲洲石矶望横江口潭岛深迥斜对香零山》/"Climbing the Boulders on Puchou Island and Looking across at the River's Mouth and in the Distance at Tantao lsland Opposite Hsiangling Rock"

20.《游朝阳岩遂登西亭二十韵》/"Twenty Couplets on Visiting chaoyang cliff and Climbing to West Pavilion"

21-22.《感遇二首》/"Lament：Two Poems"

23-25.《行路难三首》/"Hard Roads：Three Poems"

26.《南中荣橘柚》/"Orange Trees Flourish in the South"

27.《零陵早春》/"Early Spring in Lingling"

28.《巽上人以竹间自采新茶见赠酬之以诗》/"Receiving a Present of New Tea Picked by Master Sun among the Bamboo，I Offer a Poem in Thanks"

29.《赠江华长老》/"For the Elder from Chianghua"

30.《咏史》/"In Praise of the Past"

31.《饮酒》/"Drinking Wine"

32.《湘岸移木芙蓉植龙兴精舍》/"Transplanting a Hibiscus from the Shore of the Hsiang to My Lunghsing Hermitage"

33.《江雪》/"River Snow"

34.《戏题石门长老东轩》/"Written in Jest about Old Stonegate，Tung-hsuan"

35.《放鹧鸪词》/"Ode to Releasing Francolins"

36.《自衡阳移桂十余本植零陵所住精舍》/"Transplanting a Dozen Cassias from Hengyang to My Hermitage in Lingling"

Ⅵ.《贺进士王参元失火书》/"Letter of Congratulations to Scholar Wang Ts'an-yuan on the Conflagration"

37.《初秋夜坐赠吴武陵》/"At Night in Early Autumn, for Wu Wu-ling"

38.《红蕉》/"Red Banana"

39.《零陵春望》/"Lingling Spring View"

40.《掩役夫张进骸》/"Reburying the Bones of Workman Chang-chin"

41.《觉衰》/"Feeling Decrepit"

42.《梅雨》/"Plum Rains"

Ⅶ.《法华寺西亭夜饮赋诗序》/"Preface to the Poems Titled 'Drinking at Night at Fahua Temple's West Pavilion'"

43.《法华寺西亭夜饮》/"Drinking at Night at Fahua Temple's West Pavilion"

44.《读书》/"Reading Books"

45.《咏三良》/"Ode to Three Good Men"

46.《咏荆轲》/"Ode for Ching K'e"

47.《从崔中丞过卢少府郊居》/"With Vice Censor-in-Chief Ts'ui Passing District Defender Lu's Country Home"

48.《湘口馆潇湘二水所会》/"At Hsiangkou Inn, Where the Hsiao and Hsiang Meet"

49.《游石角过小岭至长乌村》/"Crossing a Small Ridge on Shihchiao on the Way to Changwu Village"

50.《种术》/"Planting Thistles"

51.《植灵寿木》/"Planting a Lingshou Tree"

52.《种仙灵毗》/"Planting Epimedium"

53.《冉溪》/"The Janhsi River"

Ⅷ.《愚溪诗序》/"Preface to the Yuhsi River Poems"

54.《茆檐下始栽竹》/"After Planting Bamboo beneath the Eaves"

55.《新植海石榴》/"The Overseas Pomegranate I Recently Planted"

Ⅸ.《钴鉧潭记》/"Cookpot Pool"

Ⅹ.《钴鉧潭西小丘记》/"The Little Hill West of Cookpot Pool"

Ⅺ.《至小丘西小石潭记》/"Going to the Little Rock Pond West of Little Hill"

56.《雨后晓行独至愚溪北池》/"Taking a Morning Walk Alone to the Pond North of the Yuhsi after It Rained"

57.《旦携谢山人至愚池》/"Accompanying Hermit Hsieh to Yuchih Pond at Dawn"

58.《夏初雨后寻愚溪》/"Inspecting the Yuhsi after an Early Summer Rain"

59.《溪居》/"Riverside Home"

60.《酬娄秀才将之淮南见赠之什》/"Miscellany Presented in Reply to Scholar Lou about to Leave for Huainan"

61.《闻籍田有感》/"On Hearing about the Field-Plowing Ceremony"

62.《中夜起望西园值月上》/"Getting up at Midnight to Gaze at West Garden Just as the Moon Was Rising"

63.《郊居岁暮》/"Living out of Town at the End of the Year"

64.《戏题阶前芍药》/"Musing about the Peony below the Steps"

65.《雨晴至江渡》/"Walking to the Ferry after It Rained"

66.《秋晓行南谷经荒村》/"Passing through a Deserted Village on an Autumn Morning Walk to South Valley"

67.《同刘二十八哭吕衡州兼寄江陵李元二侍御》/"With Liu Twenty-Eight Mourning Lu of Hengchou: Sent to Censors Li and Yuan in Chiangling"

68.《夏昼偶作》/"Occasional Poem on a Summer Day"

69.《渔翁》/"Fisherman"

70.《南涧中题》/"Written at South Creek"

Ⅻ.《袁家渴记》/"Yuan Tributary"

XIII.《石渠记》/"Rock Channel"

XIV.《石涧记》/"Rock Creek"

71.《与崔策登西山》/"Climbing West Mountain with Ts'ui Ts'e"

XV.《始得西山宴游记》/"First Visit to West Mountain"

XVI.《小石城记》/"Little Rock Wall"

72-74.《田家三首》/"Farm Life: Three Poems"

XVII.《捕蛇者说》/"The Snake Catcher"

75.《零陵赠李卿元侍御简吴武陵》/"Presented to Chief Minister Li and Assistant Censor Yuan in Lingling, Also Sent to Wu Wu-ling"

76.《韦使君黄溪祈雨见召从行至祠下口号》/"Invited to Accompany Magistrate Wei to the Huang River to Pray for Rain: An Impromptu Poem upon Reaching the Shrine"

XVIII.《游黄溪记》/"Huang River Excursion"

77.《入黄溪闻猿》/"Hearing a Gibbon on the Huang River"

78.《始见白发题所植海石榴树》/"Written at the First Sign of White Hair about the Pomegranate I Planted"

79.《段九秀才处见亡友吕衡州书迹》/"At Scholar Tuan Chiu's Place Reading Lines in a Letter from Our Deceased Friend, Lu of Hengchou"

80.《闻黄鹂》/"Hearing an Oriole"

81.《杨白花》/"White Poplar Flower"

82.《酬娄秀才寓居开元寺早秋月夜病中见寄》/"Sent in Thanks on a Moonlit Night in Early Autumn to Scholar Lou Recuperating from Illness at Kaiyuan Temple"

XIX.《永州龙兴寺东丘记》/"Lunghsing Temple's East Hill"

83.《朗州窦常员外寄刘二十八诗见促行骑走笔酬赠》/"Presented in Reply to Supernumerary Tou Ch'ang of Langchou, Who Sent Liu Twenty-Eight a Poem and Urged Me to Write Back and to Hurry There"

84.《诏追赴都回寄零陵亲故》/"Recalled to the Capital, I Send This to Friends Back in Lingling"

85.《界围岩水帘》/"The Waterfall at Chiehwei Cliff"

86.《过衡山见新花开却寄弟》/"Passing Hengshan and Seeing Buds Opening, I Send This to My Cousin"

87.《汨罗遇风》/"Encountering Wind on the Milo"

88.《离觞不醉至驿却寄相送诸公》/"Having Failed to Get Drunk on Departure Wine, I Send This Back from a Post Station to Those Who Saw Me off"

89.《北还登汉阳北原题临川驿》/"On My Way Back to the Capital I Climbed the Plateau North of Hanyang and Wrote This at the Linchuan Post Station"

90.《善谑驿和刘梦得酹淳于先生》/"At Shanhsueh Post Station with Liu Meng-te Offering a Libation for Mister Ch'un Yu"

91.《青水驿丛竹天水赵云余手种一十二茎》/"Regarding the Bamboo at the Chingshui Post Station, Where Mister Chao of Tienshui Says He Planted

Twelve of the Canes Himself"

92.《李西川荐琴石》/"Li Hsi-ch'uan's Zither Sounding Stone"

93-94.《奉酬杨侍郎丈因送八叔拾遗戏赠诏追南来诸宾》/"Reply to Senior Attendant Gentleman Yang in Thanks for Sending His Eighth Uncle Shih-yi to Present This Jest to Guests Summoned Back from the South: Two Poems"

95.《诏追赴都二月至灞亭上》/"Reaching the Pa River Pavilion in the Second Month after Being Summoned Back to the Capital"

96.《商山临路有孤松往来斫以为明好事者怜之编竹成援遂其生植感而赋诗》/"Along the Road Past Shangshan There Was a Lone Pine to Which Someone Took an Ax for More Light. A Kind Person Took Pity and Built a Bamboo Fence around What Remained, and It Responded with New Growth. Moved, I Wrote This Poem"

97.《再上湘江》/"On the Hsiang Again"

98.《长沙驿前南楼感书》/"On South Tower in Front of the Changsha Post Station Reflecting on the Past"

99.《衡阳与梦得分路赠别》/"Presented on Parting from Meng-te in Hengyang"

100.《重别梦得》/"Parting from Meng-te Again"

101.《三赠刘员外》/"Third Poem for Vice Director Liu"

102.《再至界围岩水帘遂宿岩下》/"Arriving at Chiehwei Waterfall Again and Spending the Night Below the Cliff"

103.《桂州北望秦驿手开竹径至钓矶留待徐容州》/"At Wangchin Post Station North of Kueichou, I Cleared a Trail through the Bamboo to a Fishing Rock and Am Leaving This for Hsu of Jungchou"

104.《岭南江行》/"Traveling by River in Lingnan"

105.《铜鱼使赴都寄亲友》/"Sent to Family and Friends via a Fellow Bronze Fish Official on His Way to the Capital"

106.《登柳州城楼寄漳汀封连四州》/"Climbing Liuchou Tower: Sent to the Magistrates of Chang, Ting, Feng and Lien Counties"

107.《答刘连州邦字》/"Responding to Liu of Lienchou's Use of "Pang""

108.《柳州峒氓》/"The Hill Tribes of Liuchou"

109.《种白蘘荷》/"Planting White Zingiber"

110.《酬徐二中丞普宁郡内池馆即事见寄》/"Sent in Reply to Palace Aide Hsu Er about Events at the Lakeside Inn in Puning"

111.《殷贤戏批书后寄刘连州并示孟仑二童》/“After Critiquing Yin Hsien’s Calligraphy in Jest, I Send This to Liu of Lienchou and Also Share It with His Two Students, Meng and Lun”

112-113.《重赠二首》/“Another Gift: Two Poems”

114.《叠前》/“before the Exchange”

115.《叠后》/“After the Exchange”

116-117.《酬贾鹏山人郡内新栽松寓兴见赠》/“Two Poems Presented in Reply to Hermit Chia P’eng Who Has Been Enjoying Himself Recently Planting Pine Trees in the Prefecture”

118.《雨中赠仙人山贾山人》/“Presented in the Rain to Hermit Chia of Immortal Peak”

119-120.《韩漳州书报彻上人亡因寄二绝》/“In Reply to Han of Changchou’s Letter Announcing the Death of Master Ch’e, I Send Two Quatrains”

121.《柳州二月榕叶落尽偶题》/“Impromptu Poem on the Falling of Banyan Leaves in the Second Month in Liuchou”

122.《别舍弟宗一》/“Parting from My Cousin Tsung-yi”

123.《奉和周二十二丈酬郴州侍郎衡江夜泊得 韶州书并附当州生黄茶一封率然成篇代意之作》/“Using the Rhyme in Elder Chou Twenty-Two’s Reply to the Magistrate of Chenchou’s ‘Anchored at Night in Hengchou’ about Receiving a Letter from Shaochou along with a Locally Produced Yellow Tea, I Have Dashed This off in Reply to Express My Thoughts”

124.《杨尚书寄郴笔知是小生本样令更商榷使尽其功辄献长句》/“Imperial Secretary Yang Sent a Calligraphy Brush from Chenchou Similar to One I Used as a Boy. As It Caused Me to Reconsider His Achievements, I Offer Some Longer Lines”

125.《种木槲花》/“Planting Tree Orchids”

126.《柳州寄丈人周韶州》/“Sent from Liuchou to Elder Chou of Shaochou”

127.《得卢衡州书因以诗寄》/“Having Received a Letter from Lu of Hengchou, I’m Sending Back a Poem”

128.《闻彻上人亡寄侍郎杨丈》/“Sent to Elder Yang on Hearing of the Death of Master Ch’e”

129.《奉和杨尚书郴州追和故李中书夏日登北楼十韵之作依本诗韵次用》/

"Matching Vice Director Yang of Chenchou Who Matched Former Vice Director Li's 'Ten Couplets on Climbing North Tower on a Summer Day', Using the Same Rhyme"

130.《浩初上人见贻绝句欲登仙人山因以酬之》/"Written in Reply to Master Hao-ch'u Who Sent a Quatrain about Climbing Immortal Peak"

131.《酬曹侍御过象县见寄》/"Sent in Reply to Censor Ts'ao on Passing Through Hsiang County"

132.《摘樱桃赠元居士时在望仙亭南楼与朱道士同处》/"Picking Cherries and Presenting Them First to Layman Yuan and Later to Taoist Master Chu at Looking for Immortals Pavilion on South Tower"

133.《与浩初上人同看山寄京华亲故》/"With Master Hao-ch'u Looking at Mountains：Sent to Loved Ones Back in the Capital"

134.《登柳州峨山》/"Climbing Liuchou's Oshan Mountain"

135.《寄韦珩》/"To Wei Heng"

136.《柳州城北隅种柑树》/"Planting Orange Trees at the Northwest Corner of Liuchou"

XX.《种树郭橐驼传》/"Camel Kuo，the Tree Planter"

137.《南省转牒欲具江国图令尽通风俗故事》/"South Office Sent a Notice It Plans to Compile a Watershed Map and Include Local Customs and Stories"

138.《柳州寄京中亲故》/"Sent from Liuchou to a Dear Friend in the Capital"

139.《独觉》/"Waking up Alone"

140.《种柳戏题》/"Joking about Planting Willows"

Choosing to Be Simple：*Collected Poems of Tao Yuanming* (2023)

《守拙：陶渊明诗集》

1.《闲情赋》/"Stilling the Passions"

2.《命子》/"Instructing My Son"

3.《五柳先生传》/"Mister Five Willows"

4.《庚子岁五月中从都还阻风于规林》/"Held up at Guilin by the Wind While Returning from the Capital in the Fifth Month of 400"

5.《辛丑岁七月赴假还江陵夜行涂口》/"Traveling Past Tukou at Night While Returning to Jiangling in the Seventh Month of 401 after My Leave"

6.《和郭主簿》/"Matching Secretary Guo's Rhyme"

7.《止酒》/“Stopping Drinking”

8.《癸卯岁始春怀古田舍》/“In Early Spring of 403, Thinking of Farmers of the Past”

9.《劝农》/“Encouraging Farming”

10.《和胡西曹示顾贼曹》/“Matching Administration Clerk Hu, Shared with Criminal Clerk Gu”

11.《癸卯岁十二月中作与从弟敬远》/“For My Cousin Jingyuan, Written in the Twelfth Month of 403”

12.《始作镇军参军经曲阿作》/“Passing through Qu'e on the Way to Serve as Advisor to the Garrison Commander”

13.《停云》/“Motionless Clouds”

14.《时运》/“Seasonal Changes”

15.《荣木》/“Flowering Hedge”

16.《乙巳岁三月，为建威参军，使都经钱溪》/“Written While Passing through Qianxi on the Way to the Capital in the Third Month of 405 as Advisor to the General of the Jianwei Army”

17.《赠长沙公》/“Lord of Changsha”

18.《归去来兮辞》/“Returning Home”

19.《归园田居》/“Returning to My Garden and Fields”

20.《酬丁柴桑》/“In Response to Ding of Chaisang”

21.《归鸟》/“Returning Birds”

22.《责子》/“Criticizing My Sons”

23.《诸人共游周家暮柏下》/“A Joint Outing under the Cypress Trees at the Zhou Family Cemetery”

24.《读山海经》/“On Reading the Book of Mountains and Waters”

25.《连雨独饮》/“Drinking Alone during Constant Rain”

26.《戊申岁六月中遇火》/“In the Sixth Month of 408, Encountering Fire”

27.《和刘柴桑》/“Matching Liu Chaisang's Rhyme”

28.《己酉岁九月九日》/“The Ninth Day of the Ninth Month of 409”

29.《庚戌岁九月中于西田获早稻》/“Written in the Ninth Month of 410 upon Harvesting Dry Rice in West Field”

30.《移居》/“On Moving”

31.《与殷晋安别》/“Parting from Yin Jin'an”

32.《还旧居》/“Returning to My Former Residence”

33.《悲从弟仲德》/“Lament for My Cousin Zhongde”

34.《五月旦作和戴主簿》/“On the First Day of the Fifth Month, Matching a Poem by Secretary Dai”

35.《形影神》/“Form, Shadow, and Spirit”

36.《酬刘柴桑》/“Exchanging Poems with Liu of Chaisang”

37.《杂诗》/“Untitled Poems”

38.《感士不遇赋》/“Lament for Gentlemen Who Missed Their Time”

39.《丙辰岁八月中于下潠田舍获》/“The Eighth Month of 416, Harvesting at the Lower Xun Field Shed”

40.《示周续之祖企谢景夷三郎》/“For the Three Court Gentlemen: Zhou Xuzhi, Zu Qi, and Xie Jingyi”

41.《饮酒》/“Drinking Wine”

42.《赠羊长史》/“For Aide Yang”

43.《怨诗楚调示庞主簿邓治中》/“A Lament in the Chu Mode for Secretary Pang and Assistant Deng”

44.《岁暮和张常侍》/“Matching Attendant Zhang at Year End”

45.《九日闲居》/“Double Ninth, Living Retired”

46.《游斜川》/“Outing on Xie Brook”

47.《于王抚军座送客》/“At General Wang's Party for a Departing Guest”

48.《拟古》/“Imitating the Ancients”

49.《述酒》/“Regarding Wine”

50.《咏二疏》/“In Praise of the Two Shus”

51.《咏三良》/“In Praise of Three Good Men”

52.《咏荆轲》/“In Praise of Jing Ke”

53.《桃花源记》/“Peach Blossom Spring”

54.《蜡日》/“Year-End Sacrifice”

55.《答庞参军》/“In Reply to Advisor Pang”

56.《答庞参军》/“In Reply to Advisor Pang”

57.《咏贫士》/“In Praise of Impoverished Gentlemen”

58.《有会而作》/“Moved by Events”

59.《乞食》/“Begging for Food”

60.《挽歌》/“Pallbearer Songs”

61.《自祭文》/“My Epitaph”

附录C　在诗韵禅意中与逝者共舞——译者赤松访谈录

导言：笔者于2017年9月至2019年2月受国家留学基金委员会“国家建设高水平大学公派研究生项目”资助，以“联合培养博士研究生”身份赴加州大学伯克利分校英文学院访学，国外导师为美国桂冠诗人罗伯特·哈斯(Robert Hass)。访学期间，赤松曾于2018年9月14日应哈斯邀请，在伯克利大学英文学院讲座。借此契机，本人有幸就其禅修经历、翻译思想与实践，以及未来的翻译工作计划等问题，对赤松进行了单独访问，获得了一手访谈资料。

笔者：您好，非常感谢您接受访问。今天我想向您请教一些诗歌翻译方面的问题。据我所知，您最近的诗歌翻译作品是2009年出版的《世难：韦应物诗歌集》(铜峡出版社，Copper Canyon Press)。这之后除了2012年的《楞伽经》之外，只有一些以前翻译作品的重印或者再版，没有其他新的翻译作品出版。随着《空谷幽兰》《禅的行囊》等寻隐旅系列的相继成功，您的工作重心好像转向了游记写作。今年5月出版的《一念桃花源》是您最新的中文游记，这之后您是否还会有相关的英文作品出版?

赤松：是的。但是《一念桃花源》应该不会有英文版出版。我写完英文初稿时，去了台湾访问，没有时间完成终稿，是我的朋友李昕[①]将初稿整理并翻译成中文出版的。是否能够完成这本书的英文终稿取决于我今后的时间是否充分，目前看来难。近期我正在从事柳宗元的诗歌翻译工作。

笔者：非常高兴得知您即将出版新的诗歌翻译作品。自1983年的《寒山诗歌集》开启了您的翻译之旅，您已经翻译了中国古诗和经文共计20部，这其中很多是禅宗典籍或者禅诗。您本人习禅，您的翻译中也无处不体现您对禅宗的深刻体悟。您最早是如何对禅宗产生兴趣的呢?

---

①李昕为赤松友人，也是《一念桃花源》的译者。他与赤松沿着苏东坡被贬南下的路线，一路行至陶渊明故里，这段经历被赤松记录，由李昕整理翻译为中文版《一念桃花源》。

赤松：统计学。早年我在德国哥廷根大学学习统计学。做统计时，需要在 X 和 Y 这两个变量中建立某种关系。不同的公式中，X 和 Y 代表的变量会体现不同的相关性。但是当建立起一个完全相关的等式时，X 和 Y 之间就没有任何区别了。现在看，这其实不就是佛教的“不二门”吗？但我当时并不清楚。大约一年后，我碰巧读到了艾伦·瓦兹的《禅之道》。当时我茅塞顿开，原来我当年读统计学认识到的就是所谓禅的不二性，也就是“空”。很多人对“空”有误读，认为”空”指的是空间。其实不然。“空”代表的是不二性，无分别。当时我正要申请哥伦比亚大学人类学专业的奖学金。哥伦比亚大学有一个小语种奖学金，而我恰巧刚刚读了《禅之道》，在里面看到一些中文，所以我就在申请中写了中文。当时我只是需要这笔奖学金，对中国或者中文没有特别的认识。申请通过后，我在纽约学习期间在那儿的唐人街偶然结识了寿冶大师。有时周末我去拜访他，跟他一起打坐冥想。我觉得棒极了，这正是我追求的。所以两年之后我决定退学修行，也就是这时我去了台湾的佛光山。但是那里人太多了，而且更倾向于净土宗，所以我搬到了海明寺，那里是一座禅宗寺院。这是我与禅宗结缘的背景，但我并没有真正成为一名和尚，只在那里待了三年左右。后来我又搬到了台北目前位于阳明山国家公园，一个叫作竹子湖的村庄。竹子湖非常安静，我在那里每天可以打坐、练习书法、读书，觉得自己宛如身在天堂。当时我每周一、三、五的六点至八点坐公交下山教英语，能赚足够的钱糊口。我结婚之后，需要一个正式工作，于是便开始了广播电台的工作生涯。正是在竹子湖居住期间，我翻译了寒山全部的诗歌和石屋禅师的诗歌。翻译时我非常好奇如今是否还有这样的一群隐士，所以便萌生了去中国寻找隐士的想法，因而有了终南山的寻隐之旅。寒山和石屋的禅宗诗歌，以及像《心经》《金刚经》《六祖坛经》这样的佛教经文非常吸引我，所以我翻译了这些。因为有时候读书时觉得自己已经读懂了，但并非如此。如果进行翻译，则需要更深刻地理解原文。对我而言，翻译是学习的最佳方式。

笔者：相信您对禅宗有着自己的理解。在美国，无论是汉学家还是诗人，都对禅宗有许多不同的见解。比如在美国诗人汉米尔（Hamill）和学者西顿（Seaton）看来，道教在中国禅宗的发展历程中有着较大的影响。两人曾于2004 年合作编辑出版《禅诗》诗集。该书的序中提道：“禅宗是道家的佛教，或者说禅宗是佛家的道教，至少在谈及中国禅宗时是如此（Hamill，2004：11）。”作为禅诗集，这本书的开篇收录部分《道德经》，显然是将道教思想看作禅宗佛教的思想的来源之一。您如何看待禅宗佛教与道教的关系？

赤松：我并不赞同这种说法。我个人认为，道教和禅宗没有任何关系。

道教修身，讲求“身神之说”。而佛教修行则讲求修炼心性，跟道教完全没有关系。禅宗佛教非常注重冥想。冥想就是指坐禅，是非常关键的一种禅修方式。我还在寺院里时，每天会冥想 4 至 5 个小时。现在作为“居士”，不能达到以前的程度，但每天早晨依然是我冥想的最佳时间。冥想对我而言如同充电，会提醒我什么是“空”。当冥想结束时，我可以将这种思考带入之后的日常生活。禅宗基于冥想，而中国禅的独特性正在于它不仅仅只是在蒲团上的打坐，而是与日常生活融合，在冥想中养成心性。在冥想中获得的专注，可以与日常的谈话、写作融会贯通。但是这需要练习，尤其需要跟有同样追求的信徒一起互相支持。这是我对中国禅的见解。

笔者：您在 1998 年和奥康尔(Connor)合作编辑出版了《云已知我心：中国佛教诗僧选》，这应该是您根据自己对禅的理解而编著的禅诗集了。

赤松：是的，这本书就是一本禅诗集。如果只有我一个人翻译，那么就会汇成一个声音。译者自己的风格很难改变，所以我邀请了包括西顿、华兹生等在内的六名译者合作完成，请他们自行选择翻译的诗歌，我自己翻译了憨山德清的作品。我很愿意编纂这样的诗集，也许这能体现大家对禅的不同见解。

笔者：您提到从翻译寒山诗开始，您的翻译就是出于更深入理解内容的学习目的，之后您翻译作品的初衷也大多源于个人兴趣，如您翻译了石屋禅师、韦应物等的作品。您认同行走坐卧皆是禅吗？这种翻译学习的过程对您而言是否也正是一种修行呢？

赤松：正是如此。我选择的大多是我感兴趣并且觉得自己能够体会的作品。我并不会去研究我应该或不应翻译什么。翻译是我修行的一部分，也是我学习的方式，我将其视作一种缘分。

笔者：您翻译了不少禅僧的作品。学界对禅诗并没有明确的定义，但一般认为禅师所作的诗歌和一些具有禅宗意趣的山水诗歌都可以称作禅诗。例如很多禅诗集也收录了陶渊明的诗歌。您认为什么样的诗歌可以称作禅诗？或者您会如何定义禅诗？

赤松：禅诗是“无心”的。这也是禅修的一个特性。你可以在韦应物的诗中看到他的存在，王维的很多山水诗歌其实也是。判断是否达到禅境主要在于内外之间的界限是否消失，当你看不到这条界线，这就是禅意。禅本身是“不立文字”的，所以很难用文字定义禅诗。这需要亲自去看、去品味，当着手翻译时自然就能体会到这种禅意。我个人非常喜欢陶渊明。我刚刚提到了禅宗是泯灭内外之别的，这种分别的、内外的界限在陶渊明这里是不存在的。读陶渊明的诗，并不会强烈地感受到他的自我，而只是诗歌本身。他不会呈现很强的自我意识。我认为他非常谦虚，他可能比较接近一些人所称的儒家禅。陶渊明是一个有儒家背景的典型。虽然慧远是他的朋友，但他从不在诗歌中讨论佛教，他的诗从不用与禅宗相关的字眼。但他对佛教却有着非常自然的理解和实践。所以我认为他是一个有儒家背景的成功的禅宗大师。

笔者：禅诗有着独特的精神特质。在翻译这类诗歌时，您是如何把握诗歌特点以突出其禅宗思想的？您曾在 2004 年西蒙斯国际中国诗歌大会上提到语言只是表面，所以作为译者，不能囿于文字本身，要深入挖掘。那么您是如何尽力呈现这些诗歌内涵的呢？比如从炼字、诗歌形式等方面，您都会做哪些考量？您提到过您更关注诗歌的精神，所以翻译时非常注重开放性，这种开放性又是如何体现的？

赤松：是的，2004 年我应西蒙斯大会邀请，做了一篇报告，第一次提出了与逝者共舞 (Dancing with the Dead)的理论。至此距我首次接触翻译已经过了二十年，这期间我又翻译了很多经书典籍和古诗，也对翻译产生了更深的理解。我得出一个结论，原诗并不是中文诗，原诗在诗“心”。中文只是一种表达语言。我作为译者，成了这首诗的同伴。中文原诗和我的英文翻译是共舞的舞伴，原诗则好比这首舞曲。正是这首舞曲让译诗和原诗合作起舞。翻译时我并不特别纠结对错的问题，而是秉持着共舞的态度，在译诗时我也觉得更加自然。正如我所说，我不会特别在意原诗的字词，这些我已了然于心。我更尝试着体会其中的音乐，随之起舞。这是我翻译的方式。刻意思考会注入太多的自我意识。我比较相信缘分，翻译时我会耐心等待，好像钓鱼。也许我读一首诗很多遍也没有灵感，这时我就必须寻找一种声音。有些译者觉得如果要准确，就得站在别人的脚上跳舞。可能有些人更认同这种直译的方式，但对我而言，这就毁掉了整支舞蹈。

笔者：1983 年的《寒山诗歌集》是您的第一部翻译作品，这本书在 2000 年修订再版，可以看出您在 1983 年的译本基础上作出了很大改动，这是否正是这些年的禅修经历和对翻译思考的体现？

赤松：是的。二十年后重译寒山诗，我作为译者更加成熟了。寒山是我翻译的第一位诗人，那时我对翻译还是一知半解，中文也不是很好。当我第一次翻译寒山诗时，我努力贴近原文，而第二次翻译时则更加自然。我不再特别担心自己的用词。翻译时需要一个自己的声音，而我不是诗人，也不作诗，所以我没有翻译诗歌的背景也就没有相应的诗歌技巧可以依赖。但我非常喜爱中国诗歌，所以我希望将它们呈现出来。最初我也做了许多尝试，比如律诗有七言，那我就尝试让我的译诗也是七言，当然最后的效果并不尽如人意。中国诗歌押韵，于是我又尝试押韵，但是这也很难。我试验了各种方式，也遇到了很多死胡同。但是最终还是找到了自己的方式。我在实践中最后得出的结论是，如果要翻译诗歌，那么最终要成诗。这是底线，否则读者也不会尊重原作。最后你会得出一种处理这种语言的方式。

笔者：虽然您说在翻译时并不会特别纠结于个别字词，但是您的译诗也得到准确度高的评价。

赤松：我尊重作品。翻译时我会时常对比、思考哪里有失准确，错过了什么，哪里没有理解透彻。我不是创作一首诗歌，译文必须反映原诗。我的语言、韵律和原诗应该有一种对应关系。如果要译诗，必须让译文成为一首诗歌，不能以任何借口为原诗某处的对应而牺牲诗歌内容本身。这是对原作的不尊重。公允地讲，很多译者从事翻译实践较多，但并没有系统研究过翻译学。学术界有一些翻译作品，但通常都不太尽如人意。还有一些人因热爱诗歌而翻译，一些中国人为了热爱中国诗歌的外国读者而从事翻译。人们因为不同的原因去翻译，但是对翻译学并没有太多的了解，所以都必须拓展自己的翻译方式。

笔者：在翻译学中，有时将翻译称作重写 。您是否赞同为体现诗歌原本的内涵，对译文进行适当改写？比如有一些译者为了体现诗歌的禅意，将诗作中的“坐”在翻译时改写为“zazen”，也就是坐禅。您怎么看待这种翻译方式？

赤松：我不是很赞同。我认为译诗还是要注重以下几点。首先，诗要成诗。其次，要尊重原作，要尊重原诗的内涵。以上两点是核心，其余的并不重要。这取决于译者本身。译者和原作之间有着非常私密的关系。这些诗人是我的朋友，我不能不尊重他们创作的作品。所以我不会因为某个词对英语读者来说更易接受，就随便采用。为了避免这样的问题出现，我会添加注释。对我而言，反映原诗很重要，但是如果译诗中有不清晰的地方，我也会进行注释。这样我在不违背自己原则的情况下也满足了读者。我不会让读者左右我的译诗，因为我是译者，我和诗作有着直接的关系。但最终很显然我的诗作也要向读者呈现。我对很多西方人说，中国人读诗也需要注解，读《金刚经》需要注解，读韦应物也是一样。作为一名译者，应该给读者一些帮助，为他们提供一些背景知识。因为中国读者对诗歌背景是有一定认识的，所以我认为作为一名译者我有责任向西方读者提供这些背景信息。当然也不是什么都要补充，否则会占用大量篇幅。所以我试图添加可以让读者更好欣赏诗歌的注释。我认为这对译者而言非常重要。如果读者不能理解，那翻译就没有意义了。

笔者：那您在翻译时是否会设想一个读者群体？换句话说，您在翻译时，除了考虑诗歌本身的形式内涵，是否会考虑目标读者、出版等外界因素，这些会不会影响您的翻译策略?

赤松：从不。这种书其实并没有什么销量。目前我有20本英文翻译作品出版，至今这些书为我带来的收入从来没有超过1万5000美金。也就是说，平均每本书带来的收入是750美元，大约是500本的销量。这是一个平均数，它反映了市场需求。所以任何一个从事这个行业的人，如果考虑市场，这是不实际的。但是也有例外。比如有一些很有名望的人、一些作家或者诗人，出版商可能会联系他们，请他们翻译一些作品。他们在英语文学界已经获得了一定的声誉，也许他们之前翻译过作品，但可能是其他语言。斯蒂芬·米切尔就是一个例子。他因为翻译欧洲语言的作品而知名，所以兰登书屋出版社就联系了他，表示他的翻译作品非常畅销，所以邀请他翻译《道德经》，并且愿意支付十万美元的稿费。但是这种情况非常少见，因为本身市场是很小的。

笔者：是的，我也知道您最初的寒山诗集在出版时并不是特别顺利。如今诗集再版并且不断重印，您对此怎么看?

赤松：现在我的所有翻译作品都还在发行。但是当年很多出版社都拒绝了我的第一稿寒山译诗。最终得以出版是因为我恰巧在台湾结识了奥康尔，他认识汉米尔，而汉米尔本人非常欣赏寒山，对他很感兴趣。因为他是铜峡出版社的创始人，所以最后是这样出版了这本书，否则可能无法出版。

笔者：这之后您的出版就很顺利了。

赤松：是的，出版社得知我重译了一版非常欢迎。一般当第一版相对成功时，读者得知有重译版通常都会表示关心，销量会稍微上升。《寒山诗歌集》《石屋山居诗集》和《道德经》都经过了我的重译和修订。翻译是可以越翻越好的，所以可以不断修改，直至出版。出版以后再看，也许还会觉得有更好的翻译。我可以修订之前的所有作品，但是这需要很多时间。

笔者：那您有什么重译计划吗?

赤松：是的，我即将出版《金刚经》的重译版。

笔者：您出版了很多游记，也受到了广泛的欢迎。这会不会对您出版新的翻译作品有所帮助?

赤松：是的，当人们对你的某部作品感兴趣，他们就会希望能够阅读你其他的作品。我不是一名作家，我也没有受过系统训练。我的写作学习得益于早年在电台的工作经历。在电台，你可能只有五秒钟的时间去吸引听众注意，否则听众会换台。作为作家，抓住读者非常重要。我在电台学会了编辑，作为作者，要学会如何进行自我编辑。如果我的书成功，那说明我表达清晰，内容也没有脱离主题。

笔者：有很多学者、译者、和美国诗人都对禅诗，特别是禅意山水诗有浓厚的兴趣。汉米尔、西顿、斯奈德、华兹生、欣顿等人都翻译过很多相关的作品。您是否阅读过其他译者译介的禅诗作品？您对他们的翻译作品有何评价？

赤松：我只在翻译时遇到中文理解上的问题时才会看别人的解释，以便更好地理解。比如宇文所安，他大概翻译了三十首韦应物的诗歌，所以有时我会看这类学者的相关书籍，帮助我理解原诗。翻译是让我感到享受和快乐的一件事。我不希望被剥夺翻译的乐趣。我在海明寺时，当时的住持给我看了一本寒山诗集，诗集前半部分是寒山的中文原诗，后半部附录了华兹生版译诗的盗版。华兹生翻译了寒山诗的大概三分之一。我认为华兹生的翻译非常接近字面翻译，属于学者型翻译。一般精通中文去翻译中文诗歌的大多是汉学家。但是当汉学家进行翻译时，他们的目标读者常常是学者。这也是学者翻译的一个问题，他们翻译时，为了避免同行批评，常常会尽量贴近原文，而不敢过多自由发挥。华兹生是一名优秀的作家，如果他忽略同行的评价，也许会成为更成功的翻译家。他的翻译非常忠实可信。

笔者：你在之前的一些访问中提到自己不愿意再接受稿约？那么您是否还有其他的翻译计划？

赤松：是的。现在我尽量写完再签合约。有时我甚至想着自己不翻译了，但是我发现停不下来，因为这是我的修行，好像薯片一样让人欲罢不能。但至少我可以让自己没有截稿日期的负担。目前我在完善柳宗元的诗歌翻译。柳宗元以其骈文著称，而他并没有留下太多的诗歌。他现存的诗歌共计 146 首，我翻译了其中的 140 首。剩余没有翻译的是 6 首长诗，每一首都超过两百行。谈到中国古诗，常见的多为五言或七言诗，长诗的风格截然不同，如果翻译长诗，需要与翻译其他诗歌完全不同的声音，所以我只翻译了这 140 首短诗，以及他的个别骈文。这本书大约会于明年 9 月由铜峡出版社出版。翻译期间，我拜访了柳宗元曾经的住处，也和当地的一些学者会面。他们带我去了一些相关的历史地点，所以我对他的写作方式更加理解。对于译者而言，亲自探访原作描写的地方非常重要，这样你会更加清楚作品中描摹的山水到底是什么样。比如王维的《鹿柴》，在艾略特·温伯格的《十九种阅读王维的方式》(19 *Ways of Looking at Wang Wei*)中收录了诸多译本，而译者普遍产生疑问的是“返景入深林”一句中的“返景”一词，也因此出现了不同的翻译，所以我决心亲自拜访诗中描写的鹿柴。事实上，鹿柴就是一个东西向的狭长山谷，所以早晨东边日出，日落日光则再次从西边照进来，其实非常简单。

作为译者，还是要亲眼看看诗中描写的地方。我热爱翻译，也更倾向翻译不太为人所知的作品，比如憨山德清和韦应物。柳宗元也是一样，没有太多人将他们介绍给西方世界，所以我决定翻译他们的作品。但是这个过程很艰难，资料也不多。对柳宗元的研究集中在他的骈文，诗歌则很少被谈及。虽然艰难，但我依然感到自己很幸运。这些诗人是我的朋友，让我学到很多，也改善了我的人生，我怎么可以就此放弃？所以我会坚持做下去。